徐志摩 著

# 志摩美文

四川文艺出版社

图书在版编目（CIP）数据

志摩美文 / 徐志摩著. —成都：四川文艺出版社，2017.10
ISBN 978-7-5411-4794-4

Ⅰ.①志… Ⅱ.①徐… Ⅲ.①散文集—中国—现代
Ⅳ.①I266

中国版本图书馆CIP数据核字（2017）第228387号

## ZHIMO MEIWEN
## 志摩美文

徐志摩　著

| | |
|---|---|
| 责任编辑 | 张亮亮　周　轶 |
| 封面设计 | 叶　茂 |
| 内文设计 | 史小燕 |
| 责任校对 | 蓝　海 |
| 责任印制 | 喻　辉 |
| 出版发行 | 四川文艺出版社（成都市槐树街2号） |
| 网　　址 | www.scwys.com |
| 电　　话 | 028-86259287（发行部）　028-86259303（编辑部） |
| 传　　真 | 028-86259306 |
| 邮购地址 | 成都市槐树街2号四川文艺出版社邮购部　610031 |
| 排　　版 | 四川胜翔数码印务设计有限公司 |
| 印　　刷 | 四川五洲彩印有限责任公司 |
| 成品尺寸 | 145mm×210mm　1/32 |
| 印　　张 | 11　　　　　　　　　字　数　220千 |
| 版　　次 | 2017年10月第一版　　印　次　2017年10月第一次印刷 |
| 书　　号 | ISBN 978-7-5411-4794-4 |
| 定　　价 | 28.00元 |

版权所有·侵权必究。如有质量问题，请与出版社联系更换。028-86259301

志摩美文

# 编辑凡例

一、本书所收徐志摩原作一律以已发表或正式出版的为准。一般不注出处,但尽可能标明写作或发表日期。

二、本书力求保持原作原貌。正文明显错误的字或词语以方括号夹注指出正确用法,异体字及作者特殊的构词表述均不予改动,凡语意不清或难理解处,用方括号加问号或文字"疑有误"标明。

三、原文标点符号的误漏,收入丛书时,直接更正。

CONTENTS
# 目录

## 屐 痕

印度洋上的秋思 ................ 3
翡冷翠山居闲话 ................ 11
我所知道的康桥 ................ 15
西伯利亚 ...................... 27
莫斯科 ........................ 32
契诃夫的墓园 .................. 45
北戴河海滨的幻想 .............. 51
泰山日出 ...................... 55
天目山中笔记 .................. 58
西湖记 ........................ 63

## 自 剖

自 剖 ........................ 81
再 剖 ........................ 89

落　叶..................95
我的彼得..................114
我的祖母之死..................120
我过的端阳节..................137
海滩上种花..................140
想　飞..................148

## 心　香

致胡适..................155
致王统照..................163
致周作人..................167
致孙伏园..................169
致刘海粟..................180
致凌叔华..................187
致泰戈尔..................198
致恩厚之..................206
给抱怨生活干燥的朋友..................221

## 文　思

泰戈尔................................227
罗曼罗兰..............................234
拜　伦................................243
谒见哈代的一个下午....................254
伤双栝老人............................261
诗刊弁言..............................266
《猛虎集》序文........................270
关于女子..............................276
南行杂纪..............................294
巴黎的鳞爪............................305

## 附　录

北　风................................327
志摩在回忆里..........................334

# 屐痕

# 印度洋上的秋思

昨夜中秋。黄昏时西天挂下一大帘的云母屏，掩住了落日的光潮，将海天一体化成暗蓝色，寂静得如黑衣尼在圣座前默祷。过了一刻，即听得船梢布篷上窸窸窣窣啜泣起来，低压的云夹着迷蒙的雨色，将海线逼得像湖一般窄，沿边的黑影，也辨认不出是山是云，但涕泪的痕迹，却满布在空中水上。

又是一番秋意！那雨声在急骤之中，有零落萧疏的况味，连着阴沉的氤氲，只是在我灵魂的耳畔私语道："秋！"我原来无欢的心境，抵御不住那样温婉的浸润，也就开放了春夏间所积受的秋思，和此时外来的怨艾构合，产出一个弱的婴儿——"愁"。

天色早已沉黑，雨也已休止。但方才啜泣的云，还疏松的幕在天空，只露着些惨白的微光，预告明月已经装束齐整，专等开幕。同时船烟正在莽莽苍苍的吞吐，筑成一座蟒鳞的长桥，直联及西天尽处，和轮船泛出的一流翠波白沫，上下对照，留恋西来的踪迹。

北天云幕豁处，一颗鲜翠的明星，喜孜孜［滋滋］的先来问探消息,像新嫁媳的侍婢,也穿扮得遍体光艳。但新娘依然姗姗未出。

我小的时候,每于中秋夜,呆坐在楼窗外等看"月华"。若然天上有云雾缭绕,我就替"亮晶晶的月亮"担忧。若然见了鱼鳞似的云彩,我的小心就欣欣怡悦,默祷着月儿快些开花,因为我常听人说只要有"瓦楞"云,就有月华;但在月光放彩以前,我母亲早已逼我去上床,所以月华只是我脑筋里一个不曾实现的想象,直到如今。

现在天上砌满了瓦楞云彩,霎时间引起了我早年许多有趣的记忆——但我的纯洁的童心,如今哪里去了!

月光有一种神秘的引力。她能使海波咆哮,她能使悲绪生潮。月下的喟息可以结聚成山,月下的情泪可以培畤百亩的畹兰,千茎的紫琳耿。我疑悲哀是人类先天的遗传,否则,何以我们儿年不知悲感的时期,有时对着一泻的清辉,也往往凄心滴泪呢?

但我今夜却不曾流泪。不是无泪可滴,也不是文明教育将我最纯洁的本能锄净,却为是感觉了神圣的悲哀,将我理解的好奇心激动,想学契古特白登来解剖这神秘的"眸冷骨累"。冷的智永远是热的情的死仇。他们不能相容的。

但在这样浪漫的月夜,要来练习冷酷的分析,似乎不近人情!所以我的心机一转,重复将锋快的智力剧起,让沉醉的情泪自然流转,听他产生什么音乐,让绻缱的诗魂漫自低回,看他寻出什么梦境。

明月正在云岩中间，周围有一圈黄色的彩晕，一阵阵的轻霭，在她面前扯过。海上几百道起伏的银沟，一齐在微叱凄其的音节，此外不受清辉的波域，在暗中圾圾涨落，不知是怨是慕。

我一面将自己一部分的情感，看入自然界的现象，一面拿着纸笔，痴望着月彩，想从她明洁的辉光里，看出今夜地面上秋思的痕迹，希冀她们在我心里，凝成高洁情绪的菁华。因为她光明的捷足，今夜遍走天涯，人间的恩怨，哪一件不经过她的慧眼呢？

印度的Ganges（埂奇）河边有一座小村落，村外一个榕绒密绣的湖边，坐着一对情醉的男女，他们中间草地上放着一尊古铜香炉，烧着上品的水息，那温柔婉恋的烟篆，沉馥香浓的热气，便是他们爱感的象征。月光从云端里轻俯下来，在那女子胸前的珠串上，水息的烟尾上，印下一个慈吻，微晒［哂］，重复登上她的云艇，上前驶去。

一家别院的楼上，窗帘不曾放下，几枝肥满的桐叶正在玻璃上摇曳斗趣，月光窥见了窗内一张小蚊床上紫纱帐里，安眠着一个安琪儿似的小孩，她轻轻挨进身去，在他温软的眼睫上，嫩桃似的腮上，抚摩了一会。又将她银色的纤指，理齐了他脐圆的额发，蔼然微晒［哂］着，又回她的云海去了。

一个失望的诗人，坐在河边一块石头上，满面写着幽郁的神情，他爱人的倩影，在他胸中像河水似的流动，他又不能在失望的渣滓里榨出些微甘液,他张开两手,仰着头,让大慈大悲的月光,那时正在过路,洗沐他泪腺湿肿的眼眶,他似乎感觉到清心的安慰,立即摸出一支笔,在白衣襟上写道:

月光,
你是失望儿的乳娘!

面海一座柴屋的窗棂里,望得见屋里的内容:一张小桌上放着半块面包和几条冷肉,晚餐的剩余,窗前几上开着一本家用的《圣经》,炉架上两座点着的烛台,不住的在流泪,旁边坐着一个皱面驼腰的老妇人,两眼半闭不闭的落在伏在她膝上悲泣的一个少妇,她的长裙散在地板上像一只大花蝶。老妇人掉头向窗外望,只见远远海涛起伏,和慈祥的月光在拥抱密吻,她叹了声气向着斜照在《圣经》上的月彩嗫道:
"真绝望了!真绝望了!"
她独自在她精雅的书室里,把灯火一齐熄了,倚在窗口一架藤椅上,月光从东墙肩上斜泻下去,笼住她的全身,在花砖上幻出一个窈窕的倩影,她两根垂鬈的发梢,她微澹的媚唇,和庭前几茎高峙的玉兰花,都在静谧的月色中微颤,她加紧她的呼吸,吐出一股幽香,不但邻近的花草,连月儿闻了,也禁不住迷醉,她腮边天然的妙涡,已有好几日不圆满:她瘦损了。但她在想什么呢?月光,你能否将我的梦魂带去,放在离她三五尺的玉兰花枝上。

威尔斯西境一座矿床附近,有三个工人,口衔着笨重的烟斗,在月光中闲坐。他们所能想到的话都已讲完,但这异样的月彩,在他们对面的松林,左首的溪水上,平添了不可言语比说的妩媚,惟有他们工余倦极的眼珠不阔,彼此不约而同今晚较往常多抽了两斗的烟,但他们矿火熏黑,煤块擦黑的面容,表示他们心灵的薄弱,在享乐烟斗以外,虽然秋月溪声的戟刺,也不能有精美情绪之反感。等月影移西一些,他们默默的扑出了一斗灰,起身进屋,各自登床睡去。月光从屋背飘眼望进去,只见他们都已睡熟;他们即使有梦,也无非矿内矿外的景色!

月光渡过了爱尔兰海峡,爬上海尔佛林的高峰,正对着静默的红潭。潭水凝定得像一大块冰,铁青色。四围斜坦的小峰,全都满铺着蟹青和蛋白色的岩片碎石,一株矮树都没有。沿潭间有些丛草,那全体形势,正像一大青碗,现在满盛了清洁的月辉,静极了,草里不闻虫吟,水里不闻鱼跃;只有石缝里潜涧沥淅之声,断续的作响,仿佛一座大教堂里点着一星小火,益发对照出静穆宁寂的境界,月儿在铁色的潭面上,倦倚了半晌,重复拨起她的银舄,过山去了。

昨天船离了新加坡以后,方向从正东改为东北,所以前几天的船梢正对落日,此后"晚霞的工厂"渐渐移到我们船向的左手来了。

昨夜吃过晚饭上甲板的时候,船右一海银波,在犀利之中涵有幽秘的彩色，凄清的表情，引起了我的凝视。那放银光的圆球正挂在你头上，如其起靠着船头仰望。她今夜并不十分鲜艳：她精圆的芳容上似乎轻笼着一层藕灰色的薄纱；轻漾着一种悲喟的音调；轻染着几痕泪化的雾霭。她并不十分鲜艳，然而她素洁温柔的光线中，犹之少女浅蓝妙眼的斜瞟；犹之春阳融解在山巅白云反映的嫩色，含有不可解的迷力，媚态，世间凡具有感觉性的人，只要承沐着她的清辉，就发生也是不可理解的反应，引起隐复的内心境界的紧张，——像琴弦一样，——人生最微妙的情绪，戟震生命所蕴藏高洁名贵创现的冲动。有时在心理状态之前，或于同时，撼动躯体的组织，使感觉血液中突起冰流之冰流，嗅神经难禁之酸辛，内藏汹涌之跳动，泪腺之骤热与润湿。那就是秋月兴起的秋思——愁。

昨晚的月色就是秋思的泉源，岂止，直是悲哀幽骚悱怨沉郁的象征，是季候运转的伟剧中最神秘亦最自然的一幕，诗艺界最凄凉亦最微妙的一个消息。

今夜月明人尽望，不知秋思在谁家。

中国字形具有一种独一的妩媚，有几个字的结构，我看来纯是艺术家的匠心：这也是我们国粹之尤粹者之一。譬如"秋"字，已经是一个极美的字形；"愁"字更是文字史上有数的杰作，有石开湖晕，风扫松针的妙处，这一群点画的配置，简直经过柯罗的画篆，米亿朗其罗的雕圭，Chopin的神感；像——用一个科学的比喻——原子的结构，将旋转宇宙的大力收缩成一个无形无踪的电核；这十三笔造成的象征，似乎是宇宙和人生悲惨的现象和经验，吁喟和涕泪，所凝成最纯粹精密的结晶，满充了催迷的秘力。你若然有高蒂闲（Gautier）异超的知感性，定然可以梦到，愁字变形为秋霞黯绿色的通明宝玉，若用银槌轻击之，当吐银色的幽咽电蛇似腾入云天。

我并不是为寻秋意而看月，更不是为觅新愁而访秋月；蓄意沉浸于悲哀的生活，是丹德所不许的。我盖见月而感秋色，因秋窗而拈新愁：人是一簇脆弱而富于反射性的神经！

我重复回到现实的景色，轻裹在云锦之中的秋月，像一个遍体蒙纱的女郎，她那团圆清朗的外貌像新娘，但同时她幂弦的颜色，那是藕灰，她踟躇的行踵，掩泣的痕迹，又使人疑是送丧的丽姝。所以我曾说：

秋月啊！
我不盼望你团圆。

这是秋月的特色，不论她是悬在落日残照边的新镰，与"黄昏晓"竞艳的眉钩，中宵斗没西陲的金碗，星云参差间的银床，以至一轮腴满的中秋，不论盈昃高下，总在原来澄爽明秋之中，遍洒着一种我只能称之为"悲哀的轻霭"，和"传愁的以太"。即使你原来无愁，见此也禁不得沾染那"灰色的音调"，渐渐兴感起来！

秋月呀！

谁禁得起银指尖儿

　　浪漫地搔爬呵！

不信但看那一海的轻涛，可不是禁不住她一指的抚摩，在那里低徊饮泣呢！就是那：

　　无聊的云烟，

　　秋月的美满，

　　熏暖了飘心冷眼，

　　也清冷地穿上了轻缟的衣裳，

　　来参与这

　　美满的婚姻和丧礼。

十月六日志摩

# 翡冷翠山居闲话

在这里出门散步去,上山或是下山,在一个晴好的五月的向晚,正像是去赴一个美的宴会,比如去一果子园,那边每株树上都是满挂着诗情最秀逸的果实,假如你单是站着看还不满意时,只要你一伸手就可以采取,可以恣尝鲜味,足够你性灵的迷醉。阳光正好暖和,决不过暖;风息是温驯的,而且往往因为他是从繁花的山林里吹度过来他带来一股幽远的淡香,连着一息滋润的水气,摩挲着你的颜面,轻绕着你的肩腰,就这单纯的呼吸已是无穷的愉快;空气总是明净的,近谷内不生烟,远山上不起霭,那美秀风景的全部正像画片似的展露在你的眼前,供你闲暇的鉴赏。

作客山中的妙处,尤在你永不须踌躇你的服色与体态;你不妨摇曳着一头的蓬草,不妨纵容你满腮的苔藓;你爱穿什么就穿什么;扮一个牧童,扮一个渔翁,装一个农夫,装一个走江湖的桀卜闪,装一个猎户;你再不必提心整理你的领结,你尽可以不用领结,给你的颈根与胸膛一半日的自由,你可以拿一条这边颜色的长巾包在你的头上,学一个太平军的头目,或是拜伦那埃及装的姿态；但最要紧的是穿上你最旧的旧鞋，别管他模样不佳，他们是顶可爱的好友，他们承着你的体重却不叫你记起你还有一双脚在你的底下。

这样的玩顶好是不要约伴，我竟想严格的取缔，只许你独身；因为有了伴多少总得叫你分心，尤其是年轻的女伴，那是最危险最专制不过的旅伴，你应得躲避她像你躲避青草里一条美丽的花蛇！平常我们从自己家里走到朋友的家里，或是我们执事的地方，那无非是在同一个大牢里从一间狱室移到另一间狱室去，拘束永远跟着我们，自由永远寻不到我们；但在这春夏间美秀的山中或乡间你要是有机会独身闲逛时，那才是你福星高照的时候，那才是你实际领受，亲口尝味，自由与自在的时候，那才是你肉体与灵魂行动一致的时候；朋友们，我们多长一岁年纪往往只是加重我们头上的枷，加紧我们脚胫上的链，我们见小孩子在草里在沙堆里在浅水里打滚作乐，或是看见小猫追他自己的尾巴，何尝没有羡慕的时候，但我们的枷，我们的链永远是制定我们行动的上司！所以只有你单身奔赴大自然的怀抱时，像一个裸体的小孩扑入他母亲的怀抱时，你才知道灵魂的愉快是怎样的，单是活着的快乐是怎样的，单就呼吸单就走道单就张眼看耸耳听的幸福是怎样的。因此你得严格的为己，极端的自私，只许你，体魄与性灵，与自然同在一个脉搏里跳动，同在一个音波里起伏，同在一个神奇的宇宙里自得。我们浑朴的天真是像含羞草似的娇柔，一经同伴的抵触，他就卷了起来，但在澄静的日光下，和风中，他的姿态是自然的,他的生活是无阻碍的。

你一个人漫游的时候,你就会在青草里坐地仰卧,甚至有时打滚,因为草的和暖的颜色自然的唤起你童稚的活泼;在静僻的道上你就会不自主的狂舞,看着你自己的身影幻出种种诡异的变相,因为道旁树木的阴影在他们纤徐的婆娑里暗示你舞蹈的快乐;你也会得信口的歌唱,偶尔记起断片的音调,与你自己随口的小曲,因为树林中的莺燕告诉你春光是应得赞美的;更不必说你的胸襟自然会跟着曼[漫]长的山径开拓,你的心地会看着澄蓝的天空静定,你的思想和着山壑间的水声,山罅里的泉响,有时一澄到底的清澈,有时激起成章的波动,流,流,流入凉爽的橄榄林中,流入妩媚的阿诺河去……

并且你不但不须应伴,每逢这样的游行,你也不必带书。书是理想的伴侣,但你应得带书,是在火车上,在你住处的客室里,不是在你独身漫步的时候。什么伟大的深沉的鼓舞的清明的优美的思想的根源不是可以在风籁中,云彩里,山势与地形的起伏里,花草的颜色与香息里寻得?自然是最伟大的一部书,葛德说,在他每一页的字句里我们读得最深奥的消息。并且这书上的文字是人人懂得的:阿尔帕斯与五老峰,雪西里与普陀山,赛因河与扬子江,梨梦湖与西子湖,建兰与琼花,杭州西溪的芦雪与威尼市夕照的红潮,百灵与夜莺,更不提一般黄的黄麦,一般紫的紫藤,一般青的青草同在大地上生长,同在和风中波动——他们应用的符号是永远一致的,他们的意义是永远明显的,只要你自己心灵上不长疮瘢,眼不盲，耳不塞，这无形迹的最高等教育便永远是你的名分，这不取费的最珍贵的补剂便永远供你的受用；只要你认识了这一部书，你在这世界上寂寞时便不寂寞，穷困时不穷困，苦恼时有安慰，挫折时有鼓励，软弱时有督责，迷失时有南针。

一九二五年七月

# 我所知道的康桥

一

我这一生的周折,大都寻得出感情的线索。不论别的,单说求学。我到英国是为要从卢梭。卢梭来中国时,我已经在美国。他那不确的死耗传到的时候,我真的出眼泪不够,还做悼诗来了。他没有死,我自然高兴。我摆脱了哥伦比亚大博士衔的引诱,买船漂过大西洋,想跟这位20世纪的福禄泰尔认真念一点书去。谁知一到英国才知道事情变样了:一为他在战时主张和平,二为他离婚,卢梭叫康桥给除名了,他原来是Trinity College的fellow,这来他的fellowship也给取消了。他回英国后就在伦敦住下,夫妻两人卖文章过日子。因此我也不曾遂我从学的始愿。我在伦敦政治经济学院里混了半年,正感着闷想换路走的时候,我认识了狄更生先生——Goldsworthy Lowes Dickinson——是一个有名的作者,他的《一个中国人通信》(Letters from John Chinaman)与《一个现代聚餐谈话》(A Modern Symposium)两本小册子早得了我的景仰。我第一次会着他是在伦敦国际联盟协会席上,那天林宗孟先生演说,他做主席;第二次是宗孟寓里吃茶,有他。以后我常到他家里去。他看出我的烦闷,劝我到康桥去,他自己是王家学院(King's College)的fellow。我就写信去问两个学院,回信都说学额早满了,随后还是狄更生先生替我去在他的学院里说好了,给我一个特别生的资格,随意选科听讲。从此黑方巾、黑披袍的风光也被我占着了。初起我在离康桥六英里的乡下叫沙士顿[的]地方租了几间小屋住下,同居的有我从前的夫人张幼仪女士与郭虞裳君。每天一早我坐街车(有时自行车)上学,到晚回家。这样的生活过了一个春,但我在康桥还只是个陌生人谁都不认识,康桥的生活,可以说完全不曾尝着,我知道的只是一个图书馆,几个课室,和三两个吃便宜饭的茶食铺子。狄更生常在伦敦或是大陆上,所以也不常见他。那年的秋季我一个人回到康桥,整整有一学年,那时我才有机会接近真正的康桥生活,同时我也慢慢的"发见"了康桥。我不曾知道过更大的愉快。

二

"单独"是一个耐寻味的现象。我有时想它是任何发见的第一个条件。你要发见你的朋友的"真",你得有与他单独的机会。你要发见你自己的真,你得给你自己一个单独的机会。你要发见一个地方(地方一样有灵性),你也得有单独玩的机会。我们这一辈子，认真说，能认识几个人？能认识几个地方？我们都是太匆忙，太没有单独的机会。说实话，我连我的本乡都没有什么了解。康桥我要算是有相当交情的，再次许只有新认识的翡冷翠了。啊，那些清晨，那些黄昏，我一个人发疑〔痴〕似的在康桥！绝对的单独。

但一个人要写他最心爱的对象，不论是人是地，是多么使他为难的一个工作？你怕，你怕描坏了它，你怕说过分了恼了它，你怕说太谨慎了辜负了它。我现在想写康桥，也正是这样的心理，我不曾写，我就知道这回是写不好的——况且又是临时逼出来的事情。但我却不能不写，上期预告已经出去了。我想勉强分两节写：一是我所知道的康桥的天然景色；一是我所知道的康桥的学生生活。我今晚只能极简的写些，等以后有兴会时再补。

三

康桥的灵性全在一条河上；康河，我敢说是全世界最秀丽的一条水。河的名字是葛兰大（Granta），也有叫康河（RiverCam）的，许有上下流的区别，我不甚清楚。河身多的是曲折，上游是有名的拜伦潭——"Byron's Pool"——当年拜伦常在那里玩的；有一个老村子叫格兰骞斯德，有一个果子园，你可以躺在累累的桃李树荫下吃茶，花果会掉入你的茶杯，小雀子会到你桌上来啄食，那真是别有一番天地。这是上游；下游是从骞斯德顿下去，河面展开，那是春夏间竞舟的场所。上下河分界处有一个坝筑，水流急得很，在星光下听水声，听近村晚钟声，听河畔倦牛刍草声，是我康桥经验中最神秘的一种：大自然的优美、宁静，调谐在这星光与波光的默契中不期然的淹入了你的性灵。

但康河的精华是在它的中权，著名的"Backs"，这两岸是几个最蜚声的学院的建筑。从上面下来是Pembroke, St.Katharine's, King's, Clare, Trinity, St. John's。最令人留连的一节是克莱亚与王家学院的毗连处，克莱亚的秀丽紧邻着王家教堂（King's Chapel)的宏伟。别的地方尽有更美更庄严的建筑，例如巴黎赛因河的罗浮宫一带，威尼斯的利阿尔多大桥的两岸，翡冷翠维基乌大桥的周遭；但康桥的"Backs"自有它的特长，这不容易用一二个状词来概括，它那脱尽尘埃气的一种清澈秀逸的意境可说是超出了画图而化生了音乐的神昧。再没有比这一群建筑更调谐更匀称的了！论画，可比的许只有柯罗（Corot）的田野；论音乐，可比的许只有肖班(Chopin)的夜曲。就这，也不能给你依稀的印象，它给你的美感简直是神灵性的一种。

假如你站在王家学院桥边的那棵大椈树荫下眺望，右侧面，隔着一大方浅草坪，是我们的校友居（fellows building),那年代并不早，但它的妩媚也是不可掩的，它那苍白的石壁上春夏间满缀着艳色的蔷薇在和风中摇头，更移左是那教堂，森林似的尖阁不可浼的永远直指着天空；更左是克莱亚，啊！那不可信的玲珑的方庭,谁说这不是圣克莱亚(St. Clare)的化身,哪一块石上不闪耀着她当年圣洁的精神?在克莱亚后背隐约可辨的是康桥最潇贵最骄纵的三一学院(Trinity),它那临河的图书楼上坐镇着拜伦神采惊人的雕像。

但这时你的注意早已叫克莱亚的三环洞桥魔术似的摄住。你见过西湖白堤上的西泠断桥不是(可怜它们早已叫代表近代丑恶精神的汽车公司给铲平了,现在它们跟着苍凉的雷峰永远辞别了人间)?你忘不了那桥上斑驳的苍苔,木栅的古色,与那桥拱下泄露的湖光与山色不是?克莱亚并没有那样体面的衬托,它也不比庐山栖贤寺旁的观音桥,上瞰五老的奇峰,下临深潭与飞瀑;它只是怯伶伶的一座三环洞的小桥,它那桥洞间也只掩映着细纹的波鄰与婆娑的树影,它那桥上栉比的小穿兰与兰节顶上双双的白石球,也只是村姑子头上不夸张的香草与野花一类的装饰;但你凝神的看着,更凝神的看着,你再反省你的心境,看还有一丝屑的俗念沾滞不?只要你审美的本能不曾汨灭时,这是你的机会实现纯粹美感的神奇!

但你还得选你赏鉴的时辰。英国的天时与气候是走极端的。冬天是荒谬的坏,逢着连绵的雾盲天你一定不迟疑的甘愿进地狱本身去试试;春天(英国是几乎没有夏天的)是更荒谬的可爱,尤其是它那四五月间最渐缓最艳丽的黄昏,那才真是寸寸黄金。在康河边上过一个黄昏是一服灵魂的补剂。啊!我那时蜜甜的单独,那时蜜甜的闲暇。一晚又一晚的,只见我出神似的倚在桥阑上向西天凝望:

> 看一回凝静的桥影,
> 数一数螺钿的波纹;
> 我倚暖了石阑的青苔,
> 青苔凉透了我的心坎……

还有几句更笨重的怎能仿佛那游丝似轻妙的情景:

> 难忘七月的黄昏,远树凝寂,
> 像墨泼的山形,衬出轻柔暝色,
> 密稠稠,七分鹅黄,三分桔绿,
> 那妙意只可去秋梦边缘捕捉……

## 四

　　这河身的两岸都是四季常青最葱翠的草坪。从校友居的楼上望去,对岸草场上,不论早晚,永远有十数匹黄牛与白马,胫蹄没在恣蔓的草丛中,从容的在咀嚼,星星的黄花在风中动荡,应和着它们尾鬃的扫拂。桥的两端有斜倚的垂柳与椈荫护住。水是澈底的清澄,深不足四尺,匀匀的长着长条的水草。这岸边的草坪又是我的爱宠,在清朝,在傍晚,我常去这天然的织锦上坐地,有时读书,有时看水;有时仰卧着看天空的行云,有时反扑着搂抱大地的温软。

　　但河上的风流还不止两岸的秀丽。你得买船去玩。船不止一种：有普通的双桨划船，有轻快的薄皮舟（canoe），有最别致的长形撑篙船（punt）。最末的一种是别处不常有的：约莫有二丈长，三尺宽，你站直在船梢上用长竿撑着走的。这撑是一种技术。我手脚太蠢，始终不曾学会。你初起手尝试时，容易把船身横住在河中，东颠西撞的狼狈。英国人是不轻易开口笑人的，但是小心他们不出声的皱眉！也不知有多少次河中本来优［悠］闲的秩序叫我这莽撞的外行给捣乱了。我真的始终不曾学会；每回我不服输跑去租船再试的时候，有一个白胡子的船家往往带讥讽的对我说："先生，这撑船费劲，天热累人，还是拿个薄皮舟溜溜吧！"我哪里肯听话，长篙子一点就把船撑了开去，结果还是把河身一段段的腰斩了去。

你站在桥上去看人家撑，那多不费劲，多美！尤其在礼拜天有几个专家的女郎，穿一身缟素衣服，裙裾在风前悠悠的飘着，戴一顶宽边的薄纱帽，帽影在水草间颤动，你看她们出桥洞时的姿态，捻起一根竟像没有分量的长竿，只轻轻的，不经心的往波心里一点，身子微微的一蹲，这船身便波的转出了桥影，翠条鱼似的向前滑了去。她们那敏捷，那闲暇，那轻盈，真是值得歌咏的。

在初夏阳光渐暖时你去买一支［只］小船，划去桥边荫下躺着念你的书或是做你的梦，槐花香在水面上飘浮，鱼群的唼喋声在你的耳边挑逗。或是在初秋的黄昏，近着新月的寒光，望上流僻静处远去。爱热闹的少年们携着他们的女友，在船沿上支着双双的东洋彩纸灯，带着话匣子，船心里用软垫铺着，也开向无人迹处去享他们的野福——谁不爱听那水底翻的音乐在静定的河上描写梦意与春光!

住惯城市的人不易知道季候的变迁。看见叶子掉知道是秋,看见叶子绿知道是春;天冷了装炉子,天热了拆炉子;脱下棉袍,换上夹袍,脱下夹袍,穿上单袍:不过如此吧[罢]了。天上星斗的消息,地下泥土里的消息,空中风吹的消息,都不关我们的事。忙着哪,这样那样事情多着,谁耐烦管星星的转移,花草的消长,风云的变幻?同时我们抱怨我们的生活、苦痛、烦闷、拘束、枯燥,谁肯承认做人是快乐?谁不多少间咒诅人生?

但不满意的生活大都是由于自取的。我是一个生命的信仰者,我信生活决不是我们大多数人仅仅从自身经验推得的那样暗惨。我们的病根是在"忘本"。人是自然的产儿,就比枝头的花与鸟是自然的产儿;但我们不幸是文明人,入世深似一天,离自然远似一天。离开了泥土的花草,离开了水的鱼,能快活吗?能生存吗?从大自然,我们取得我们的生命;从大自然,我们应分取得我们继续的资养。哪一株婆娑的大木没有盘错的根柢深入在无尽藏的地里?我们是永远不能独立的。有幸福是永远不离母亲抚育的孩子,有健康是永远接近自然的人们。不必一定与鹿豕游,不必一定回"洞府"去;为医治我们当前生活的枯窘,只要"不完全遗忘自然"一张轻淡的药方我们的病象就有缓和的希望。在青草里打几个滚,到海水里洗几次浴,到高处去看几次朝霞与晚照——你肩背上的负担就会轻松了去的。

　　这是极肤浅的道理，当然。但我要没有过过康桥的日子，我就不会有这样的自信。我这一辈子就只那一春，说也可怜，算是不曾虚度。就只那一春，我的生活是自然的，是真愉快的（虽则碰巧那也是我最感受人生痛苦的时期）！我那时有的是闲暇，有的是自由，有的是绝对单独的机会。说也奇怪，竟像是第一次，我辨认了星月的光明，草的青，花的香，流水的殷勤。我能忘记那初春的睥睨吗？曾经有多少个清晨我独自冒着冷去薄霜铺地的林子里闲步——为听鸟语，为盼朝阳，为寻泥土里渐次苏醒的花草，为体会最微细最神妙的春信。啊，那是新来的画眉在那边涧不尽的青枝上试它的新声！啊，这是第一朵小雪球花挣出了半冻的地面！啊，这不是新来的潮润沾上了寂寞的柳条？

　　静极了，这朝来水溶溶的大道，只远处牛奶车的铃声，点缀这周遭的沉默。顺着这大道走去，走到尽头，再转入林子里的小径，往烟雾浓密处走去，头顶是交枝的榆荫，透露着漠楞楞的曙色；再往前走去，走尽这林子，当前是平坦的原野，望见了村舍，初青的麦田，更远三两个馒形的小山掩住了一条通道。天边是雾茫茫的，尖尖的黑影是近村的教寺。听，那晓钟和缓的清音。这一带是此邦中部的平原，地形像是海里的轻波，默沉沉的起伏；山岭是望不见的，有的是常青的草原与沃腴的田壤。登那土阜上望去，康桥只是一带茂林，拥戴着几处娉婷的尖阁。妩媚的康河也望不见踪迹，你只能循着那锦带似的林木想象那一流清浅。村舍与树林是这地盘上的棋子,有村舍处有佳荫,有佳荫处有村舍。这早起是看炊烟的时辰:朝雾渐渐的升起,揭开了这灰苍苍的天幕(最好是微霰后的光景),远近的炊烟,成丝的、成缕的、成卷的、轻快的、迟重的、浓灰的、淡青的、惨白的,在静定的朝气里渐渐的上腾,渐渐的不见,仿佛是朝来人们的祈祷,参差的翳入了天听。朝阳是难得见的,这初春的天气。但它来时是起早人莫大的愉快。顷刻间这田野添深了颜色,一层轻纱似的金粉糁上了这草,这树,这通道,这庄舍。顷刻间这周遭弥漫了清晨富丽的温柔。顷刻间你的心怀也分润了白天诞生的光荣。"春!"这胜利的晴空仿佛在你的耳边私语。"春!"你那快活的灵魂也仿佛在那里回响。

伺候着河上的风光,这春来一天有一天的消息。关心石上的苔痕,关心败草里的花鲜,关心这水流的缓急,关心水草的滋长,关心天上的云霞,关心新来的鸟语。怯伶伶的小雪球是探春信的小使。铃兰与香草是欢喜的初声。窈窕的莲馨,玲珑的石水仙,爱热闹的克罗克斯,耐辛苦的蒲公英与雏菊——这时候春光已是烂缦[漫]在人间,更不须殷勤问讯。

瑰丽的春放。这是你野游的时期。可爱的路政,这里不比中国,哪一处不是坦荡荡的大道?徒步是一个愉快,但骑自转车是一个更大的愉快,在康桥骑车是普遍的技术;妇人、稚子、老翁,一致享受这双轮舞的快乐(在康桥听说自转车是不怕人偷的,就为人人都自己有车,没人要偷)。任你选一个方向,任你上一条通道,顺着这带草味的和风,放轮远去,保管你这半天的逍遥是你性灵的补剂。这道上有的是清阴与美草,随地都可以供你休憩。你如爱花,这里多的是锦绣似的草原。你如爱鸟,这里多的是巧啭的鸣禽。你如爱儿童,这乡间到处是可亲的稚子。你如爱人情,这里多的是不嫌远客的乡人,你到处可以"挂单"借宿,有酪浆与嫩薯供你饱餐,有夺目的果鲜恣你尝新。你如爱酒,这乡间每"望"都为你储有上好的新酿,黑啤如太浓,苹果酒、姜酒都是供你解渴润肺的。……带一卷书,走十里路,选一块清静地,看天,听鸟,读书,倦了时,和身在草绵绵处寻梦去——你能想象更适情更适性的消遣吗?

陆放翁有一联诗句:"传呼快马迎新月,却上轻舆趁晚凉。"这是做地方官的风流。我在康桥时虽没马骑,没轿子坐,却也有我的风流:我常常在夕阳西晒时骑了车迎着天边扁大的日头直追。日头是追不到的,我没有夸父的荒诞,但晚景的温存却被我这样偷尝了不少。有三两幅画图似的经验至今还是栩栩的留着。只说看夕阳,我们平常只知道登山或是临海,但实际只须辽阔的天际,平地上的晚霞有时也是一样的神奇。有一次我赶到一个地方,手把着一家村庄的篱笆,隔着一大田的麦浪,看西天的变幻。有一次是正冲着一条宽广的大道,过来一大群羊,放草归来的,偌大的太阳在它们后背放射着万缕的金辉,天上却是乌青青的,只剩这不可逼视的威光中的一条大路,一群生物,我心头顿时感着神异性的压迫,我真的跪下了，对着这冉冉渐翳的金光。再有一次是更不可忘的奇景，那是临着一大片望不到头的草原，满开着艳红的罂粟，在青草里亭亭像是万盏的金灯，阳光从褐色云斜着过来，幻成一种异样紫色，透明似的不可逼视，刹那间在我迷眩了的视觉中，这草田变成了……不说也罢，说来你们也是不信的！

一别二年多了，康桥，谁知我这思乡的隐忧？也不想别的，我只要那晚钟撼动的黄昏，没遮拦的田野，独自斜倚在软草里，看第一个大星在天边出现！

一九二六年一月十五日

# 西伯利亚

——欧游漫录之七

西伯利亚只是人少，并不荒凉；天然的景色亦自有特色，并不单调；贝加尔湖周围最美，乌拉尔一带连绵的森林亦不可忘。天气晴爽时空气竟像是透明的，亮极了，再加地面上雪光的反映，真叫你耀眼。你们住惯城里的难得有机会饱尝清洁的空气；下回你们要是路过西伯利亚或是同样地方，千万不要躲懒，逢站停车时，不论天气怎样冷，总得下去散步，借冰清尖锐的气流洗净你恶浊的肺胃；那真是一个快乐，不仅你的鼻孔，就是你面上与颈根上露在外面的毛孔，都受着最甜美的洗礼，给你倦懒的性灵一剂绝烈的刺戟，给你松散的筋肉一个有力的约束，激荡你的志气，加添你的生命。

再有你们过西伯利亚时记着：不要忙吃晚饭，牺牲最柔媚的晚景。雪地上的阳光有时幻成最娇嫩的彩色，尤其是夕阳西渐时，最普通是银红，有时鹅黄稍带绿晕。四年前我游小瑞士时初次发现雪地里光彩的变幻，这回过西伯利亚看得更满意；你们试想象晚风静定时在一片雪白平原上，疏玲玲〔零零〕的大树间，斜刺里平添出几大条鲜艳的彩带，是幻是真，是真是幻，那妙趣到你亲身经历时从容的辨认吧。

但我此时却不来复写我当时的印象，那太吃苦了，你们知道这逼紧了你的记忆召回早已消散了的景色，再得应用想象的光辉照出他们颜色的深浅，是一件极伤身的工作，比发寒热时出汗还凶。并且这来碰着记不清的地方你就得凭空造，那你们又不愿意了不是？好，我想出了一个简便的办法；我这本记事册的前面有几页当时随兴涂下的杂记，我就借用。不是省事，就可惜我做事情总没有常性，什么都只是片断，那几段琐记又是在车上用铅笔写的英文，十个字里至少有五个字不认识，现在要来对号，真不易！我来试试。

（1）西伯利亚并不坏，天是蓝的，日光是鲜明的，暖和的，地上薄薄的铺着白雪，矮树，丛草，白皮松，到处看得见。稀稀的住人的木房子。

（2）方才过一站，下去走了一走，顶暖和。一个十几左右卖牛奶的小姑娘手里拿瓶子卖鲜牛奶给我们。她有一只小圆脸，一双聪明的蓝眼，白净的皮肤，清秀有表情的面目，她脚上的套鞋像是一对张着大口的黄鱼，她的裙子也是古怪的样子，我的朋友给她一个半卢布的银币。她的小眼睛滚上几滚，接了过去仔细的查看，她开口问了。她要知道这钱是不是真的通用的银币；"好的，好的，自然好的！"旁边站着看的人（俄国车站上多的是闲人）一齐喊了。她露出一点子的笑容，把钱放进了口袋，一瓶牛奶交给客人，翻着小眼对我们望望，转身快快的跑了去。

（3）入境愈深，当地人民的苦况益发的明显。今天我在赤塔站上留心的看。褴褛的小孩子，从三四岁到五六岁，在站上问客人讨钱，并且也不是客气的讨法，似乎他们的手伸了出来决不肯空了回去的。不但在月台上，连站上的饭馆里都有，无数成年的男女，也不知做什么来的，全靠着我们吃饭处的木栏，斜着他们呆顿的不移动的注视看着你蒸气的热汤或是你肘子边长条的面包。他们的样子并不恶，也不凶，可是晦涩而且阴沉，看着他们的面貌你不由得不疑问这里的人民知不知道什么是自然的喜悦的笑容。笑他们当然是会得的；尤其是狂笑当他们受足了vodka的影响，但那时的笑是不自然的，表示他们的变态，不是上帝给我们的喜悦。这西伯利亚的土人，与其说是受一个有自制力的脑府支配的人的身体，不如说是一捆捆的原始的人道，装在破烂的黄色或深黄色的布裓与奇大的毡鞋里，他们行动，他们工作，无非是受他们内在的饿的力量所驱使，再没有别的可说了。

（4）在lrkutsk车停一时许，他们全下去走路，天早已黑了，站内的光亮只是几只贴壁的油灯，我们本想出站，却反经过一条夹道走进了那普通待车室，在昏迷的灯光下辨认出一屋子黑魆魆的人群，那景象我再也忘不了，尤其是那气味！悲悯心禁止我尽情的描写；丹德假如到此地来过，他的地狱里一定另添一番色彩！

对面街上有一山东人开着一家小烟铺，他说他来了二十年,积下的钱还不够他回家。

(5) 俄国人的生活我还是懂不得。店铺子窗户里放着的各式物品是容易认识的,但管铺子做生意的那个人,头上戴着厚毡帽,脸上满长着黄色的细毛,是一个不可捉摸的生灵;拉车的马甚至那奇形的雪橇是可以领会的,但那赶车的紧裹在他那异样的袍服里,一只戴皮套的手扬着一根古旧的皮鞭,是一个不可思议的现象。

我怎样来形容西伯利亚天然的美景?气氛是晶澈的,天气澄爽时的天蓝是我们在灰沙里过日子的所不能想象的异景。森林是这里的特色:连绵,深厚,严肃,有宗教的意味。西伯利亚的林木都是直干的:不问是松,是白杨是青松或是灌木类的矮树丛,每株树的尖顶总是正对着天心。白杨林最多,像是带旗帜的军队,各式的军徽奕奕的闪亮着;兵士们屏息的排列着,仿佛等候什么严重的命令。松树林也多茂盛的:干子不大,也不高,像是稚松,但长得极匀净,像是园丁早晚修饰的盆景。不错;这些树的崛强的不曲性是西伯利亚,或许是俄罗斯,最明显的特性。

——我窗外的景色极美;夕阳正从西北方斜照过来,天空,嫩蓝色的,是轻敷着一层纤薄的云气,平望去都是齐整的树林,严青的松,白亮的杨,浅棕的笔竖的青松——在这雪白的平原上形成一幅色彩融和的静景。树林的顶尖尤其是美,他们在这肃静的晚景中正像是无数寺院的尖阁,排列着,对高高的蓝天默祷。在这无边的雪地里有时也看得见住人的小屋,普通是木板造屋顶铺瓦颇像中国房子,但也有黄或红色砖砌的。人迹是难得看见的;这全部风景的情调是静极了,缄默极了,倒像是一切动性的事物在这里是不应得有位置的;你有时也看得见迟顿的牲口在雪地的走道上慢慢的动着,但这也不像是有生活的记认……

# 莫斯科

## ——欧游漫录之八

呵，莫斯科！曾经多少变乱的大城！罗马是一个破烂的旧梦，爱寻梦的你去；纽约是Mammon的宫阙，拜金钱的你去；巴黎是一个肉艳的大坑，爱荒淫的你去；伦敦是一个煤烟的市场，慕文明的你去。但莫斯科？这里没有光荣的古迹，有的是血污的近迹；这里没有繁华的幻景，有的是斑驳的寺院；这里没有和暖的阳光，有的是泥泞的市街；这里没有人道的喜色，有的是伟大的恐怖与黑暗，惨酷，虚无的暗示。暗森森的雀山，你站着，半冻的莫斯科河，你流着：在前途20个世纪的漫游中，莫斯科，是领路的南针，在未来文明变化的经程中莫斯科是时代的象征，古罗马的牌坊是在残阙的简页中，是在破碎的乱石间；未来莫斯科的牌坊是在文明的骸骨间，是在人类鲜艳的血肉间。莫斯科，集中你那伟大的破坏的天才，一手拿着火种，一手拿着杀人的刀，趁早完成你的工作，好叫千百年后奴性的人类的子孙，多多的来，不断的来，像他们现在去罗马一样，到这暗森森的雀山的边沿，朝拜你的牌坊，纪念你的劳工，讴歌你的不朽!

这是我第一天到莫斯科在Kremlin周围散步时心头涌起杂感的一斑。那天车到时是早上六时。上一天路过的森林，大概在Vladimir一带，多半是叫几年来战争摧残了的，几百年的古松只存下烧毁或剔残的余骸纵横在雪地里，这底下更不知掩盖着多少残毁的人体，冰结着多少鲜红的热血。沟堑也有可辨认的，虽则不甚分明，多谢这年年的白雪，他来填平地上的丘壑，掩护人类的暴迹，省得伤感派的词客多费推敲，但这点子战场的痕迹，引起过路人惊心的标记，在将到莫斯科以前的确是一个切题的引子。你一路来穿度这西伯利亚白茫茫人迹希有的广漠，偶尔在这里那里看到俄国人的生活，艰难，缄默，忍耐的生活；你也看了这边地势的特性，贝加尔湖边雄踞的山岭，乌拉尔东西博大的严肃的森林，你也尝着了这里空气异常的凛冽与尖锐，像钢丝似的直透你的气管，逼迫你的清醒——你的思想应得已经受一番有力的洗刷，你的神经一种新奇的戟刺，你从贵国带来的灵性，叫怠惰，苟且，顽固，龌龊，与种种堕落的习惯束缚，压迫，淤塞住的，应得感受一些解放的动力，你的让名心，利欲，色业翳蒙了的眸子也应得觉着一点新来的清爽，叫他们睁开一些，张大一些，前途有得看，应得看的东西多着，即使不是你灵魂绝对的资养，至少是一帖兴奋剂，防瞌睡的强烈性注射!

因此警醒! 你的心；开张! 你的眼；——你到了俄国，你到了莫斯科，这巴尔的克海以东，白令峡以西，北冰洋以南，尼也帕河以北千万里雪盖的地圈内一座着火的血红的大城!

在这大火中最先烧烂的是原来的俄国,专制的,贵族的,奢侈的,淫靡的,Ancien Regime全没了,曳长裙的贵妇人,镶金的马车,献鼻烟壶的朝贵,猎装的世家子弟全没了,托尔斯泰与屠及尼夫小说中的社会全没了——他们并不曾绝迹,在巴黎,在波兰,在纽约,在罗马你倘然会见什么伯爵夫人什么vgky或是子爵夫人什么owner,那就是叫大火烧跑的难民。他们,提起俄国就不愿意。他们会得告诉你现在的俄国不是他们的国了,那是叫魔鬼占据了去的(因此安琪儿们只得逃难!),俄国的文化是荡尽的了,现在就靠流[亡]在外国的一群人,诗人,美术家等等,勉力来代表斯拉夫的精神。如其他们与你讲得投机时,他们就会对你悲惨的历诉他们曾经怎样的受苦,怎样的逃难,他们本来那所大理石的庄子现在怎样了,他们有一个妙龄的侄女在乱时叫他们怎样了……但他们盼望日子已经很近,那班强盗倒运,因为上帝是有公道的,虽则……

你来莫斯科当然不是来看俄国的旧文化来的;但这里却也不定有"新文化",那是贵国的专利;这里来见的是什么你听着我讲。

你先抬头望天。青天是看不见的,空中只是迷蒙的半冻的云气,这天(我见的)的确是一个愁容的,服丧的天;阳光也偶尔有,但也只在云罅里力乏的露面,不久又不见了,像是楼居的病人偶尔在窗纱间看街似的。

现在低头看地。这三月的莫斯科街道应当受咒诅。在大寒天满地全铺着雪凝成一层白色的地皮也是一个道理；到了春天解冻时雪全化了水流入河去，露出本来的地面，也是一个说法；但这时候的天时可真是刁难了，他不给你全冻，也不给你全化；白天一暖，浮面的冰雪化成了泥泞，回头风一转向又冻上了，同时雨雪还是连连的下，结果这街道简直是没法收拾，他们也就不收拾，让他这"一塌糊涂"的窝着，反正总有一天会干净的（所以你要这时候到俄国千万别忘带橡皮套鞋）！

再来看街上的铺子，铺子是伺候主客的；瑞蚨祥的主顾全没了的话，瑞蚨祥也只好上门；这里漂亮的奢侈的店铺是看不见的了，顶多顶热闹的铺子是吃食店，这大概是政府经理的；但可怕的是这边的市价：女太太的丝袜子听说也买得到，但得花十五二十块钱一双，好些的鞋在四十元左右，橘子大的七毛五，小的五毛一只，我们四个人在客栈吃一顿早饭连税共付了二十元，此外类推。

再来看街上的人。先看他们的衣着，再看他们的面目。这里衣着的文化，自从贵族匿迹，波淇洼（Bougeois）销声以后，当然是"荡尽"的了；男子的身上差不多不易见一件白色的衬衫，不必说鲜艳的领结（不带领结的多），衣服要寻一身勉强整洁的就少；我碰着一位大学教授，他的衬衣大概就是他的寝衣，他的外套，像是一个癞毛黑狗皮靴，大概就是他的被窝，头发是一团茅草再也看不出曾经爬梳过的痕迹，满面满腮的须毛也当然自由的滋长，我们不期望他有安全剃刀；并且这位先生决不是名流派的例外，我猜想现在在莫斯科会得到的"琴篇儿们"多少也就只这样的体面；你要知道了他们起居生活的情形就不会觉得诧异。惠尔思先生在四五年前形容莫斯科科学馆的一群科学先生们说是活像监牢里的犯人或是地狱里的饿鬼。我想他的比况一点也不过分。乡下人我没有看见，那是我想不会怎样离奇的，西伯利亚的乡下人，黄胡子穿着大头靴子的，与俄国本土的乡下人应得没有多大分别。工人满街多的是，他们在衣着上并没有出奇的地方，只是襟上戴列宁徽章的多。小学生的游行团常看得见，在烂污的街心里一群乞丐似的黑衣小孩拿着红旗，打着皮鼓瑟东东的过去。做小买卖在街上摆摊提篮的不少，很多是残废的男子与老妇人，卖的是水果，烟卷，面包，朱古律糖（吃不得）等（路旁木亭子里卖书报处也有小吃卖）。

街上见的娘们分两种：一种是好百姓家的太太小姐，她们穿得大都很勉强，丝袜不消说是看不见的。还有一种是共产党的女同志，她们不同的地方除了神态举止以外是她们头上的红巾或是红帽，不是巴黎的时式（红帽），在雪泥斑驳的街道上倒是一点喜色！

什么都是相对的：那年我与陈博生从英国到佛朗德福那天正是星期，道上不问男女老小都是衣服铺裁缝店里的模型，这一比他与我这风尘满身的旅客真像是外国叫化子了！这回在莫斯科我又觉得窘，可不为穿的太坏，却为穿的太阔；试想在那样的市街上，在那样的人丛中，晦气是本色，褴褛是应分，忽然来了一个头戴獭皮大帽身穿海龙领（假的）的皮大氅的外客；可不是唱戏似的走了板，错太远了。别说我，就是我们中国学生在莫斯科的（当然除了东方大学生）也常常叫同学们眨眼说他们是"波淇洼"，因为他们身上穿的是荣昌祥或是新记的蓝哔叽！这样看来，改造社会是有希望的；什么习惯都打得破，什么标准都可以翻身。什么思想都可以颠倒，什么束缚都可以摆脱，什么衣服都可以反穿……将来我们这两脚行动厌倦了时竟不妨翻新样叫两只手帮着来走，谁要再站起来就是笑话，那多好玩！

虽则严敛，阴霾，凝滞是寒带上难免的气象，但莫斯科人的神情更是分明的忧郁，惨淡，见面时不露笑容，谈话时少有精神，仿佛他们的心上都压着一个重量似的。

这自然流露的笑容是最不可勉强的。西方人常说中国人爱笑，比他们会笑得多，实际上怎样我不敢说，但西方人见着中国人的笑我怕不免有好多是急笑，傻笑，无谓的笑，代表一切答话的笑；犹之俄国人的笑多半是Vodka八神经的笑，热病的笑，疯笑，道施妥奄夫斯基的Idiot的笑！那都不是真的喜笑，健康与快乐的表情。其实也不必莫斯科，现世界的大都会，有哪几处人们的表情是自然的？Dublin（爱尔兰的都城），听说是快乐的，维也纳听说是活泼的，但我曾经到过的只有巴黎的确可算是人间的天堂，那边的笑脸像三月里的花似的不倦的开着，此外就难说了；纽约，支加哥，柏林，伦敦的群众与空气多少叫你旁观人不得舒服，往往使你疑心错入了什么精神病院或是"偏心"病院,叫你害怕,巴不得趁早告别,省得传染。

现在莫斯科有一个希奇的现象,我想你们去过的一定注意到,就是男子抱着吃奶的小孩在街上走道,这在西欧是永远看不见的。这是苏维埃以来的情形。现在的法律规定一个人不得多占一间以上的屋子了,听差,老妈子,卜女,奶妈,不消说,当然是没有的了,因此年轻的夫妇,或是一同居住的男女,对于生育就得格外的谨慎,因为万一不小心下了种的时候,在小孩能进幼稚园以前这小宝贝的负担当然完全在父母的身上。你们姑且想想你们现在北京的,至少总有几间屋子住,至少总有一个老妈子伺候,你们还时常嫌着这样那样不称心哪!但假如有一天莫斯科的规矩行到了我们北京,那时你就得乖乖的放弃你的宅子,听凭政府分配去住东花厅或是西花厅的那一间屋子,你同你的太太就得零做人家,桌子得自己擦,地得自己扫,饭得自己烧,衣服得自己洗,有了小东西就得自己管,有时下午你们夫妻俩想一同出去散步的话,你总不好意思把小宝贝锁在屋子里,结果你得带走,你又没钱去买推车,你又不好意思叫你太太受累(那时候你与你的太太感情会好些的,我敢预言!),结果只有老爷自己抱,但这男人抱小孩其实是看不惯,他又往往不会抱,一个"蜡烛封"在他的手里,他不知道直着拿好还是横着拿好;但你到了莫斯科不看惯也得看惯,到那一天临着你自己的时候老爷你抱不惯也得抱他惯!我想果真有那一天的时候,生小孩决不会像现在的时行,竟许山格夫人与马利司徒博士等等比现在还得加倍的时行;但照莫斯科情形看来，未来的小安琪儿们还用不着过分的着急——也许莫斯科的父母没有余钱去买"法国橡皮"，也许苏维埃政府不许父母们随便用橡皮，我没有打听清楚。

你有工夫时到你的俄国朋友的住处去看看。我去了。他是一位教授。我打门进去的时候他躺在他的类似"行军床"上看书或是编讲义，他见有客人连忙跳了起来，他只穿着一件毛绒衫，肘子胸部都快烂了，满头的乱发，一脸斑驳的胡髭。他的房间像一条丝瓜。长方的，家具像一只小木桌，一张椅子，墙壁上几个挂衣的钩子，他自己的床是顶着窗的，斜对面另一张床，那是他哥哥或是弟弟的，墙壁上挂着些东方的地图，一联倒挂的五言小字条（他到过中国知道中文的），桌上乱散着几本书，纸片，棋盘，笔墨等等，墙角里有一只酒精锅，在那里出气，大约是他的饭菜，有一只还不知两只椅子，但你在屋子里转身想不碰东西不撞人已经是不易了。

这是他们有职业的现时的生活。托尔斯泰的大小姐究竟受优待些，我去拜会她了，是使馆里一位屠太太介绍的，她居然有两间屋子，外间大些，是她教学生临画的，里面大约是她自己的屋子，但她不但有书有画，她还有一只顶[有]趣的小狗，一只顶可爱的小猫，她的情形，他们告诉我，是特别的，因为她现在还管着托尔斯泰的纪念馆，我与她谈了。当然谈起她的父亲（她今年六十），下面再提，现在是讲莫斯科人的生活。

我是礼拜六清早到莫斯科，礼拜一晚上才去的，本想利用那三天工夫好好的看一看本地风光，尤其是戏。我在车上安排得好好的，上午看这样，下午到那里，晚上再到那里，哪晓得我的运气叫坏，碰巧他们中央执行委员会又死了一个要人，他的字名像是叫什么"妈里妈虎"——他死得我其实不见情，因为为他出殡整个莫斯科就得关门当孝子，满街上迎丧，家家挂半旗，跳舞场不跳舞，戏馆不演戏，什么都没了，星期一又是他们的假日，所以我住了三天差不多什么都没看着，真气，那位"妈里妈虎"其实何妨迟几天或是早几天归天，我的感激是没有问题的。

所以如其你们看了这篇杂凑失望，不要完全怪我，"妈里妈虎"先生至少也得负一半的责。但我也还记得起几件事情，不妨乘兴讲给你们听。

我真笨，没有到以前，我竟以为莫斯科是一个完全新起的城子，我以为亚力山大烧拿破仑那一把火竟化上了整个莫斯科的大本钱，连Kremlin（皇城）都乌焦了的，你们都知道拿破仑想到莫斯科去吃冰淇淋那一段热闹的故事，俄国人知道他会打，他们就躲着不给他打，一直诱着他深入俄境，最后给他一个空城，回头等他在Kremlin躺下了休息的时候，就给他放火，东边一把，西边一把，闹着玩，不但不请冰淇淋吃，连他带去的巴黎饼干，人吃的，马吃的，都给烧一个精光，一面天公也给他作对，北风一层层的吹来，雪花一片片的飞来，拿翁知道不妙，连忙下令退兵已经太迟，逃到了Beresina那地方，叫哥萨克的丈八蛇矛"劫杀横来"，几十万的长胜军叫他们切菜似的留不到几个，就只浑身烂污泥的法兰西大皇帝忙里捞着一匹马冲出了战场逃回家去半夜里叫门,可怜Beresina河两岸的冤鬼到如今还在那里欷歔,这盘糊涂账是无从算起的了!

但我在这里重提这些旧话,并不是怕你们忘记了拿破仑,我只是提头你们俄国人的辣手,忍心破坏的天才原是他们的种性,所以拿破仑听见Kremlin冒烟的时候,连这残忍的魔王都跳了起来——"什么?"他说,"连他们祖宗的家院都不管了!"正是:斯拉夫民族是从不希罕小胜仗的,要来就给你一个全军覆没。

莫斯科当年并不曾全毁;不但皇城还是在着,四百年前的教堂都还在着。新房子虽则不少,但这城子是旧的。我此刻想起莫斯科,我的想象幻出了一个年老退伍的军人,战阵的暴烈已经在他年纪里消隐,但暴烈的遗迹却还明明的在着,他颊上的刃创,他颈边的枪癥,他的空虚的注视,他的倔强的髭须,都指示他曾经的生活;他的衣服也是不整齐的,但这衣着的破碎也仿佛是他人格的一部[分],石上的苍苔似的,斑驳的颜色已经染蚀了岩块本体。在这苍老的莫斯科城内,竟不易看出新生命的消息——也许就只那新起的白宫,屋顶上飘扬着鲜艳的红旗,在赭黄,苍老的Kremlin城围里闪亮着的,会得引起你注意与疑问,疑问这新来的色彩竟然大胆的侵占了古迹的中心,扰乱原来的调谐。这决不是偶然,旅行人!快些擦净你风尘眯倦了一双眼,仔细的来看看,竟许那看来平静的旧城子底下,全是炸裂性的火种,留神!回头地壳都烂成齑粉,慢说地面上的文明!

其实真到炸的时候，谁也躲不了，除非你趁早带了宝眷逃火星上面去——但火星本身炸不炸也还是问题。这几分钟内大概药线还不至于到根，我们也来赶早，不是逃，赶早来多看看这看不厌的地面。那天早上我一个人在那大教寺的平台上初次瞭望莫斯科，脚下全是滑溜的冻雪，真不易走道，我闪了一两次，但是上帝受赞美，那莫斯科河两岸的景色真是我不期望的眼福，要不是那石台上要命的滑，我早已惊喜得高跳起来！方向我是素来不知道的，我只猜想莫斯科河是东西流的，但那早上又没有太阳，所以我连东西都辨不清，我很可惜不曾上雀山去，学拿破仑当年，回头望冻云笼罩着的莫斯科，一定别有一番气概，但我那天看着的也就不坏，留着雀山下一次再去，也许还来得及。在北京的朋友们，你们也趁早多去景山或是北海饱看看我们独有的"黄瓦连云"的禁城，那也是一个大观，在现在脆性的世界上，今日不知明日事，"趁早"这句话真有道理，回头北京变了第二个圆明园，你们软心肠的再到交民巷去访着色相片，老皱着眉头说不成，那不是活该！

如其北京的体面完全是靠皇帝，莫斯科的体面大半是靠上帝。你们见过希腊教的建筑没有？在中国恐怕就只哈尔滨有。那建筑的特色是中间一个大葫芦顶，有着色的，蓝的多，但大多数是金色，四角上又是四个小葫芦顶，大小的比称很不一致，有的小得不成样，有的与中间那个不差什么。有的花饰繁复，受东罗马建筑的影响，但也有纯白石造的，上面一个巨大的金顶，比如那大教堂，别有一种朴素的宏严。但最奇巧的是皇城外面那个有名的老教堂,大约是16世纪完工的。那样子奇极了,你看了永远忘不了,像是做了最古怪的梦。基子并不大,那是俄国皇家做礼拜的地方,所以那面供奉与祈祷的位置也是逼仄的。顶一共有十个,排列的程序我不曾看清楚,各个的式样与着色都不同:有的像我们南边的十楞瓜,有的像岳传里严成方手里拿的铜锤,有的活像一只波罗蜜,竖在那里,有的像一圈火蛇,一个光头探在上面,有的像隋唐传里单二哥的兵器,叫什么枣方槊是不是?总之那一堆光怪的颜色,那一堆离奇的式样,我不但从没有见过,简直连梦里都不曾见过——谁想得到波罗蜜,枣方槊都会跑到礼拜堂顶上去的!

莫斯科像一个蜂窝,大小的教堂是他的蜂房。全城共有六百多(有说八百)的教堂,说来你也不信,纽约城里一个街角上至少有一家冰淇淋沙达店,莫斯科的冰淇淋沙达店是教堂,有的真神气,戴着真金的顶子在半空里卖弄,有的真寒伧,一两间大屋子,一个烂芋头似的尖顶,挤在两间壁几层屋子的中间,气都喘不过来。据说革命以来,俄国的宗教大吃亏,这几年不但新的没法造,旧的都没法修,那波罗蜜做顶那教堂里的教士,隐约的讲些给我们听,神情怪凄惨的。这情形中国人看来真想不通,宗教会得那样有销路,仿佛祷告比吃饭还起[劲],做礼拜比做面包还重要;到我们绍兴去看看——"五家三酒店,十步劲,九茅坑",庙也有的,在市梢头,在山顶上,到初一月半再去不迟——那是何等的近人情,生活何等的有分称;东西的人生观这一比可差得太远了!

再回到那天早上，初次观光莫斯科。不曾开冻的莫斯科河上面盖着雪，一条玉带似的横在我的脚下，河面上有不少的乌鸦在那里寻食吃。莫斯科的乌鸦背上是灰色的，嘴与头颈也不像平常的那样贫相，我先看竟当是斑鸠！皇城在我的左边，默沉沉的包围着不少雄伟的工程，角上塔形的瞭望台上隐隐有重裹的卫兵巡哨的影子，塔不高，但有一种凌视的威严，颜色更是苍老，像是深赭色的火砖，他仿佛告诉你："我们是不怕光阴，更不怕人事变迁的，拿破仑早去了，罗曼诺夫家完了，可仑斯基跑了，列宁死了，时间的流波里多添一层血影，我的墙上加深一层老苍，我是不怕老的，你们人类抵拚再流几次热血？"我的右手就是那大金顶的教寺；隔河望去竟像是一只盛开的荷花池，葫芦顶是莲花，高梗的，低梗的，浓艳的，淡素的，轩昂的，葳蕤的——就可惜阳光不肯出来，否则那满池的金莲更加亮一重光辉，多放一重异彩，恐怕西王母见了都会羡慕哩！

# 契诃夫的墓园

——欧游漫录之十一

诗人们在这喧［嚣］的市街上不能不感寂寞，因此"伤时"是他们怨愫的发泄，"吊古"是他们柔情的寄托。但"伤时"是感情直接的反动：子规的清啼容易转成夜鸮的急调，吊古却是情绪自然的流露，想象已往的韶光，慰藉心灵的幽独；在墓墟间，在晚风中，在山一边，在水一角，慕古人情，怀旧光华；像是朵朵出岫的白云，轻沾斜阳的彩色，冉冉的卷，款款的舒，风动时动，风止时止。

吊古便不得不憬悟光阴的实在：随你想象它是汹涌的洪潮，想象它是缓渐的流水，想象它是倒悬的急湍，想象它是无踪迹的尾闾，只要你见到它那水花里隐现着的骸骨，你就认识它那无顾恋的冷酷，它那无限量的破坏的馋欲；桑田变沧海，红粉变骷髅，青梗变枯柴，帝国变迷梦，梦变烟，火变灰，石变砂，玫瑰变泥，一切的纷争消纳在无声的墓窟里……那时间人生的来踪与去迹，它那色调与波纹，便如夕照晚霭中的山岭融成了青紫一片，是丘是壑，是林是谷，不再分明，但它那大体的轮廓却亭亭的刻画在天边，给你一个最清切的辨认。这一辨认就相联的唤起了疑问：人生究竟是什么？你得加下你的按语，你得表示你的"观"。陶渊明说大家在这一条水里浮沉，总有一天浸没在里面，让我今天趁南山风色好，多种一棵菊花，多喝一杯甜酿；李太白、苏东坡、陆放翁都回响说不错，我们的"观"就在这酒杯里。《古诗十九首》说这一生一扯即过，不过也得过，想长生的是傻子，抓住这现在的现在尽量的享福寻快乐是真的——"不如饮美酒，被服纨与素。"曹子建望着火烧了的洛阳，免不得动感情；他对着渺渺的人生也是绝望——"转蓬离本根，飘飘随长风。何意回飙举，吹我入云中。高高上无极，天路安可穷。"光阴"悠悠"的神秘警觉了陈元龙：人们在世上都是无俦伴的独客，各个，在他觉悟时，都是寂寞的灵魂。庄子也没奈何这悠悠的光阴，他借重一个偶侃的骷髅，设想另一个宇宙，那边生的进行不再受时间的制限。

所以吊古——尤其是上坟——是中国文人的一个癖好。这癖好想是遗传的；因为就我自己说，不仅每到一处地方爱去郊外冷落处寻墓园消遣，那坟墓的意象竟仿佛在我每一个思想的后背阑着，——单这馒形的一块黄土在我就有无穷的意趣——更无须蔓草，凉风，白杨，青磷等等的附带。坟的意象与死的概念当然不能差离多远，但在我坟与死的关系却并不密切：死仿佛有附着或有实质的一个现象，坟墓只是一个美丽的虚无，在这静定的意境里，光阴仿佛止息了波动，你自己的思感也收敛了震悚,那时你的性灵便可感到最纯净的慰安,你再不要什么。还有一个原因为什么我不爱想死是为死的对象就是最恼人不过的生,死止是中止生,不是解决生,更不是消灭生,止是增剧生的复杂,并不清理它的纠纷。坟的意象却不暗示你什么对举或比称的实体,它没有远亲,也没有近邻,它只是它,包涵一切,覆盖一切,调融一切的一个美的虚无。

我这次到欧洲来倒像是专做清明来的;我不仅上知名的或与我有关系的坟(在莫斯科上契诃夫、克鲁泡特金的坟;在柏林上我自己儿子的坟,在枫丹薄罗上曼殊斐儿的坟;在巴黎上茶花女哈哀内的坟,上菩特莱"恶之花"的坟,上凡尔泰,卢梭,嚣俄的坟;在罗马上雪莱,基茨的坟;在翡冷翠上勃郎宁太太的坟,上密仡郎其罗,梅迪启家的坟;日内到Ravenna去还得上丹德的坟,到Asais上法兰西士的坟,到Mautua上浮吉尔Virgil的坟)。我每过不知名的墓园也往往进去留连,那时情绪不定是伤悲,不定是感触,有风听风,在块块的墓碑间且自徘徊,等斜阳淡了再计较回家。

…………

你们下回到莫斯科去,不要贪看列宁,那无非是一个像活的死人放着做广告的(口孽罪过!),反而忘却一个真值得去的好所在——那是在雀山山脚下的一座有名的墓园,原先是贵族埋葬的地方,但契诃夫的三代与克鲁泡特金也在里面,我在莫斯科三天,过得异常的昏闷,但那一个向晚,在那嚛寂的寺园里,不见了莫斯科的红尘,脱离了犹太人的怖梦,从容的怀古，默默的寻思，在他人许有更大的幸福，在我已经知足。那庵名像是Monestiere Vinozositch（可译作圣贞庵），但不敢说是对的，好在容易问得。

我最不能忘情的坟山是日中神户山上专葬僧尼那地方，一因它是依山筑道，林荫花草是天然的。二因两侧引泉，有不绝的水声。三因地位高亢，望见海湾与对岸山岛。我最不喜欢的是巴黎Montmarire的那个墓园，虽则有茶花女的芳邻我还是不愿意，因为它四周是市街，驾[架]空又是一架走电车的大桥，什么清宁的意致都叫那些机轮轧成了断片，我是立定主意不去的；罗马雪莱，基茨的坟场也算是不错，但这留着以后再讲；莫斯科的圣贞庵，是应得赞美的，但躺到那边去的机会似乎不多！

那圣贞庵本身是白石的，葫芦顶是金的，旁边有一个极美的钟塔，红色的，方的，异常的鲜艳，远望这三色——白，金，红——的配置，极有风趣。墓碑与坟亭密密的在这塔影下散布着，我去的那天正当傍晚，地下的雪一半化了水，不穿胶皮套鞋是不能走的。电车直到庵前，后背望去森森的林山便是拿破仑退兵时曾经回望的雀山。庵门内的空气先就不同，常青的树荫间，雪铺的地里，悄悄的屏息着各式的墓碑：青石的平台，镂像的长碣，嵌金的塔，中空的享亭，有高踞的，有低伏的，有雕饰繁复的，有平易的。但他们表示的意思却只是极简单的一个，古诗说的"下有陈死人，杳杳即长暮。潜寐黄泉下，千载永不寤"。

我们向前走不久便发现了一个颇颇惊心的事实：有不少极庄严的碑碣倒在地上的，有好几处坚致的石阑与铁阑打毁了的。你们记得在这里埋着的贵族居多，近几年来风水转了，贵族最吃苦，幸而不毁，也不免亡命，阶级的怨毒在这墓园里都留下了痕迹——楚平王死得快还是逃不了尸体受刑——虽则有标记与无标记，有祭扫与无祭扫，究竟关不关这底下陈死人的痛痒，还是不可知的一件事。但对于虚荣心重实的活人，这类示威的手段却是一个警告。

我们摸索了半天，不曾寻着契诃夫。我的朋友上那边问去了，我在一个转角站着等，那时候忽的眼前一亮（那天本是阴沉），夕阳也不知从哪边过来，正照着金顶与红塔，打成一片不可信的辉煌。你们没见过大金顶的不易想象他那回光的力量，平常玻窗上的返〔反〕光已够你的耀眼，何况偌大一个纯金的圆穹，我不由得不感谢那建筑家的高见，我看了《西游记》《封神传》渴慕的金光神霞，到这里见着了！更有那秀挺的绯红的高塔也在这俄顷间变成了絮花摇曳的长虹，仿佛脱离了地面，将次凌空飞去。

契诃夫的墓上（他父亲与他并肩）只是一块瓷青色的石碑，刻着他的名字与生死的年份，有铁阑围着，阑内半化的雪里有几瓣小青叶，旁边树上吊〔掉〕下去的，在那里微微的转动。

我独自倚着铁阑，沉思契诃夫今天要是在着他不知怎样：他是最爱"幽默"，自己也是最有谐趣的一位先生，他的太太告诉我们他临死的时候还要她讲笑话给他听。有幽默的人是不易做感情的奴隶的，但今天俄国的情形，今天世界的情形，他要是看了还能笑否，还能拿着他的灵活的笔继续写他灵活的小说否？……我正想着，一阵异样的声浪从园的那一角传过来打断了我的盘算，那声音在中国是听惯了的，但到欧洲来是不提防的；我转过去看时有一位黑衣的太太站在一个坟前，她旁边一个服装古怪的牧师（像我们的游方和尚）高声念着经咒，在晚色团聚时，在森森的墓门间，听着那异样的音调（语尾曼长向上曳作顿），你知道那怪调是念给墓中人听的，这一想毛发间就起了作用，仿佛底下的一大群全爬了上来在你的周围站着倾听似的。同时钟声响动，那边庵门开了，门前亮着一星的油灯，里面出来成行列的尼僧，向另一屋子走去，一体的黑衣黑兜，悄悄的在雪地里走去……

克鲁泡特金的坟在后园，只一块扁平的白石，指示这伟大灵魂遗蜕的歇处，看着颇觉凄惘，关门铃已经摇过，我们又得回红尘去了。

# 北戴河海滨的幻想

他们都到海边去了。我为左眼发炎不曾去。我独坐在前廊，偎坐在一张安适的大椅内，袒着胸怀，赤着脚，一头的散发，不时有风来撩拂。清晨的晴爽，不曾消醒我初起时〔的〕睡态；但梦思却半被晓风吹断。我阖紧眼帘内视，只见一斑斑消残的颜色，一似晚霞的余赭，留恋地胶附在天边，廊前的马樱，紫荆，藤箩〔萝〕，青翠的叶与鲜红的花，都将它们的妙影映印在水汀上，幻出幽媚的情态无数；我的臂上与胸前，亦满缀了绿荫的斜纹。从树荫的间隙平望，正见海湾：海波亦似被晨曦唤醒，黄蓝相间的波光，在欣然舞蹈。滩边不时见白涛涌起，迸射着雪样的水花。浴泉内点点的小舟与浴客，水禽似的浮着；幼童的欢叫，与水波拍岸声，与潜涛呜咽声，相间的起伏，竞报一滩的生趣与乐意。但我独坐的廊前，却只是静静的，静静的无甚声响。妩媚的马樱，只是幽幽微辗着，蝇虫也敛翅不飞，只有远近树里的秋蝉在纺纱似的缒引它们不尽的长吟。

在这不尽的长吟中，我独坐在冥想。难得是寂寞的环境，难得是静定的意境，寂寞中有不可言传的和谐，静默中有无限的创造。我的心灵，比如海滨，生命初度的怒潮，已经渐次的消翳，只剩有疏松的海沙中偶尔的回响，更有残缺的贝壳，反映星月的辉芒。此时摸索潮余的斑痕，追想当时汹涌的情景，是梦或是真，再亦不须辨问，只此眉梢的轻绉［皱］，唇边的微哂，已足解释无穷奥绪，深深的蕴伏在灵魂的微纤之中。

青年永远趋向反叛，爱好冒险，永远如初度航海者，幻想黄金机缘于浩淼的烟波之外；想割断系岸的缆绳，扯起风帆，欣欣的投入无垠的怀抱。他厌恶的是平安，自喜的是放纵于豪迈。无颜色的生涯，是他目中的荆棘，绝海与凶巘［巚］，是他爱取自由的途径。他爱折玫瑰：为她的色香，亦为她冷酷的刺毒。他爱搏狂澜：为它的庄严与伟大，亦为它吞噬一切是［的］天才，最是激发他探险与好奇的动机。他崇拜冲动：不可测，不可节，不可预逆，起，动，消歇皆在无形中，狂飙似的倏忽与猛烈与神秘。他崇拜斗争：从斗争中求剧烈的生命之意义，从斗争中求绝好的实在，在血染的战阵中，呼嚣胜利之狂欢或歌败丧的哀曲。

幻像消灭是人生里命定的悲剧；青年的幻灭，更是悲剧中的悲剧，夜一般的沉黑，死一般的凶恶。纯粹的，猖狂的热情之火，不同阿拉亭的神灯。只能放射一时的异彩，不能永久的朗照；转瞬间，或许，便已敛息了最后的焰舌，只留存有限的余烬与残灰，在未灭的余温里自伤与自慰。

流水之光，星之光，露珠之光，电之光，在青年的妙目中闪耀。我们不能不惊讶造化者艺术之神奇；然可怖的黑影，倦与衰与饱餍的黑影，同时亦紧紧的跟着时日进行，仿佛是烦恼，痛苦，失败，或庸俗的尾曳，亦在转瞬间，彗星似的扫灭了我们最自傲的神辉——流水涸，明星没，露珠散灭，电闪不再！

在这艳丽的日辉中，只见愉悦欢舞与生趣；希望，闪烁的希望，在荡漾，在无穷的碧空中，在绿叶的光泽里，在虫鸟的歌吟中，在青草的摇曳中——夏之荣华，春之成功。春光与希望，是长驻的；自然与人生是调谐的。

在远处有福的山谷内，莲馨花在坡前微笑，稚羊在乱石间跳跃，牧童们，有的吹着芦笛，有的平卧在草地上，仰看变幻的浮游的白云，放射下的青影在初黄的稻田中缥缈地移过。在远处安乐的村中，有妙龄的村姑，在流涧边映照她自制的春裙；口衔烟斗的农夫三四，在预度秋收的丰盈，老妇人们坐在家门外阳光中取暖，她们的周围有不少的儿童，手擎着黄白的钱花在环舞与欢呼。

在远——远处的人间，有无限的平安与快乐，无限的春光……

在此暂时可以忘却无数的落蕊与残红；亦可以忘却花荫中掉下的枯叶，私语地预告三秋的情意；亦可以忘却苦恼的僵瘘的人间，阳光与雨露的殷勤，不能再恢复他们腮颊上生命的微笑，亦可以忘却纷争的互杀的人间，阳光与雨露的仁慈，不能感化他们凶恶的兽性，亦可以忘却庸俗的卑琐的人间，行云与朝露的丰姿，不能引逗他们刹那间的凝视；亦可以忘却自觉的失望的人间，绚烂的春时与媚草，只能反激他们悲欢的意绪。

我亦可以暂时忘却我自身的种种；忘却我童年期清风白水似的天真；忘却我少年期种种虚荣的希冀；忘却我前次的觉悟；忘却我热烈的理想的寻求；忘却我心灵中乐观与悲观的斗争；忘却我攀登文艺高峰的艰辛；忘却刹那的启示与澈悟了［的］神奇；忘却我生命潮流之骤转；忘却我陷落在危险的漩涡中之幸与不幸；忘却我追忆不完全的梦境，忘却我大海底里埋着的秘密；忘却曾经剖割我灵魂的利刃，炮烙我灵魂的烈焰，摧毁我灵魂的狂飚暴雨；忘却我的深刻的怨与艾；忘却我的冀与愿；忘却我的恩泽与惠感；忘却我的过去与现在……

过去的实在，渐渐的膨胀，渐渐的模糊，渐渐的不可辨认，现在的实在，渐渐的收缩，逼成了意识的一线，细极狭极的一家［线］，又裂了无数不相联续的黑点……黑点亦渐渐的隐翳。幻术似的灭了，灭了，一个可怕的黑暗的空虚……

# 泰山日出

振铎来信要我在《小说月报》的泰戈尔号上说几句话。我也曾答应了,但这一时游济南游泰山游孔陵,太乐了,一时竟拉不拢心思来做整篇的文字,一直挨到现在期限快到,只得勉强坐下来,把我想得到的话不整齐的写出。

我们在泰山顶上看出太阳。在航过海的人,看太阳从地平线下爬上来,本不是奇事;而且我个人是曾饱饫过江海与印度洋无比的日彩的。但在高山顶上看日出,尤其在泰山顶上,我们无餍的好奇心,当然盼望一种特异的境界,与平原或海上不同的。果然,我们初起时,天还暗沉沉的,西方是一片的铁青,东方些微有些白意,宇宙只是——如用旧词形容——一体莽莽苍苍的。但这是我一面感觉劲烈的晓寒,一面睡眼不曾十分醒豁时约略的印象。等到留心回览时,我不由得大声的狂叫——因为眼前只是一个见所未见的境界。原来昨夜整夜暴风的工程,却砌成一座普遍的云海。除了日观峰与我们所在的玉皇顶以外,东西南北只是平铺着弥漫的云气,在朝旭未露前,宛似无量数厚毳长绒的绵羊,交颈接背的眠着,卷耳与弯角都依稀辨认得出。那时候在这茫茫的云海中,我独自站在雾霭溟蒙的小岛上,发生了奇异的幻想——

我躯体无限的长大,脚下的山峦比例我的身量,只是一块拳石;这巨人披着散发,长发在风里像一面墨色的大旗,飒飒的在飘荡。这巨人竖立在大地的顶尖上,仰面向着东方,平拓着一双长臂,在盼望,在迎接,在催促,在默默的叫唤,在崇拜,在祈祷,在流泪——在流久慕未见而将见悲喜交互的热泪……

这泪不是空流的,这默祷不是不生显应的。

巨人的手,指向着东方——

东方有的,在展露的,是什么?

东方有的是瑰丽荣华的色彩,东方有的是伟大普照的光明——出现了,到了,在这里了……

玫瑰汁、葡萄浆、紫荆液、玛瑙精、霜枫叶——大量的染工,在层累的云底工作;无数蜿蜒的鱼龙,爬进了苍白色的云堆。

一方的异彩,揭去了满天的睡意,唤醒了四隅的明霞——光明的神驹,在热奋地驰骋……

云海也活了;眠熟了兽形的涛澜,又回复了伟大的呼啸,昂头摇尾的向着我们朝露染青馒形的小岛冲洗,激起了四岸的水沫浪花，震荡着这生命的浮礁，似在报告光明与欢欣之临莅……

再看东方——海句力士已经扫荡了他的阻碍，雀屏似的金霞，从无垠的肩上产生，展开在大地的边沿。起……起……用力，用力。纯焰的圆颅，一探再探的跃出了地平，翻登了云背，临照在天空……

歌唱呀，赞美呀，这是东方之复活，这是光明的胜利……

散发祷祝的巨人，他的身彩横亘在无边的云海上，已经渐渐的消翳在普遍的欢欣里；现在他雄浑的颂美的歌声，也已在霞彩变幻中，普彻了四方八隅……

听呀，这普彻的欢声；看呀，这普照的光明！

这是我此时回忆泰山日出时的幻想，亦是我想望泰戈尔来华的颂词。

# 天目山中笔记

佛于大众中　说我当作佛　闻如是法音　疑悔悉已除
初闻佛所说　心中大惊疑　将非魔作佛　恼乱我心耶

《莲华经·譬喻品》

  山中不定是清静。庙宇在参天的大木中间藏着，早晚间有的是风，松有松声，竹有竹韵，鸣的禽，叫的虫子，阁上的大钟，殿上的木鱼，庙身的左边右边都安着接泉水的粗毛竹管，这就是天然的笙箫，时缓时急的参和着天空地上种种的鸣籁。静是不静的；但山中的声响，不论是泥土里的蚯蚓叫或是轿夫们深夜里"唱宝"的异调，自有一种各别处：它来得纯粹，来得清亮，来得透彻，冰水似的沁入你的脾肺；正如你在泉水里洗濯过后觉得清白些，这些山籁，虽则一样是音响，也分明有洗净的功能。

  夜间这些清籁摇着你入梦，清早上你也从这些清籁的怀抱中苏醒。

  山居是福，山上有楼住更是修得来的。我们的楼窗开处是一片蓊葱的林海；林海外更有云海！日的光，月的光，星的光：全是你的。从这三尺方的窗户你接受自然的变幻；从这三尺方的窗户你散放你情感的变幻。自在，满足。

今早梦回时睁眼见满帐的霞光。鸟雀们在赞美；我也加入一份。它们的是清越的歌唱，我的是潜深一度的沉默。

钟楼中飞下一声宏钟，空山在音波的磅礴中震荡。这一声钟激起了我的思潮。不，潮字太夸张；说思流罢。耶教人说阿门，印度教人说"欧姆""O—m"，与这钟声的嗡嗡，同是从撮口外摄到阖口内包的一个无限的波动：分明是外扩，却又是内潜；一切在它的周缘，却又在它的中心；同时是皮又是核，是轴亦复是廓。这伟大奥妙的"Om"，使人感到动，又感到静；从静中见动，又从动中见静；从安住到飞翔，又从飞翔回复安住；从实在境界超入妙空，又从妙空化生实在：

闻佛柔软音，深远甚微妙。

多奇异的力量！多奥妙的启示！包容一切冲突性的现象，扩大霎那间的视域，这单纯的音响，于我是一种智灵的洗净。花开，花落，天外的流星与田畦间的飞萤，上绾云天的青松，下临绝海的巉岩，男女的爱，珠宝的光，火山的溶液：一婴儿在它的摇篮中安眠。

这山上的钟声是昼夜不间歇的，平均五分钟时一次，打钟的和尚独自在钟楼上住着,据说他已经不间歇的打了十一年钟,他的愿心是打到他不能动弹的那天。钟楼上供着菩萨,打钟人在大钟的一边安着他的"座",他每晚是坐着安神的,一只手挽着钟棰的一头,从长期的习惯,不叫睡眠耽误他的职司。"这和尚",我自忖,"一定是有道理的!和尚是没道理的多:方才那知客僧想把七窍蒙充六根,怎么算总多了一个鼻孔或是耳孔;那方丈师的谈吐里不少某督军与某省长的点缀;那管半山亭的和尚更是贪嗔的化身,无端摔破了两个无辜的茶碗。但这打钟和尚,他一定不是庸流不能不去看看!"他的年岁在五十开外,出家有二十几年,这钟楼,不错,是他管的,这钟是他打的(说着他就过去撞了一下),他每晚,也不错,是坐着安神的,但此外,可怜,我的俗眼竟看不出什么异样。他拂拭着神龛,神坐,拜垫,换上香烛,掇一盂水,洗一把青菜,捻一把米,擦干了手接受香客的布施,又转身去撞一声钟。他脸上看不出修行的清癯,却没有失眠的倦态,倒是满满的不时有笑容的展露;念什么经;不,就念阿弥陀佛,他竟许是不认识字的。"那一带是什么山,叫什么,和尚?""这里是天目山",他说。"我知道,我说的是那一带的",我手点着问。"我不知道",他回答。

山上另有一个和尚,他住在更上去昭明太子读书台的旧址,盖着几间屋,供着佛像,也归庙管的,叫作茅棚。但这不比得普渡山上的真茅棚,那看了怕人的,坐着或是偎着修行的和尚没一个不是鹄形鸠面,鬼似的东西。他们不开口的多,你爱布施什么放在他跟前的篓子或是盘子里,他们怎么也不睁眼,不出声,随你给的是金条或是铁条。人说得更奇了。有的半年没有吃过东西,不曾挪过窝,可还是没有死,就这冥冥的坐着。他们大约离成佛不远了,单看他们的脸色,就比石片泥土不差什么,一样这黑刺刺,死僵僵的。"内中有几个",香客们说,"已经成了活佛,我们的祖母早三十年来就看见他们这样坐着的!"

但天目山的茅棚以及茅棚里的和尚,却没有那样的浪漫出奇。茅棚是尽够蔽风雨的屋子,修道的也是活鲜鲜的人。虽则他并不因此减却他给我们的趣味。他是一个高身材,黑面目,行动迟缓的中年人;他出家将近十年,三年前坐过禅关,现在这山上茅棚里来修行;他在俗家时是个商人,家中有父母兄弟姊妹,也许还有自身的妻子;他不曾明说他中年出家的缘由,他只说"俗业太重了,还是出家从佛的好",但从他沈着的语音与持重的神态中可以觉出他不仅是曾经在人事上受过磨折,并且是在思想上能分清黑白的人。他的口,他的眼,都泄漏着他内里强自抑制,魔与佛交斗的痕迹;说他是放过火杀过人的忏悔者,可信;说他是个回头的浪子,也可信。他不比那钟楼上的人不着颜色,不露曲折;他分明是色的世界里逃来的一个囚犯。三年的禅关,三年的草棚,还不曾压倒,不曾灭净他肉身的烈火。"俗业太重了,不如出家从佛的好",这话里岂不颤栗着一往忏悔的深心?我觉着好奇,我怎么能得知他深夜趺[跌]坐时意念的究竟?

> 佛于大众中　说我当作佛　闻如是法音　疑悔悉已除
> 初闻佛所说　心中大惊疑　将非魔所说　恼乱我心耶

但这也许看太奥了。我们承受西洋人生观洗礼的，容易把做人看得太积极，入世的要求太猛烈，太不肯退让，把住这热乎乎的一个身子一个心放进生活的轧床去，不叫他留存半点汁水回去；非到山穷水尽的时候，决不肯认输，退后，收下旗帜；并且即使承认了绝望的表示，他往往直接向生存的本体取决，不来半不阑珊的收回了步子向后退：宁可自杀，甘［干］脆的生命的断绝，不来出家，那是生命的否认。不错，西洋人也有出家做和尚做尼姑的，例如亚佩腊与爱洛绮丝，但在他们是情感方面的转变，原来对人的爱移作对上帝的爱，这知感的自体与它的活动依旧不含糊的在着；在东方人，这出家是求情感的消灭，皈依佛法或道法，目的在自我一切痕迹的解脱。再说，这出家或出世的观念的老家，是印度不是中国，是跟着佛教来的；印度可以会发生这类思想，学者们自有种种哲理上乃至物理上的解释，也尽有趣味的。中国何以能容留这类思想，并且在实际上出家做尼僧的今天不比以前少（我新近一个朋友差一点做了小和尚）！这问题正值得研究，因为这分明不仅仅是个知识乃至意识的浅深问题，也许这情形尽有极有趣味的解释的可能，我见闻浅，不知道我们的学者怎样想法，我愿意领教。

一九二六年九月

# 西湖记

1923年9月7日——10月28日

硖石——杭州——上海

## 1923年9月7日

方才又来了一位丫姑太太，手里抱着一个岁半的女孩，身边跟着一个五六岁的男孩。男的是她亲生的，女的是育婴堂里抱来的；他们是一对小夫妻！小媳妇在她婆婆的胸前吃奶，手舞足蹈的很快活。

明天祖母回神。良房里的病人立刻就要倒下来似的。积年的肺痨，外加风症，外加一家老小的一团乌糟——简直是一家毒菌的工厂，和他们同住的真是危险。若然在今晚明朝倒了下来，免不得在大厅上收殓，夹着我家的二通，那才是糟！她一去，他们一房剩下的是一个黑籍的老子，一窍不通的，一群瘦骨如柴肺病种的小孩！

为一个讣闻上的继字，听说镇上一群人在沸沸的议论，说若然不加继字，直是蔑视孙太夫人。他们的口舌原来姑丈只比作他家里海棠树上的雀噪,一般的无意识,一般的招人烦厌。我们出信去请教名家以后,适之已有回信,他说古礼原配与继室,原没有分别,继姒的俗例,一定是后人歧视后母所定的;据他所知,古书上绝无根据。

## 1923年9月29日

这一时骤然的生活改变了态度,虽则不能说是从忧愁变到快乐,至少却也是从沉闷转成活泼。最初是父亲自己也闷慌了。有一天居然把那只游船收拾个干净,找了叔薇兄弟等一群人,一直开到东山背后,过榆桥转到横头景转桥,末了还看了电灯厂方才回家。那天很愉快!塔影河的两岸居然被我寻出了一片两片经霜的枫叶。我从水面上捞到了两片,不曾红透的,但着色糯净得可爱。寻红叶是一件韵事(早几天我同绎义阿六带了水果月饼玫瑰酒到东山背后去寻红叶,站在俞家桥上张皇的回望,非但一些红的颜色都找不到。连枫树都不易寻得出来,失望得很。后来翻山上去,到宝塔边去痛快的吐纳了一番。那时已经暝色渐深,西方只剩有几条青白色,月亮已经升起,我们慢慢的绕着塔院的外面下去,歇在问松亭里喝酒。三兄弟喝完了一瓶烧酒,方才回家。山脚下又布施了上月月下结识的丐友,他还问起我们答应他的冬衣哪!)。菱塘里去买菱吃,又是一件趣事。那钵盂峰的下面,都是菱塘。我们船过时,见鲜翠的菱塘里,有人坐着圆圆的菱桶去采摘。我们就嚷着买菱。买了一桌子的菱,青的红的,满满的一桌子。"树头鲜"真是好吃,怪不得人家这么说。我选了几只嫩青,带回家给妈吃,她也说好。

这是我们第一次称心的活动。

八月十五那天,原来约定到适之那里去赏月的,后来因为去得太晚了,又同着绎莪,所以不曾到烟霞去。那晚在湖上也玩得很畅,虽则月儿只是若隐若现的。我们在路上的时候,满天堆紧了乌云,密层层的,不见中秋的些微消息。我那时很动了感兴——我想起了去年印度洋上的中秋!一年的差别!我的心酸得比哭更难过。一天的乌云,是的,什么光明的消息都莫有!

我们在清华开了房间以后,立即坐车到楼外楼去。吃得很饱,喝得很畅。桂花栗子已经过时,香味与糯性都没有了。到九点模样,她到底从云阵里奋战了出来,满身挂着胜利的霞彩,我在楼窗上靠出去望见湖光渐渐的由黑转青,青中透白,东南角上已经开朗,喜得我大叫起来。我的喜欢不仅为是月出,最使我痛快的,是在于这失望中的满意。满天的乌云,我原来已经抵拚拿雨来换月,拿抑塞来换光明,我抵拚喝他一个醉,回头到梦里去访中秋,寻团圆——梦里是甚么都有的。

我们站在白堤上看月望湖,月有三大圈的彩晕,大概这就算是月华的了。

月出来不到一点钟又被乌云吞没了,但我却盼望,她还有扫荡廓清的能力,盼望她能在一半个时辰内,把掩盖住青天的妖魔,一齐赶到天的那边去,盼望她能尽量的开放她的清辉,给我们爱月的一个尽量的陶醉——那时我便在三个印月潭和一座雷峰塔的媚影中做一个小鬼,做一个永远不上岸的小鬼,都情愿,都愿意!

"贼相"不在家,末了抓到蛮子仲坚,高兴中买了许多好吃的东西——有广东夹沙月饼——雇了船,一直望湖心里进发。

三潭印月上岸买栗子吃,买莲子吃;坐在九曲桥上谭天,讲起湖上的对联,骂了康圣人一顿。后来走过去在桥上发现有三个人坐着谈话,几上放有茶碗。我正想对仲坚说他们倒有意思,那位老翁涩重的语音听来很熟,定睛看时,原来他就是康圣人!

下一天我们起身已不早,绎义同意到烟霞洞去。路上我们逛了雷峰塔。我从不曾去过,这塔的形与色与地位,真有说不出的神秘的庄严与美。塔里面四大根砖柱已被拆成倒置圆锥形,看看危险极了。轿夫说:"白状元的坟就在塔前的湖边,左首草丛里也有一个坟,前面一个石碣,说是白娘娘的坟。"我想过去,不料满径都是荆棘,过不去。雷峰塔的下面,有七八个鹄形鸠面的丐僧,见了我们一齐张起他们的破袈裟,念佛要钱。这倒颇有诗意。

我们要上桥时,有个人手里握着一条一丈余长的蛇,叫着放生,说是小青蛇。我忽然动心,出了两角钱,看他把那蛇扔在下面的荷花池里,我就怕等不到夜她又落在他的手里了。

进石屋洞初闻桂子香——这香味好几年不闻到了。

到烟霞洞时上门不见土地,适之和高梦旦他们一早游花坞去了。我们只喝了一碗茶,捡了几张大红叶——疑是香樟——就急急的下山。香蕉月饼代饭。

到龙井,看了看泉水就走。

前天在车里想起雷峰塔做了一首诗用杭白。

> 那首是白娘娘的古墓,
> (划船的手指着蔓草深处)
> 客人,你知道西湖上的佳话,
> 白娘娘是个多情的妖魔。
> 她为了多情,反而受苦——
> 爱了个没出息的许仙,她的情夫;
> 他听信一个和尚,一时的糊涂,
> 拿一个钵盂,把他妻子的原形罩住。
> 到今朝已有千把年的光景,
> 可怜她被镇压在雷峰塔底——
> 这座残败的古塔,凄凉地,
> 庄严地,永远在南屏的晚钟声里!

1923年10月1日

前天乘看潮专车到斜桥,同行者有叔永、莎菲、经农,莎菲的先生Ellesy,叔永介绍了汪精卫。1918年在南京船里曾经见过他一面,他真是个美男子;可爱!适之说他若是女人一定死心塌地的爱他,他是男子……他也爱他!

精卫的眼睛,圆活而有异光,仿佛有些青色,灵敏而有侠气。马君武也加入我们的团体。到斜桥时适之等已在船上,他和他的表妹及陶行知,一共十人,分两船。中途集在一只船里吃饭,十个人挤在小舱里,满满的臂膀都掉不过来。饭菜是大白肉,粉皮包头鱼,豆腐小白菜,芋艿,大家吃得很快活。精卫闻了黄米香,乐极了。我替曹女士蒸了一个大芋头,大家都笑了。精卫酒量极好,他一个人喝了大半瓶的白玫瑰。我们讲了一路的诗,精卫是做旧诗的,但他却不偏执,他说他很知道新诗的好处,但他自己因为不曾感悟到新诗应有的新音节,所以不曾尝试。我同适之约替陆志苇的《渡河》作一篇书评。

我原定请他们看夜潮,看过即开船到硖石,一早吃锦霞馆的羊肉面,再到俞桥去看了枫叶,再乘早车动身各分南北。后来叔永夫妇执意要回去,结果一半落北,一半上南,我被他们拉到杭州去了。

过临平与曹女士看暝色里的山形,黑鳞云里隐现的初星,西天边火饰似的红霞。

　　楼外楼吃蟹,精卫大外行!
　　湖心亭畔荡舟看月。
　　三潭印月闻桂花香。

## 1923年10月9日

前天在常州车站上渡桥时,西天正染着我最爱的嫩青与嫩黄的和色,一颗铄亮的初星从一块云斑里爬了出来,我失声大叫好景。菊农说:"寡人有疾、寡人好色!"好色是真的,最初还带几分勉强,现在看的更锐敏,欣赏也更自然了。今夜我为眼怕光,拿一张红油光纸来把电灯包了,光线恬静得多。在这微红的灯光里,烟卷烧着的一头,吸时的闪光,发出一痕极艳的青光,像磷。

## 1923年10月11日

方才从美丽川回来,今夜叔永夫妇请客,有适之、经农、擘黄、云五、梦旦、君武、振飞;精卫不曾来,君劢闯席。君劢初见莎菲,大倾倒,顷与散步时热忱犹溢,尊为有"内心生活"者,适之不禁狂笑。君武大怪精卫从政,忧其必毁。

午间东荪借君劢处请客,有适之、菊农、筑山等。与菊偃卧草地上朗诵斐德的《诗论》与哈代的诗。

午后为适之拉去沧州别墅闲谈,看他的烟霞杂诗。问尚有匿而不宣者否,适之赧然曰有,然未敢宣,以有所顾忌。《努力》已决停版,拟改组,大体略似规复《新青年》,因仲甫又复拉拢,老同志散而复聚亦佳。适之问我"冒险"事,云得自可恃来源,大约梦也。

秋白亦来，彼病肺已证实，而且夕劳作不能休，可悯。适之翻示沫若新作小诗，陈义体格词采皆见竭蹶，岂《女神》之遂永逝？

与适之、经农步行去民厚里一二一号访沫若，久觅始得其居。沫若自应门，手抱褓裸儿，跣足、敞服（旧学生服），状殊憔悴，然广额宽颐、怡和可识。入门时有客在，中有田汉，亦抱小儿，转顾间已出门引去，仅记其面狭长。沫若居至隘，陈设亦杂，小孩羼杂期间，倾跌须父抚慰，涕泗亦须父揩拭，皆不能说华语；厨下木屐声卓卓可闻，大约即其日妇。

坐定寒暄已，仿吾亦下楼，殊不话谈，适之虽勉寻话端以济枯窘，而主客间似有冰结，移时不涣。沫若时含笑谛视，不识何意。经农竟嚅不吐一字，实亦无从端启。五时半辞出，适之亦甚讶此会之窘，云上次有达夫时，其居亦稍整洁，谈话亦较融洽。然以四手而维持一日刊，一月刊，一季刊，其情况必不甚愉适，且其生计亦不裕，或竟窘，无怪其以狂叛自居。

## 1923年10月12日

方才沫若领了他的大儿子来看我，今天谈得自然的多了。他说要写信给西滢，为他评茵梦湖的事。怪极了，他说有人疑心西滢就是徐志摩，说笔调像极了。这倒真有趣，难道我们英国留学生的腔调的确有与人各别的地方，否则何以有许多人把我们俩混作一个？他开年要到四川赤十字医院去，他也厌恶上海。他送了我一册《卷耳集》是他《诗经》的新译,意思是很好,他序里有自负的话:"不怕就是孔子复生,他定也要说出'启予者沫若也'的一句话。"我还只翻看了几首。

沫若入室时,我正在想做诗,他去后方续成。用诗的最后的语句作题——《灰色的人生》,问樵倒读了好几遍,似乎很有兴会似的。

同谭裕靠在楼窗上看街。他列说对街几家店铺的隐幕,颇使我感触。卑污的、罪恶的人道,难道便不是人道了吗?

## 1923年10月15日  回国周年纪念

今天是我回国的周年纪念。恰好冠来了信,一封六页的长信,多么难得的,可珍的点缀啊!去年的十月十五日,天将晚时,我在三岛丸船上拿着望远镜望碇泊处的接客者,渐次的望着了这个亲、那个友,与我最爱的父亲,五年别后,似乎苍老了不少,那时我在狂跳的心头,突然迸起一股不辨是悲是喜的寒流,腮边便觉着两行急流的热泪。后来回三泰栈,我可怜的娘,生生的隔绝了五年,也只有两行热泪迎接她唯一的不孝的娇儿。但久别初会的悲感,毕竟是暂时的,久离重聚的欢怀,毕竟是实现了。那时老祖母的不减的清健,给我不少的安慰,虽则母亲也着实见老。

今年的十月十五日——今天呢?老祖母已做了天上的仙神,再不能亲见她钟爱孙儿生命里命定非命定的一切——今天已是她离人间的第四十九日！这是个不可补的缺陷，长驻的悲伤。我最爱的母亲，一生只是痛苦与烦劳与不怿，往时还盼望我学成后补偿她的慰藉，如今却只是病更深，烦更剧，愁思益结，我既不能消解她的愁源，又不能长侍她的左右，多少给她些温慰。父亲也是一样的失望，我不能代替他一分一息的烦劳，却反增添了他无数的白发。我是天壤间怎样的一个负罪、内疚的人啊！

一年，三百六十有五日，容易的过去了。我的原来的活泼的性情与容貌，自此亦永受了"年纪"的印痕——又是个不可补的缺陷，一个长驻的悲伤！

我最敬最爱的友人呀，我只能独自的思索，独自的想。

## 1923年10月17日

振铎顷来访，蜜月实仅三朝，又须如陆志韦所谓"仆仆从公"矣。

幼仪来信，言归国后拟办幼稚院，先从硖石入手。

日间不曾出门，五时吃三小蟹，饭后与树屏等闲谈，心至不怿。

忽念阿云，独彼明眸可解我忧，因即去天吉里，谓孙在家，不见阿云，讶问，则已随田伯伯去绍兴矣。

我爱阿云甚，我今独爱小友，今宝宝二三四爷恐均忘我矣！

## 1923年10月21日

昨下午自硖到此,与适之、经农同寓新新,此来为"做工"此来为"寻快活"。

昨在火车中,看了一个小沄做的《龙女》的故事,颇激动我的想象。

经农方才又说,日子过得太快了,我说日子只是过得太慢,比如看书一样,乏味的叶子,尽可以随便翻它过去——但是到什么时候才翻得到不乏味的叶子呢?

我们第一天游湖,逛了湖心亭——湖心亭看晚霞看湖光是湖上少人注意的一个精品——看初华的芦荻,楼外楼吃蟹,曹女士贪看柳梢头的月,我们把桌子移到窗口,这才是持螯看月了!夕阳里的湖心亭,妙;月光下的湖心亭,更妙。晚霞里的芦雪是金色;月下的芦雪是银色。莫泊桑有一段故事,叫做In The Moo Nligh't。白天适之翻给我看,描写月光激动人的柔情的魔力,那个可怜的牧师,永远想不通这个矛盾:"既然上帝造黑夜来让我们安眠,这样绝美的月色,比白天更美得多,又是什么命意呢?"便是最严肃的,最古板的宝贝,只要他不曾死透僵透,恐怕也禁不起"秋月的银指光儿,浪漫的搔爬!"曹女士唱了一个《秋香》歌,婉曼得很。

三潭印月——我不爱什么九曲,也不爱什么三潭,我爱在月光下看雷峰静极了的影子——我见了那个,便不要性命。

阮公墩也是个精品,夏秋间竟是个绿透了的绿洲。晚上雾蔼〔霭〕苍茫里,背后的群山,只剩了轮廓!她与湖心亭一对乳头形的浓青——墨青,远望去也分不清是高树与低枝,也分不清是榆荫是柳荫,只是两团媚极了的青屿——谁说这上面不是神仙之居?

我形容北京冬令的西山,寻出一个"纯"字;我形容中秋的西湖,舍不了一个"嫩"字。

昨夜二更时分与适之远眺着静僵的湖与堤与印在波光里的堤影,清绝秀绝媚绝,真是理想的美人,随她怎样的姿态妙,也比拟不得的绝色。我们便想出去拿舟玩;拿一支〔只〕轻如秋叶的小舟,悄悄的滑上了夜湖的柔胸,拿一支轻如芦梗的小桨,幽幽的拍着她光润、蜜糯的芳容;挑破她雾縠似的梦壳,扁着身子偷偷的挨了进去,也好分尝她贪饮月光醉了的妙趣!

但昨夜却为泰戈尔的事缠住了,辜负了月色,辜负了湖光,不曾去拿舟,也不曾去偷尝"西子"的梦情;且待今夜月来时吧!

"数大"便是美,碧绿的山坡前几千个绵羊,挨成一片的雪绒,是美;一天的繁星,千万只闪亮的神眼,从无极的蓝空中下窥大地,是美;泰山顶上的云海,巨万的云峰在晨光里静定着,是美;绝海万顷的波浪,戴着各式的白帽,在日光里动荡着、起落着、是美;爱尔兰附近的那个"羽毛岛"上栖着几千万的飞禽,夕阳西沉时只见一个"羽化"的大空,只是万鸟齐鸣的大声,是美;……数大便是美,数大了,似乎按照着一种自然律,自然的会有一种特殊的排列,一种特殊的节奏,一种特殊的式样,激动我们审美的本能,激发我们审美的情绪。

所以西湖的芦荻,与花坞的竹林,也无非是一种数大的美。但这数大的美,不是智力可以分析的,至少不是我的智力所能分析的。看芦花与看黄熟的麦田,或从高处看松林的顶巅,性质是相似的;但因颜色的分别,白与黄与青的分别,我们对景而起的情感,也就各各不同。季候当然也是个影响感兴的原素,芦雪尤其代表气运之转变,一年中最显著最动人深感的转变;象征中秋与三秋间万物由荣入谢的微指,所以芦荻是个天生的诗题。

西溪的芦苇,年来已经渐次的减少,主有芦田的农人,因为芦柴的出息远不如桑叶,所以改种桑树,再过几年,也许西溪的"秋雪",竟与苏堤的断桥,同成陈迹?

在白天的日光中看芦花,不能见芦花的妙趣;他是同丁香与海棠一样,只肯在月光下泄漏他灵魂的秘密;其次亦当在夕阳晚风中。去年十一月我在南京看玄武湖的芦荻,那时柳叶已残,芦花亦飞散过半,但紫金山反射的夕照与城头倏起的凉飚,丛草里惊起了野鸭无数,墨点似的洒满云空(高下的鸣声相和),与一湖的飞絮,沉醉似的舞着,写出一种凄凉的情调,一种缠绵的意境,我只能称之为"秋之魂",不可以言语比况的秋之魂!又一次看芦花的经验是在月夜的大明湖,我写给徽那篇《月照与湖》(英文的)就是纪念那难得的机会的。

所以前天西溪的芦田,她本身并不曾怎样的激动我的情感。与其白天看西溪的芦花,不如月夜泛舟到湖心亭去看芦花,近便经济得多。

花坞的竹子,可算一绝,太好了,我竟想不出适当的文字来赞美;不但竹子,那一带风色都好,中秋后尤妙,一路的黄柳红枫,真叫人应接不暇!

三十一那天晚上我们四个人爬登了葛岭,直上初阳台,转折处颇类香山。

## 1923年10月23日

昨天(二十二日)是一个纪念日,我们下午三人出去到壶春楼,在门外路边摆桌子喝酒。适之对着西山,夕晖留在波面上的余影,一条直长的金链似的,与山后渐次泯灭的琥珀光。经农坐在中间,自以为两面都看得到,也许他一面也不曾看见。我的座位正对着东方初升在晓霭里渐渐皎洁的明月,银辉渗着的湖面,仿佛听着了爱人的裾响似的,霎时的呼吸紧迫,心头狂跳。城南电灯厂的煤烟,那时顺着风向,一直吹到北高峰,在空中仿佛是一条漆黑的巨蟒,荫没了半湖的波光,益发衬托出受月光处的明粹。这时缓缓的从月下过来一条异样的船,大约是砖瓦船,长的、平底的。没有船舱,也没有篷帐,静静的从月光下过来。船头上站着一个不透明的人影,手里拿着一支长竿,左向右向的撑着,在银波上缓缓的过来——一幅精妙的"雪罗蔼",镶嵌在万顷金波里,悄悄的悄悄的移着:上帝不应受赞美吗?我疯癫似的醉了,醉了!

饭后我们到湖心亭去，横卧在湖边石板上，论世间不平事。我愤怒极了，呼激，咒诅，顿足，都不够发泄。后来独自划船，绕湖心亭一周，听桨破小波声，听风动芦叶声，方才勉强把无明火压了下去。

### 1923年10月28日　下午八时

完了，西湖这一段游记也完了。经农已经走了，今天一早走的，但像是已经去了几百年似的。适之已定后天回上海，我想明天，迟至后天早上走。方才我们三个人在杏花村吃饭吃蟹，我喝了几杯酒。冬笋真好吃。

一天的繁星，我放平在船上看星。沉沉的宇宙，我们的生命究竟是个什么东西？我又摸住了我的伤痕。星光呀，仁善些，不要张着这样讥刺的眼，倍增我的难受！

# 自剖

## 自　剖

　　我是个好动的人：每回我身体行动的时候，我的思想也仿佛就跟着跳荡。我做的诗，不论它们是怎样的"无聊"，有不少是在行旅期中想起的。我爱动，爱看动的事物，爱活泼的人，爱水，爱空中的飞鸟，爱车窗外掣过的田野山水。星光的闪动，草叶上露珠的颤动，花须在微风中的摇动，雷雨时云空的变动，大海中波涛的汹涌，都是在在触动我感兴的情景。是动，不论是什么性质，就是我的兴趣，我的灵感。是动就会催快我的呼吸，加添我的生命。

　　近来却大大的变样了。第一我自身的肢体，已不如原先灵活；我的心也同样的感受了不知是年岁还是什么的拘挛。动的现象再不能给我欢喜，给我启示。先前我看着在阳光中闪烁的金波，就仿佛看见了神仙宫阙——什么荒诞美丽的幻觉，不在我的脑中一闪闪的掠过；现在不同了，阳光只是阳光，流波只是流波，任凭景色怎样的灿烂，再也照不化我的呆木的心灵。我的思想，如其偶尔有，也只似岩石上的藤萝，贴着枯干的粗糙的石面，极困难的蜓着；颜色是苍黑的，姿态是崛强的。

我自己也不懂得何以这变迁来得这样的兀突，这样的深彻。原先我在人前自觉竟是一注的流泉，在在有飞沫，在在有闪光；现在这泉眼，如其还在，仿佛是叫一块石板不留余隙的给镇住了。我再没有先前那样蓬勃的情趣，每回我想说话的时候，就觉着那石块的重压，怎么也掀不动，怎么也推不开，结果只能自安沉默！"你再不用想什么了，你再没有什么可想的了"；"你再不用开口了，你再没有什么话可说的了"，我常觉得我沉闷的心府里有这样半嘲讽半吊唁的谆嘱。

说来我思想上或经验上也并不曾经受什么过分剧烈的戟刺。我处境是向来顺的，现在，如其有不同，只是更顺了的。那么为什么这变迁？远的不说，就比如我年前到欧洲去时的心境：啊！我那时还不是一只初长毛角的野鹿？什么颜色不激动我的视觉，什么香味不奋兴我的嗅觉？我记得我在意大利写游记的时候，情绪是何等的活泼，兴趣何等的醇厚，一路来眼见耳听心感的种种，哪一样不活栩栩的丛集在我的笔端，争求充分的表现！如今呢？我这次到南方去，来回也有一个多月的光景，这期内眼见耳听心感的事物也该有不少。我未动身前，又何尝不自喜此去又可以有机会饱餐西湖的风色，邓尉的梅香——单提一两件最合我脾胃的事。有好多朋友也会期望我在这闲暇的假期中采集一点江南风趣，归来时，至少也该带回一两篇爽口的诗文，给在北京泥土的空气中活命的朋友们一些清醒的消遣。但在事实上不但在南中时我白瞪着大眼，看天亮换天昏，又闭上了眼，拚天昏换天亮，一枝秃笔跟着我涉海去，又跟着我涉海回来，正如岩洞里的一根石笋，压根儿就没一点摇动的消息；就在我回京后这十来天，任凭朋友们怎么的催促，自己良心怎样的责备，我的笔尖上还是滴不出一点墨沈来。我也曾勉强想想，勉强想写，但到底还是白费！可怕是这心灵骤然的呆顿。完全死了不成？我自己在疑惑。

说来是时局也许有关系。我到京几天就逢着空前的血案。五卅事件发生时我正在意大利山中，采茉莉花编花篮儿玩，翡冷翠山中只见明星与流萤的交唤，花香与山色的温存，俗氛是吹不到的。直到七月间到了伦敦，我才理会国内风光的惨淡，等得我赶回来时，设想中的激昂，又早变成了明日黄花，看得见的痕迹只有满城黄墙上墨彩斑斓的"泣告"！

这回却不同。屠杀的事实不仅是在我住的城子里发见，我有时竟觉得是我自己的灵府里的一个惨相。杀死的不仅是青年们的生命，我自己的思想也仿佛遭着了致命的打击，比是国务院前的断脰残肢，再也不能回复生动与连贯。但这深刻的难受在我是无名的，是不能完全解释的。这回事变的奇惨性引起愤慨与悲切是一件事，但同时我们也知道在这根本起变态作用的社会里，什么怪诞的情形都是可能的。屠杀无辜，还不是年来最平常的现象。自从内战纠结以来，在受战祸的区域内，哪一处村落不曾分到过遭奸污的女性，屠残的骨肉，供牺牲的生命财产？这无非是给冤氛团结的地面上多添一团更集中鲜艳的怨毒。再说哪一个民族的解放史能不浓浓的染着Martyrs的腔血？俄国革命的开幕就是二十年前冬宫的血景。只要我们有识力认定，有胆量实行我们理想中的革命,这回羔羊的血就不会是白涂的。所以我个人的沉闷决不完全是这回惨案引起的感情作用。

爱和平是我的生性。在怨毒、猜忌、残杀的空气中,我的神经每每感受一种不可名状的压迫。记得前年奉直战争时我过的那日子简直是一团黑漆,每晚更深时,独自抱着脑壳伏在书桌上受罪,仿佛整个时代的沉闷盖在我的头顶——直到写下了"毒药"那几首不成形的咒诅诗以后,我心头的紧张才渐渐的缓和下去。这回又有同样的情形;只觉着烦,只觉着闷,感想来时只是破碎,笔头只是笨滞。结果身体也不舒畅,像是蜡油涂抹住了全身毛窍似的难过,一天过去了又是一天,我这里又在重演更深独坐箍紧脑壳的姿势,窗外皎洁的月光,分明是在嘲讽我内心的枯窘!

不,我还得往更深处按。我不能叫这时局来替我思想骤然的呆顿负责,我得往我自己生活的底里找去。

平常有几种原因可以影响我们的心灵活动。实际生活的牵掣可以劫去我们心灵所需要的闲暇,积成一种压迫。在某种热烈的想望不曾得满足时,我们感觉精神上的烦闷与焦躁,失望更是颠覆内心平衡的一个大原因;较剧烈的种类可以麻痹我们的灵智,淹没我们的理性。但这些都合不上我的病源;因为我在实际生活里已经得到十分的幸运,我的潜在意识里,我敢说不该有什么压着的欲望在作怪。

但是在实际上反过来看,另有一种情形可以阻塞或减少你心灵的活动。我们知道舒服,健康,幸福,是人生的目标,我们因此推想我们痛苦的起点是在望见那些目标而得不到的时候。我们常听人说"假如我像某人那样生活无忧我一定可以好好的做事，不比现在整天的精神全化在琐碎的烦恼上"。我们又听说"我不能做事就为身体太坏，若是精神来得，那就……"我们又常常设想幸福的境界，我们想"只要有一个意中人在跟前那我一定奋发，什么事做不到？"但是不，在事实上，舒服，健康，幸福，不但不一定是帮助或奖励心灵生活的条件，它们有时正得相反的效果。我们看不起有钱人，在社会上[的]得意人，肌肉过分发展的运动家，也正在此；至于年少人幻想中的美满幸福，我敢说等得当真有了红袖添香，你的书也就读不出所以然来，且不说什么在学问上或艺术上更认真的工作。

那末生活的满足是我的病源吗？

"在先前的日子"，一个真知我的朋友，就说："正为是你生活不得平衡，正为你有欲望不得满足，你的压在内里的Libido就形成一种升华的现象，结果你就借文学来发泄你生理上的郁结（你不常说你从事文学是一件不预期的事吗？）；这情形又容易在你的意识里形成一种虚幻的希望，因为你的写作得到一部分赞许，你就自以为确有相当创作的天赋以及独立思想的能力。但你只是自冤自，实在你并没有什么超人一等的天赋，你的设想多半是虚荣，你的以前的成绩只是升华的结果。所以现在等得你生活换了样，感情上有了安顿，你就发现你向来写作的来源顿呈萎缩甚至枯竭的现象；而你又不愿意承认这情形的实在,妄想到你身子以外去找你思想枯窘的原因,所以你就不由的感到深刻的烦闷。你只是对你自己生气,不甘心承认你自己的本相。不,你原来并没有三头六臂的!

"你对文艺并没有真兴趣,对学问并没有真热心。你本来没有什么更高的志愿,除了相当合理的生活,你只配安分做一个平常人,享你命里铸定的'幸福';在事业界,在文艺创作界,在学问界内,全没有你的位置。你真的没有那能耐。不信你只要自问在你心里的心里有没有那无形的'推力',整天整夜的恼着你,逼着你,督着你,放开实际生活的全部,单望着不可捉摸的创作境界里去冒险?是的,顶明显的关键就是那无形的推力或是冲动(The Impulse),没有它人类就没有科学,没有文学,没有艺术,没有一切超越功利实用性质的创作。你知道在国外(国内当然也有,许没那样多)有多少人被这无形的推力驱使着,在实际生活上变成一种离魂病性质的变态动物,不但人间所有的虚荣永远沾不上他们的思想,就连维持生命的睡眠饮食,在他们都失了重要,他们全部的心力只是在他们那无形的推力所指示的特殊方向上集中应用。怪不得有人说天才是疯癫;我们在巴黎伦敦不就到处碰得着这类怪人?如其他是一个美术家,恼着他的就只怎样可以完全表现他那理想中的形体,一个线条的准确,某种色彩的调谐,在他会得比他生身父母的生死与国家的存亡更重要,更迫切,更要求注意。我们知道专门学者有终生掘坟墓的,研究蚊虫生理的,观察亿万万里外一个星的动定的。并且他们决不问社会对于他们的劳力有否任何的认识,那就是虚荣的进路;他们是被一点无形的推力的魔鬼蛊定了的。

"这是关于文艺创作的话。你自问有没有这种情形。你也许经验过什么'灵感',那也许有,但你却不要把刹那误认作永久的,虚幻认作真实。至于说思想与真实学问的话,那也得背后有一种推力,方向许不同,性质还是不变。做学问你得有原动的好奇心,得有天然热情的态度去做求知识的工夫。真思想家的准备,除了特强的理智,还得有一种原动的信仰;信仰或寻求信仰,是一切思想的出发点:极端的怀疑派思想也只是期望重新位置信仰的一种努力。从古来没有一个思想家不是宗教性的。在他们,各按各的倾向,一切人生的和理智的问题是实在有的;神的有无,善与恶,本体问题,认识问题,意志自由问题,在他们看来都是含逼迫性的现象,要求合理的解答——比山岭的崇高,水的流动,爱的甜蜜更真,更实在,更耸动。他们的一点心灵,就永远在他们设想的一种或多种问题的周围飞舞,旋绕,正如灯蛾之于火焰:牺牲自身贯彻火焰中心的秘密,是他们共有的决心。

"这种惨烈的情形,你怕也没有吧?我不说你的心幕上就没有思想的影子;但它们怕只是虚影,像水面上的云影,云过影子就跟着消散,不是石上的雷痕越日久越深刻。

"这样说下去,你倒可以安心了!因为个人最大的悲剧是设想一个虚无的境界来谎骗你自己,骗不到底的时候你就得忍受'幻灭'的莫大的苦痛。与其那样,还不如及早认清自己的深浅,不要把不必要的负担,放上支撑不住的肩背,压坏你自己,还难免旁人的笑话!朋友,不要迷了,定下心来享你现成的福分吧;思想不是你的分,文艺创作不是你的分,独立的事业更不是你的分!天生抗[扛]了重担来的那也没法想(那一个天才不是活受罪!)你是原来轻松的,这是多可羡慕,多可贺喜的一个发见!算了吧,朋友!"

一九二六年三月二十五日

# 再　剖

你们知道喝醉了想吐吐不出或是吐不爽快的难受不是？这就是我现在的苦恼；肠胃里一阵阵的作恶，腥腻从食道里往上泛，但这喉关偏跟你别扭，它捏住你，逼住你，逗着你——不，它且不给你痛快哪！前天那篇《自剖》，就比是哇出来的几口苦水，过后只是更难受，更觉着往上冒。我告你我想要怎么样。我要孤寂：要一个静极了的地方——森林的中心，山洞里，牢狱的暗室里——再没有外界的影响来逼迫或引诱你的分心，再不须计较旁人的意见，喝彩或是嘲笑；当前唯一的对象是你自己：你的思想，你的感情，你的本性。那时它们再不会躲避，不会隐遁，不会装作；赤裸裸的听凭你察看，检验审问。你可以放胆解去你最后的一缕遮盖，袒露你最自怜的创伤，最掩讳的私亵。那才是你痛快一吐的机会。

但我现在的生活情形不容我有那样一个时机。白天太忙（在人前一个人的灵性永远是蜷缩在壳内的蜗牛），到夜间，比如此刻，静是静了，人可又倦了，惦着明天的事情又不得不早些休息。啊，我真羡慕我台上放着那块唐砖上的佛像，他在他的莲台上瞑目坐着,什么都摇不动他那入定的圆澄。我们只是在烦恼网里过日子的众生,怎敢企望那光明无碍的境界!有鞭子下来,我们躲;见好吃的我们垂涎;听声响,我们着忙;逢着痛痒,我们着恼。我们是鼠,是狗,是刺猬,是天上星星与地上泥土间爬着的虫。那里有工夫,即使你有心想亲近你自己?那里有机会,即使你想痛快的一吐?

前几天也不知无形中经过几度挣扎,才呕出那几口苦水,这在我虽则难受还是照旧,但多少总算是发泄。事后我私下觉着愧悔,因为我不该拿我一己苦闷的骨鲠,强读者们陪着我吞咽。是苦水就不免熏蒸的恶味。我承认这完全是我自私的行为,不敢望恕的。我唯一的解嘲是这几口苦水的确是从我自己的肠胃里呕出——不是去脏水桶里舀来的。我不曾期望同情,我只要朋友们认识我的深浅——(我的浅?)我最怕朋友们的容宠容易形成一种虚拟的期望;我这操刀自剖的一个目的,就在及早解卸我本不该扛上的担负。

是的,我还得往底里按,往更深处剖。

最初我来编辑副刊,我有一个愿心。我想把我自己整个儿交给能容纳我的读者们,我心目中的读者们,说实话,就只这时代的青年。我觉着只有青年们的心窝里有容我的空隙,我要偎着他们的热血,听他们的脉搏。我要在我自己的情感里发见他们的情感,在我自己的思想里反映他们的思想。假如编辑的意义只是选稿,配版,付印,拉稿,那还不如去做银行的伙计——有出息得多。我接受编辑晨副的机会,就为这不单是机械性的一种任务。(感谢晨报主人的信任与容忍)晨副变了我的喇叭,从这管口里我有自己吹弄我古怪的不调谐的音调,它是我的镜子,在这平面上描画出我古怪的不调谐的形状。我也决不掩讳我的原形:我就是我。我记得我第一次与读者们相见,就是一篇供状。我的经过,我的深浅,我的偏见,我的希望,我都曾经再三的声明,怕是你们早听厌了。但起初我有一种期望是真的——期望我自己。也不知那时间为什么原因,我竟有那活棱棱的一副勇气。我宣言我自己跳进了这现实的世界,存心想来对准人生的面目认他一个仔细。我信我自己的热心(不是知识)多少可以给我一些对敌力量的。我想拚这一天,把我的血肉与灵魂,放进这现实世界的磨盘里去揑,锯齿下去拉,——我就要尝那味儿!只有这样,我想,才可以期望我主办的刊物多少是一个有生命气息的东西;才可以期望在作者与读者间发生一种活的关系;才可以期望读者们觉着这一长条报纸与黑的字印的背后,的确至少有一个活着的人与一个动着的心,他的把握是在你的腕上,他的呼吸吹在你的脸上,他的欢喜,他的惆怅,他的迷惑,他的伤悲,就比是你自己的,的确是从一个可认识的主体上发出来的变化——是站在台上人的姿态,——不是投射在白幕上的虚影。

并且我当初也并不是没有我的信念与理想。有我崇拜的德性,有我信仰的原则。有我爱护的事物,也有我痛疾的事物。往理性的方向走,往爱心与同情的方向走,往光明的方向走,往真的方向走,往健康快乐的方向走,往生命,更多更大更高的生命方向走——这是我那时的一点"赤子之心"。我恨的是这时代的病象，什么都是病象：猜忌，诡诈，小巧，倾轧，挑拨，残杀，互杀，自杀，忧愁，作伪，肮脏。我不是医生，不会治病；我就有一双手，趁它们活灵的时候，我想，或许可以替这时代打开几扇窗，多少让空气流通些，浊的毒性的出去，清醒的洁净的进来。

但紧接着我的狂妄的招摇，我最敬畏的一个前辈（看了我的吊刘叔和文）就给我当头一棒：

> ……既立意来办报而且郑重宣言"决意改变我对人的态度"，那么自己的思想就得先磨冶一番，不能单凭主觉，
> 随便说了就算完事。迎上前去，不要又退了回来！一时的兴奋，是无用的，说话越觉得响亮起劲，跳踉有力，其实即是内心的虚弱，何况说出衰颓懊丧的语气，教一般青年看了，更给他们以可怕的影响，似乎不是志摩这番挺身出马的本意！……

迎上前去，不要又退了回来！这一喝这几个月来就没有一天不在我"虚弱的内心"里回响。实际上自从我喊出"迎上前去"以后，即使不曾撑开了往后退，至少我自己不觉得我的脚步曾经向前挪动。今天我再不能容我自己这梦梦的下去。算清亏欠，在还算得清的时候，总比窝着浑着强。我不能不自剖。冒着"说出衰颓懊丧的语气"的危险，我不能不利用这反省的

锋刃，劈去纠着我心身的累赘，淤积，或许这来倒有自我真得解放的希望！

想来这做人真是奥妙。我信我们的生活至少是复性的。看得见，觉得着的生活是我们的显明的生活，但同时另有一种生活，跟着知识的开豁逐渐胚胎，成形，活动，最后支配前一种的生活，比是我们投在地上的身影，跟着光亮的增加渐渐由模糊化成清晰，形体是不可捉的，但它自有它的奥妙的存在，你动它跟着动，你不动它跟着不动。在实际生活的匆遽中，我们不易辨认另一种无形的生活的并存，正如我们在阴地里不见我们的影子；但到了某时候某境地忽的发见了它，不容否认的踵接着你的脚跟，比如你晚间步月时发见你自己的身影。它是你的性灵的或精神的生活。你觉到你有超实际生活的性灵生活的俄顷，是你一生的一个大关键！你许到极迟才觉悟（有人一辈子不得机会），但你实际生活中的经历，动作，思想，没有一丝一屑不同时在你那跟着长成的性灵生活中留着"对号的存根"，正如你的影子不放过你的一举一动，虽则你不注意到或看不见。

我这时候就比是一个人初次发见他有影子的情形。惊骇，讶异，迷惑，耸悚，猜疑，恍惚同时并起，在这辨认你自身另有一个存在的时候。我这辈子只是在生活的道上盲目的前冲，一时踹入一个泥潭，一时踏折一支［枝］草花，只是这无目的的奔驰；从那里来，向那里去，现在在那里，该怎么走，这些根本的问题却从不曾到我的心上。但这时候突然的，恍然的我惊觉了。仿佛是一向跟着我形体奔波的影子忽然阻住了我的前路,责问我这匆匆的究竟是为什么!

一称新意识的诞生。这来我再不能盲冲;我至少得认明来踪与去迹,该怎样走法如其有目的地,该怎样准备,如其前程还在遥远?

啊,我何尝愿意吞这果子,早知有这多的麻烦!现在我第一要考查明白的是这"我"究竟是怎么一回事;然后再决定掉落在这生活道上的"我"的赶路方法。以前种种动作是没有这新意识作主宰的;此后,什么都得由它。

四月五日

# 落　叶

　　前天你们查先生来电话要我讲演，我说但是我没有什么话讲，并且我又是最不耐烦讲演的。他说：你来吧，随你讲，随你自由的讲，你爱说什么就说什么。我们这里你知道这次开学情形很困难，我们学生的生活很枯燥很闷，我们要你来给我们一点活命的水。这话打动了我。枯燥、闷，这我懂得。虽则我与你们诸君是不相熟的，但这一件事实，你们感觉生活枯闷的事实，却立即在我与诸君无形的关系间，发生了一种真的深切的同情。我知道烦闷是怎么样一个不成形不讲情理的怪物，他来的时候，我们的全身仿佛被一个大蜘蛛网盖住了，好容易挣出了这条手臂，那条又叫粘住了。那是一个可怕的网子。我也认识生活枯燥，他那可厌的面目，我想你们也都很认识他。他是无所不在的，他附在个个人的身上，他现在个个人的脸上。你望望你的朋友去，他们的脸上有他，你自己照镜子去，你的脸上，我想，也有他，可怕的枯燥，好比是一种毒剂，他一进了我们的血液，我们的性情，我们的皮肤就变了颜色，而且我怕是离着生命远，离着坟墓近的颜色。

我是一个信仰感情的人，也许我自己天生就是一个感情性的人。比如前几天西风到了，那天早上我醒的时候是冻着才醒过来的，我看着纸窗上的颜色比往常的淡了，我被窝里的肢体像是浸在冷水里似的，我也听见窗外的风声，吹着一棵枣树上的枯叶，一阵一阵的掉下来，在地上卷着，沙沙的发响，有的飞出了外院去，有的留在墙角边转着，那声响真像是叹气。我因此就想起这西风，冷醒了我的梦，吹散了树上的叶子，它那成绩在一般饥荒贫苦的社会里一定格外的可惨。那天我出门的时候，果然见街上的情景比往常不同了；穷苦的老头、小孩全躲在街角上发抖；他们迟早免不了树上枯叶子的命运。那一天我就觉得特别的闷，差不多发愁了。

因此我听着查先生说你们生活怎样的烦闷，怎样的干枯，我就很懂得，我就愿意来对你们说一番话。我的思想——如其我有思想——永远不是成系统的。我没有那样的天才。我的心灵的活动是冲动性的，简直可以说痉挛性的。思想不来的时候，我不能要他来，他来的时候，就比如穿上一件湿衣，难受极了，只能想法子把他脱下。我有一个比喻，我方才说起秋风里的枯叶；我可以把我的思想比作树上的叶子，时期没有到，他们是不很会掉下来的；但是到时期了，再要有风的力量，他们就只能一片一片的往下落；大多数也许是已经没有生命了的，枯了的，焦了的，但其中也许有几张还留着一点秋天的颜色，比如枫叶就是红的，海棠叶就是五彩的。这叶子实用是绝对没有的；但有人，比如我自己，就有爱落叶的癖好。他们初下来时颜色有很鲜艳的,但时候久了,颜色也变,除非你保存得好。所以我的话,那就是我的思想,也是与落叶一样的无用,至多有时有几痕生命的颜色就是了。你们不爱的尽可以随意的踩过,绝对不必理会;但也许有少数人有缘分的,不责备他们的无用,竟许会把他们捡起来揣在怀里,间在书里,想延留他们幽淡的颜色。感情,真的感情,是难得的,是名贵的;是应当共有的;我们不应得拒绝感情,或是压迫感情,那是犯罪的行为,与压住泉眼不让上冲,或是掐住小孩不让喘气一样的犯罪。人在社会里本来是不相连续的个体。感情,先天的与后天的,是一种线索,一种经纬,把原来分散的个体织成有文章的整体。但有时线索也有破烂与涣散的时候,所以一个社会里必须有新的线索继续的产出,有破烂的地方去补,有涣散的地方去拉紧,才可以维持这组织大体的匀整,有时生产力特别加增时,我们就有机会或是推广,或是加添我们现有的面积,或是加密,像网球板穿双线似的,我们现成的组织,因为我们知道创造的势力与破坏的势力,建设与溃败的势力,上帝与撒旦的势力,是同时存在的。这两种势力是在一架天平上比着;他们很少平衡的时候,不是这头沉,就是那头沉,是的,人类的命运是在一架大天平上比着,一个巨大的黑影,那是我们集合的化身,在那里看着,他的手里满拿着分两的砝码,一会往这头送,一会又往那头送,地球尽转着,太阳、月亮、星,轮流的照着,我们的运命永远是在天平上称着。

我方才说网球拍,不错,球拍是一个好比喻。你们打球的知道网拍上哪里几根线是最吃重最要紧，哪几根线要是特别有劲的时候，不仅你对敌时拉球、抽球、拍球格外来的有力，出色，并且你的拍子也就格外的经用，少数特强的分子保持了全体的匀整。这一条原则应用到人道上，就是说，假如我们有力量加密，加强我们最普通的同情线，那线如其穿连得到所有跳动的人心时，那时我们的大网子就坚实耐用，天津人说的，就有根。不问天时怎样的坏，管他雨也罢，云也罢，霜也罢，风也罢，管他水流怎样的急，我们假如有这样一个强有力的大网子，哪怕不能在时间无尽的洪流里——早晚网起无价的珍品，哪怕不能在我们运命的天平上重重的加下创造的生命的分量？

所以我说真的感情，真的人情，是难能可贵的，那是社会组织的基本成分。初起也许只是一个人心灵里偶然的震动，但这震动，不论怎样的微弱，就产生了极远的波纹；这波纹要是唤得起同情的反应时，原来细的便拼成了粗的，原来弱的便合成了强的，原来脆性的便结成了韧性的，像一缕缕的苎麻打成了粗绳似的；原来只是微波，现在掀成了大浪，原来只是山罅里的一股细水，现在流成了滚滚的大河，向着无边的海洋里流着。比如耶稣在山头上的训道（Sermon on the mount）还不是有限的几句话，但这一篇短短的演说，却制定了人类想望的止境，建设了绝对的价值的标准，创造了一个纯粹的完全的宗教。那是一件大事实，人类历史上一件最伟大的事实。再比如释迦牟尼感悟了生老病死的究竟，发大慈悲心，发大勇猛心，发大无畏心，抛弃了他人间的地位，富与贵，家庭与妻子，直到深山里去修道,结果他也替苦闷的人间打开了一条解放的大道,为东方民族的天才下一个最光华的定义。那又是人类历史上的一件奇迹。但这样大事的起源还不止是一个人的心灵里偶然的震动,可不仅仅是一滴最透明的真挚的感情滴落在黑沉沉的宇宙间?

感情是力量,不是知识。人的心是力量的府库,不是他的逻辑。有真感情的表现,不论是诗是文是音乐是雕刻或是画,好比是一块石子掷在平面的湖心里,你站着就看得见他引起的变化。没有生命的理论,不论他论的是什么理,只是拿石块扔在沙漠里,无非在干枯的地面上添一颗干枯的分子,也许掷下去时便听得出一些干枯的声响,但此外只是一大片死一般的沉寂了。所以感情才是成江成河的水泉,感情才是织成大网的线索。

但是我们自己的网子又是怎么样呢?现在时候到了,我们应当张大了我们的眼睛,认明白我们周围事实的真相。我们已经含糊了好久,现在再不容含糊的了。让我们来大声的宣布我们的网子是坏了的,破了的,烂了的;让我们痛快的宣告我们民族的破产,道德、政治、社会、宗教、文艺,一切都是破产了的。我们的心窝变成了蠹虫的家,我们的灵魂里住着一个可怕的大谎!那天平上沉着的一头是破坏的重量,不是创造的重量;是溃败的势力,不是建设的势力;是撒旦的魔力,不是上帝的神灵。霎时间这边路上长满了荆棘,那边道上涌起了洪水,我们头顶有骇人的声音,是雷霆还是炮火呢?我们周围有一哭声与笑声,哭是我们的灵魂受污辱的悲声,笑是活着的人们疯魔了的狞笑，那比鬼哭更听的可怕，更凄惨。我们张开眼来看时，差不多更没有一块干净的土地，哪一处不是叫鲜血与眼泪冲毁了的；更没有平安的所在，因为你即使忘却了外面的世界，你还是躲不了你自身的烦闷与苦痛。不要以为这样混沌的现象是原因于经济的不平等，或是政治的不安定，或是少数人的放肆的野心。这种种都是空虚的，欺人自欺的理论，说着容易，听着中听，因为我们只盼望脱卸我们自身的责任，只要不是我的分，我就有权利骂人。但这是，我着重的说，懦怯的行为；这正是我说的我们各个人灵魂里躲着的大谎！你说少数的政客，少数的军人，或是少数的富翁，是现在变乱的原因吗？我现在对你说：先生，你错了，你很大的错了，你太恭维了那少数人，你太瞧不起你自己。让我们一致的来承认，在太阳普遍的光亮底下承认，我们各个人的罪恶，各个人的不洁净，各个人的苟且与懦怯与卑鄙！我们是与最肮脏的一样的肮脏，与最丑陋的一般的丑陋，我们自身就是我们运命的原因。除非我们能起拔了我们灵魂里的大谎，我们就没有救度；我们要把祈祷的火焰把那鬼烧净了去，我们要把忏悔的眼泪把那鬼冲洗了去，我们要有勇敢来承当罪恶；有了勇敢来承当罪恶，方有胆量来决斗罪恶。再没有第二条路走。如其你们可以容恕我的厚颜，我想念我自己近作的一首诗给你们听，因为那首诗，正是我今天讲的话的更集中的表现：

## 毒 药

今天不是我歌唱的日子,我口边涎着狞恶的微笑,不是我说笑的日子,我胸怀间插着发冷光的利刃;

相信我,我的思想是恶毒的因为这世界是恶毒的,我的灵魂是黑暗的因为太阳已经灭绝了光彩,我的声调是像坟堆里的夜鸮因为人间已经杀尽了一切的和谐,我的口音像是冤鬼责问他的仇人因为一切的恩已经让路给一切的怨;

但是相信我,真理是在我的话里虽则我的话像是毒药,真理是永远不含糊的虽则我的话里仿佛有两头蛇的舌,蝎子的尾尖,蜈蚣的触须;只因为我的心里充满着比毒药更强烈,比咒诅更狠毒,比火焰更猖狂,比死更深奥的不忍心与怜悯心与爱心,所以我说的话是毒性的,咒诅的,燎灼的,虚无的;

相信我,我们一切的准绳已经埋没在珊瑚土打紧的墓宫里,最劲冽的祭奠的香味也穿不透这严封的地层:一切的准则是死了的;

我们一切的信心像是顶烂在树枝上的风筝,我们手里擎着这迸断了的鹞线:一切的信心是烂了的;

相信我,猜疑的巨大的黑影,像一块乌云似的,已经笼盖着人间一切的关系:人子不再悲哭他新死的亲娘,兄弟不再来搀着他姊妹的手,朋友变成了寇仇,看家的狗回头来咬他主人的腿:是的,猜疑淹没了一切;在路旁坐着啼哭的，在街心里站着的，在你窗前探望的，都是被奸污的处女；池潭里只见些烂破的鲜艳的荷花；

在人道恶浊的涧水里流着，浮荇似的，五具残缺的尸体，它们是仁义礼智信，向着时间无尽的海澜里流去；

这海是一个不安靖的海，波涛猖獗的翻着，在每个浪头的小白帽上分明的写着人欲与兽性；

到处是奸淫的现象：贪心搂抱着正义，猜忌逼迫着同情，懦怯狎亵着勇敢，肉欲侮弄着恋爱，暴力侵凌着人道，黑暗践踏着光明；

听呀，这一片淫猥的声响，听呀，这一片残暴的声响；

虎狼在热闹的市街里，强盗在你们妻子的床上，罪恶在你们深奥的灵魂里……

## 白　旗

来，跟着我来，拿一面白旗在你们的手里——不是上面写着激动怨毒，鼓励残杀字样的白旗，也不是涂着不洁净血液的标记的白旗，也不是画着忏悔与咒语的白旗（把忏悔画在你们的心里）；

你们排列着，噤声的，严肃的，像送丧的行列，不容许脸上留存一丝的颜色，一毫的笑容，严肃的，噤声的，像一队决死的兵士；

现在时辰到了，一齐举起你们手里的白旗，像举起你们的心一样，仰看着你们头顶的青天，不转瞬的，恐惶

的,像看着你们自己的灵魂一样;

现在时辰到了,你们让你们熬着、壅着,迸裂着,滚沸着的眼泪流,直流,狂流,自由的流,痛快的流,尽性的流,像山水出峡似的流,像暴雨倾盆似的流……

现在时辰到了,你们让你们咽着,压迫着,挣扎着,汹涌着的声音嚎,直嚎,狂嚎,放肆的嚎,凶狠的嚎,像飓风在大海波涛间的嚎,像你们丧失了最亲爱的骨肉时的嚎……

现在时辰到了,你们让你们回复了的天性忏悔,让眼泪的滚油煎净了的,让嚎恸的雷霆震醒了的天性忏悔,默默的忏悔,悠久的忏悔,沉彻的忏悔,像冷峭的星光照落在一个寂寞的山谷里,像一个黑衣的尼僧匐伏在一座金漆的神龛前……

在眼泪的沸腾里,在嚎恸的酣彻里,在忏悔的沉寂里,你们望见了上帝永久的威严。

## 婴 儿

我们要盼望一个伟大的事实出现,我们要守候一个馨香的婴儿出世:

你看他那母亲在她生产的床上受罪!

她那少妇的安详,柔和;端丽,现在在剧烈的阵痛里变形成不可信的丑恶:你看她那遍体的筋络都在她薄嫩的皮肤底里暴涨着,可怕的青色与紫色,像受惊的水青蛇在田沟里急泅似的,汗珠站在她的前额上像一颗颗的黄豆,她的四肢与身体猛烈的抽搐着，畸屈着，奋挺着，纠旋着，仿佛她垫着的席子是用针尖编成的，仿佛她的帐围是用火焰织成的；

一个安详的、镇定的、端庄的、美丽的少妇，现在在绞痛的惨酷里变形成魔鬼似的可怖：她的眼，一时紧紧的阖着，一时巨大的睁着，她那眼，原来像冬夜池潭里反映着的明星，现在吐露着青黄色的凶焰，眼珠像是烧红的炭火，映射出她灵魂最后的奋斗，她的原来朱红色的口唇，现在像是炉底的冷灰，她的口颤着，撅着，扭着，死神的热烈的亲吻不容许她一息的平安，她的发是散披着，横在口边，漫在胸前，像揪乱的麻丝，她的手指间紧抓着几穗拧下来的乱发；

这母亲在她生产的床上受罪：

但她还不曾绝望，她的生命挣扎着血与肉与骨与肢体的纤微，在危崖的边沿上，抵抗着，搏斗着，死神的逼迫；

她还不曾放手，因为她知道（她的灵魂知道！）这苦痛不是无因的，因为她知道她的胎宫里孕育着一点比她自己更伟大的生命的种子，包涵着一个比一切更永久的婴儿；

因为她知道这苦痛是婴儿要求出世的征候，是种子在泥土里爆裂成美丽的生命的消息，是她完成她自己生命的使命的时机；

因为她知道这忍耐是有结果的，在她剧痛的昏瞀中，她仿佛听着上帝准许人间祈祷的声音，她仿佛听着天使们赞美未来的光明的声音；

因此她忍耐着，抵抗着，奋斗着……她抵拚绷断她统体的纤微，她要赎出在她那胎宫里动荡着的生命，在她一个完全，美丽的婴儿出世的盼望中，最锐利，最沉酣的痛感逼成了最锐利最沉酣的快感……

这也许是无聊的希冀，但是谁不愿意活命，就使到了绝望最后的边沿，我们也还要妄想希望的手臂从黑暗里伸出来挽着我们。我们不能不想望这苦痛的现在，只是准备着一个更光荣的将来，我们要盼望一个洁白的肥胖的活泼的婴儿出世！

新近有两件事实，使我得到很深的感触。让我来说给你们听听。

前几时有一天俄国公使馆挂旗，我也去看了。加拉罕站在台上，微微的笑着，他的脸上发出一种严肃的青光，他侧仰着他的头看旗上升时，我觉着了他的人格的尊严，他至少是一个有胆有略的男子，他有为主义牺牲的决心，他的脸上至少没有苟且的痕迹，同时屋顶那根旗杆上，冉冉的升上了一片的红光，背着窈〔窅〕远没有一斑云彩的青天。那面簇新的红旗在风前料峭的袅荡个不定。这异样的彩色与声响引起了我异样的感想。是腼腆，是骄傲，还是鄙夷，如今这红旗初次面对着我们偌大的民族？在场人也有拍掌的，但只是断续的拍掌，这就算是我想我们初次见红旗的敬意；但这又是鄙夷，骄傲，还是惭愧呢？那红色是一个伟大的象征，代表人类史里最伟大的一个时期；不仅标示俄国民族流血的成绩，却也为人类立下了一个勇敢尝试的榜样。在那旗子抖动的声响里我不仅仿佛听出了这近十年来那斯拉夫民族失败与胜利的呼声，我也想象到百数十年前法国革命时的狂热，一七八九年七月四日那天巴黎市民攻破巴士梯亚牢狱时的疯癫。自由，平等，友爱！友爱，平等，自由！你们听呀，在这呼声里人类理想的火焰一直从地面上直冲破天顶，历史上再没有更重要更强烈的转变的时期。卡莱尔（Carlyle）在他的法国革命史里形容这件大事有三句名句，他说："To describe this scene transcends the talent ofmortals. After four hours of worldbedlam it surrenders. The Bastille is down!"他说："要形容这一景超过了凡人的力量。过了四小时的疯狂他（那大牢）投降了。巴士梯亚是下了！"打破一个政治犯的牢狱不算是了不得的大事，但这事实里有一个象征。巴士梯亚是代表阻碍自由的势力，巴黎市民的攻击是代表全人类争自由的势力，巴士梯亚的"下"是人类理想胜利的凭证。自由，平等，友爱！友爱，平等，自由！法国人在百几十年前猖狂的叫着。这叫声还在人类的性灵里荡着。我们不好像听见吗，虽则隔着百几十年光阴的旷野。如今凶恶的巴士梯亚又在我们的面前堵着；我们如其再不发疯，他那牢门上的铁钉，一个个都快刺透我们的心胸了！

这是一件事。还有一件是我六月间伴着泰戈尔到日本时的感想。早七年我过太平洋时曾经到东京去玩过几个钟头，我记得到上野公园去，上一座小山去下望东京的市场，只见连绵的高楼大厦,一派富盛繁华的景象。这回我又到上野去了,我又登山去望东京城了,那分别可太大了!房子,不错,原是有的;但从前是几层楼的高房,还有不少有名的建筑,比如帝国剧场、帝国大学等等,这次见的,说也可怜,只是薄皮松板暂时支着应用的鱼鳞似的屋子,白松松的像一个烂发的花头,再没有从前那样富盛与繁华的气象。十九的城子都是叫那大地震吞了去烧了去的。我们站着的地面平常看是再坚实不过的,但是等到他起兴时小小的翻一个身,或是微微的张一张口,我们脆弱的文明与脆弱的生命就够受。我们在中国的差不多是不能想着世界上,在醒着的不是梦里的世界上,竟可以有那样的大灾难。我们中国人是在灾难里讨生活的,水、旱、刀兵、盗劫,哪一样没有,但是我敢说我们所有的灾难合起来,也抵不上我们邻居一年前遭受的大难。那事情的可怕,我敢说是超过了人类忍受力的止境。我们国内居然有人以日本人这次大灾为可喜的,说他们活该,我真要请协和医院大夫用X光检查一下他们那几位,究竟他们是有没有心肝的。因为在可怕的运命的面前,我们人类的全体只是一群在山里逢着雷霆风雨时的绵羊,哪里还能容什么种族、政治等等的偏见与意气?我来说一点情形给你们听听,因为虽则你们在报上看过极详细的记载,不曾亲自察看过的总不免有多少距离的隔膜。我自己未到日本前与看过日本后,见解就完全的不同。你们试想假定我们今天在这里集会,我讲的,你们听的,假如日本那把戏轮着我们头上来时,要不了的搭的搭的搭的三秒钟我与你们与讲台与屋子就永远诀别了地面,像变戏法似的，影踪都没了。那是事实，横滨有如几所五六层高的大楼，全是在三四秒时间内整个儿与地面拉一个平，全没了。你们知道圣书里面形容天降大难的时候，不要说本来脆弱的人类完全放弃了一切的虚荣，就是最猛鸷的野兽与飞禽也会在刹时间变化了性质，老虎会来小猫似的挨着你躲着，利喙的鹰鹞会得躲入鸡棚里去窝着，比鸡还要驯服。在那样非常的变动时，他们也好似觉悟了这彼此同是生物的亲属关系，在天怒的跟前同是剥夺了抵抗力的小虫子，这里面就发生了同命运的同情。你们试想就东京一地说，二三百万的人口，几十百年辛勤的成绩，突然的面对着最后审判的实在，就在今天我们回想起当时他们全城子像一个滚沸的油锅时的情景，原来热闹的市场变成了光焰万丈的火盆，在这里面人类最集中的心力与体力的成绩全变了燃料，在这里面艺术、教育、政治、社会人的骨与肉与血都化成了灰烬，还有百十万男女老小的哭嚷声，这哭声本体就可以摇动天地，——我们不要说亲身经历，就是坐在椅子上想象这样不可信的情景时，也不免觉得害怕不是？那可不是顽儿的事情。单只描写那样的大变，恐怕至少就须要荷马或是莎士比亚的天才。你们试想在那时候，假如你们亲身经历时，你的心理该是怎么样？你还恨你的仇人吗？你还不饶恕你的朋友吗？你还沾恋你个人的私利吗？你还有欺哄人的机会吗？你还有什么希望吗？你还不搂住你身旁的生物，管他是你的妻子，你的老子，你的听差，你的妈，你的冤家，你的老妈子，你的猫，你的狗，把你灵魂里还剩下的光明一齐放射出来，和着你同难的同胞在这普遍的黑暗里来一个最后的结合吗?

但运命的手段还不是那样的简单。他要是把你的一切都扫灭了,那倒也是一个痛快的结束;他可不然。他还让你活着,他还有更苟〔苛〕刻的试验给你。太难过了,你还喘着气;你的家,你的财产,都变了你脚下的灰,你的爱亲与妻与儿女的骨肉还有烧不烂的在火堆里燃着,你没有了一切;但是太阳又在你的头上光亮的照着,你还是好好的在平定的地面上站着,你疑心这一定是梦,可又不是梦,因为不久你就发现与你同难的人们,他们也一样的疑心他们身受的是梦。可真不是梦;是真的。你还活着,你还喘着气,你得重新来过,根本的完全的重新来过。除非是你自愿放手,你的灵魂里再没有勇敢的分子。那才是你的真试验的时候。这考卷可不容易交了,要到那时候你才知道你自己究竟有多大能耐,值多少,有多少价值。

我们邻居日本人在灾后的实际就是这样。全完了,要来就得完全来过,尽你自身的力量不够,加上你儿子的,你孙子的,你孙子的儿子的儿子的孙子的努力,也许可以重新撑起这份家私,但在这努力的经程中,谁也保不定天与地不再捣乱;你的几十年只要他的几秒钟。问题所以是你干不干?就只干脆的一句话,你干不干,是或否?同时也许无情的运命,扭着他那丑陋可怕的脸子在你的身旁冷笑,等着你最后的回话。你干不干,他仿佛也涎着他的怪脸问着你!

我们勇敢的邻居们已经交了他们的考卷;他们回答了一个干脆的干字,我们不能不佩服。我们不能不尊敬他们精神的人格。不等那大震灾的火焰缓和下去，我们邻居们第二次的奋斗已经庄严的开始了。不等运命的残酷的手臂松放，他们已经宣言他们积极的态度对运命宣战。这是精神的胜利，这是伟大，这是证明他们有不可摇的信心，不可动的自信力；证明他们是有道德的与精神的准备的，有最坚强的毅力与忍耐力的，有内心潜在着的精力的，有充分的后备军的，好比说，虽则前敌一起在炮火里毁了，这只是给他们一个出马的机会。他们不但不悲观，不但不消极，不但不绝望，不但不低着嗓子乞怜，不但不倒在地下等救，在他们看来这大灾难，只是一个伟大的激刺，伟大的鼓励，伟大的灵感，一个应有的试验，因此他们新来的态度只是双倍的积极，双倍的勇猛，双倍的兴奋，双倍的有希望；他们仿佛是经过大战的大将，战阵愈急迫愈危险，战鼓愈打得响亮，他的胆量愈大，往前冲的步子愈紧，必胜的决心愈强。这，我说，真是精神的胜利，一种道德的强制力，伟大的，难能的，可尊敬的，可佩服的。泰戈尔说的，国家的灾难，个人的灾难，都是一种试验：除是灾难的结果压倒了你的意志与勇敢，那才是真的灾难，因为你更没有翻身的希望。

这也并不是说他们不感觉灾难的实际的难受，他们也是人，他们虽勇，心究竟不是铁打的。但他们表现他们痛苦的状态是可注意的；他们不来零碎的呼叫，他们采用一种雄伟的庄严的仪式。此次震灾的周年纪念时；他们选定一个时间，举行他们全国的悲哀；在不知是几秒或几分钟的期间内，他们全国的国民一致的静默了，全国民的心灵在那短时间内融合在一阵忏悔的、祈祷的、普遍的肃静里（那是何等的凄伟！）；然后，一个信号打破了全国的静默，那千百万人民又一致的高声悲号，悲悼他们曾经遭受的惨运；在这一声弥漫的哀号里，他们国民，不仅发泄了蓄积着的悲哀，这一声长号，也表明他们一致重新来过的伟大的决心（这又是何等的凄伟！）。

这是教训，我们最切题的教训。我个人从这两件事情——俄国革命与日本地震——感到极深刻的感想；一件是告诉我们什么是有意义有价值的牺牲，那表面紊乱的背后坚定的站着某种主义或是某种理想，激动人类潜伏着一种普遍的想望，为要达到那想望的境界，他们就不顾冒怎样剧烈的险与难，拉倒已成的建设，踏平现有的基础，抛却生活的习惯，尝试最不可测量的路子。这是一种疯癫，但是有目的的疯癫；单独的看，局部的看，我们尽可以下种种非难与责备的批评。但全部的看，历史的看时，那原来纷乱的就有了条理，原来散漫的就成了片段，甚至于在经程中一切反理性的分明残暴的事实都有了他们相当的应有的位置，在这部大悲剧完成时，在这无形的理想"物化"成事实时，在人类历史清理节账时，所得便超过所出，赢余至少是盖得过损失的。我们现在自己的悲惨就在问题不集中，不清楚，不一贯；我们缺少，用一个现成的比喻——那一面半空里升起来的彩色旗（我不是主张红旗我不过比喻罢了！），使我们有眼睛能看的人都不由的不仰着头望；缺少那青天里的一个霹雳，使我们有耳朵能听的不由的惊心。正因为缺乏这样一个一贯的理想与标准（能够表现我们潜在意识所想望的),我们有的那一部疯癫性——历史上所有的大运动都脱不了疯癫性的成分——就没有机会充分的外现,我们物质生活的累赘与沾恋,便有力量压迫住我们精神性的奋斗;不是我们天生不肯牺牲,也不是天生懦怯,我们在这时期内的确不曾寻着值得或是强迫我们牺牲的那件理想的大事,结果是精力的散漫,志气的怠惰,苟且心理的普遍,悲观主义的盛行,一切道德标准与一切价值的毁灭与埋葬。

人原来是行为的动物,尤其是富有集合行为力的,他有向上的能力,但他也是最容易堕落的,在他眼前没有正当的方向时,比如猛兽监禁在铁笼子里。在他的行为力没有发展的机会时,他就会随地躺了下来,管他是水潭是泥潭,过他不黑不白的猪奴的生活。这是最可惨的现象,最可悲的趋向。如其我们容忍这种状态继续存在时,那时每一对父母每次生下一个洁净的小孩,只是为这卑劣的社会多添一个堕落的分子,那是莫大的亵渎的罪孽;所有的教育与训练也就根本的失去了意义,我们还不如盼望一个大雷霆下来毁尽了这三江或四江流域的人类的痕迹!

再看日本人天灾后的勇猛与毅力,我们就不由的不惭愧我们的穷,我们的乏,我们的寒碜。这精神的穷乏才是真可耻的,不是物质的穷乏。我们所受的苦难都还不是我们应有的试验的本身,那还差得远着哪;但是我们的丑态已经恰好与人家的从容成一个对照。我们的精神生活没有充分的涵养,所以临着稀小的纷扰便没有了主意,像一个耗子似的,他的天才只是害怕,他的伎俩只是小偷;又因为我们的生活没有深刻的精神的要求,所以我们合群生活的大网子就缺少最吃分量最经用的那几条普遍的同情线,再加之原来的经纬已经到了完全破烂的状态,这网子根本就没有了联结,不受外物侵损时已有溃败的可能,哪里还能在时代的急流里,捞起什么有价值的东西?说也奇怪,这几千年历史的传统精神非但不曾供给我们社会一个顽固的基础,我们现在到了再不容隐讳的时候,谁知道发现我们的桩子,只是在黄河里造桥,打在流沙里的!

难怪悲观主义变成了流行的时髦!但我们年轻人,我们的身体里还有生命跳动,脉管里多少还有鲜血的年轻人,却不应当沾染这最致命的时髦,不应当学那随地躺得下去的猪,不应当学那苟且专家的耗子,现在时候逼迫了,再不容我们刹那的含糊。我们要负我们应负的责任,我们要来补织我们已经破烂的大网子,我们要在我们各个人的生活里抽出人道的同情的纤维来合成强有力的绳索,我们应当发现那适当的象征,像半空里那面大旗似的,引起普遍的注意;我们要修养我们精神的与道德的人格,预备忍受将来最难堪的试验。简单的一句话,我们应当在今天——过了今天就再没有那一天了——宣传我们对于生活基本的态度。是是还是否;是积极还是消极;是生道还是死道;是向上还是堕落?在我们年轻人一个字的答案上就挂着我们全社会的运命的决定。我盼望我至少可以代表大多数青年,在这篇讲演的末尾,高叫一声——用两个有力量的外国字——

"Everlasting yea!"

# 我的彼得

新近有一天晚上,我在一个地方听音乐,一个不相识的小孩,约莫八九岁光景,过来坐在我的身边,他说的话我不懂,我也不易使他懂我的话,那可并不妨事,因为在几分钟内我们已经是很好的朋友,他拉着我的手,我拉着他的手,一同听台上的音乐。他年纪虽则小,他音乐的兴趣已经很深:他比着手势告我他也有一张提琴,他会拉,并且说哪几个是他已经学会的调子。他那资质的敏慧,性情的柔和,体态的秀美,不能使人不爱;而况我本来是喜欢小孩们的。

但那晚虽则结识了一个可爱的小友,我心里却并不快爽;因为不仅见着他使我想起你,我的小彼得,并且在他活泼的神情里我想见了你,彼得,假如你长大的话,与他同年龄的影子。你在时,与他一样,也是爱音乐的;虽则你回去的时候刚满三岁,你爱好音乐的故事,从你襁褓时起,我屡次听你妈与你的"大大"讲,不但是十分的有趣可爱,竟可说是你有天赋的凭证,在你最初开口学话的日子,你妈已经写信给我,说你听着了音乐便异常的快活,说你在坐车里常常伸出你的小手在车栏上跟着音乐按拍;你稍大些会得淘气的时候,你妈说,只要把话匣开上,你便在旁边乖乖的坐着静听,再也不出声不闹:——并且你有的是可惊的口味,是贝德花芬是槐格纳你就爱,要是中国的戏片,你便盖没了你的小耳决意不让无意味的锣鼓,打搅你的清听!你的大大(他多疼你!)讲给我听你得小提琴的故事;怎样那晚上买琴来的时候,你已经在你的小床上睡好,怎样他们为怕你起来闹赶快灭了灯亮把琴放在你的床边,怎样你这小机灵早已看见,却偏不做声,等你妈与大大都上了床,你才偷偷的爬起来,摸着了你的宝贝,再也忍不住的你技痒,站在漆黑的床边,就开始你"截桑柴"的本领,后来怎样他们干涉了你,你便乖乖的把琴抱进你的床去,一起安眠。他们又讲你怎样欢喜拿着一根短棍站在桌上摹仿音乐会的导师,你那认真的神情常常叫在座人大笑。此外还有不少趣话,大大记得最清楚,他都讲给我听过;但这几件故事已够见证你小小的灵性里早长着音乐的慧根。实际我与你妈早经同意想叫你长大时留在德国学习音乐;——谁知道在你的早殇里我们不[?]失去了一个可能的毛赞德(Mozart):在中国音乐最饥荒的日子,难得见这一点希冀的青芽,又教命运无情的脚根踏倒,想起怎不可伤?

彼得,可爱的小彼得,我"算是"你的父亲,但想起我做父亲的往迹,我心头便涌起了不少的感想;我的话你是永远听不着了,但我想借这悼念你的机会,稍稍疏泄我的积愫,在这不自然的世界上,与我境遇相似或更不如的当不在少数,因此我想说的话或许还有人听，竟许有人同情。就是你妈，彼得，她也何尝有一天接近过快乐与幸福，但她在她同样不幸的境遇中证明她的智断，她的忍耐，尤其是她的勇敢与胆量；所以至少她，我敢相信，可以懂得我话里意味的深浅，也只有她，我敢说，最有资格指证或相诠释——在她有机会时——我的情感的真际。

但我的情愫！是怨，是恨，是忏悔，是怅惘？对着这不完全，不如意的人生，谁没有怨，谁没有恨，谁没有怅惘？除了天生颠顶的，谁不曾在他生命的经途中——葛德说的——和着悲哀吞他的饭，谁不曾拥着半夜的孤衾饮泣？我们应得感谢上苍的是他不可度量的心裁，不但在生物的境界中他创造了不可计数的种类，就这悲哀的人生也是因人差异，各各不同，——同是一个碎心，却没有同样的碎痕，同是一滴眼泪，却难寻同样的泪晶。

彼得我爱，我说过我是你的父亲。但我最后见你的时候你才不满四月，这次我再来欧洲你已经早一个星期回去，我见着的只你的遗像，那太可爱；与你一撮的遗灰，那太可惨。你生前日常把弄的玩具——小车、小马、小鹅、小琴、小书——你妈曾经件件的指给我看，你在时穿着的衣、裤、鞋、帽，你妈与你大大也曾含着眼泪从箱里理出来给我抚摩，同时他们讲你生前的故事，直到你的影像活现在我的眼前，你的脚踪仿佛在楼板上踹响。你是不认识你父亲的，彼得，虽则我听说他的名字常在你的口边，他的肖像也常受你小口的亲吻，多谢你妈与你大大的慈爱与真挚,他们不仅永远把你放在他们心坎的底里,他们也使我——没福见着你的父亲,知道你,认识你,爱你,也把你的影像、活泼、美慧、可爱,永远镂上了我的心版。那天在柏林的会馆里,我手捧着那收存你遗灰的锡瓶,你妈与你七舅站在旁边止不住滴泪,你的大大哽咽着,把一个小花圈挂上你的门前——那时间我,你的父亲,觉着心里有一个尖锐的刺痛,这才初次明白曾经有一点血肉从我自己的生命里分出,这才觉着父性的爱像泉眼似的在性灵里汩汩的流出;只可惜是迟了,这慈爱的甘液不能救活已经萎折了的鲜花,只能在他纪念日的周遭永远无声的流转。

彼得,我说我要借这机会稍稍爬梳我年来的郁积;但那也不见得容易;要说的话仿佛就在口边,但你要它们的时候,它们又不在口边:像是长在大块岩石底下的嫩草,你得有力量翻起那岩石才能把它不伤损的连根起出——谁知道那根长的多深!是恨,是怨,是忏悔,是怅惘?许是恨,许是怨,许是忏悔,许是怅惘。荆棘刺入了行路人的胫踝,他才知道这路的难走;但为什么有荆棘?是它们自己长着,还是有人存心种着的?也许是你自己种下的?至少你不能完全抱怨荆棘:一则因为这道是你自愿才来走的;再则因为那刺伤是你自己的脚踏上了荆棘的结果,不是荆棘自动来刺你。——但又谁知道?因此我有时想,彼得像你倒真是聪明:你来时是一团活泼、光亮的天真,你去时也还是一个光亮,活泼的灵魂;你来人间真像是短期的作客,你知道的是慈母的爱,阳光的和暖与花草的美丽,你离开了妈的怀抱,你回到了天父的怀抱,我想他听你欣欣的回报这番作客——只尝甜浆,不吞苦水——的经验,他上年纪的脸上一定满布着笑容——你的小脚踝上不曾碰着过无情的荆棘,你穿来的白衣不曾沾着一斑的泥污。

但我们,比你住久的,彼得,却不是来作客;我们是遭放逐,无形的解差永远在后背催逼着我们赶道:为什么受罪,前途是哪里,我们始终不曾明白,我们明白的只是底下流血的脛踝,只是这无恩的长路,这时候想回头已经太迟,想中止也不可能,我们真的羡慕,彼得,像你那谪期的简净。

在这道上遭受的,彼得,还不止是难,不止是苦,最难堪的是逐步相追的嘲讽,身影似的不可解脱。我既是你的父亲,彼得,比方说,为什么我不能在你的生前,日子虽短,给你应得的慈爱,为什么要到这时候,你已经去了不再回来,我才觉着骨肉的关连?并且假如我这番不到欧洲,假如我在万里外接到你的死耗,我怕我只能看作水面上的云影,来时自来,去时自去:正如你生前我不知欣喜,你在时我不知爱惜,你去时也不能过分动我的情感。我自分不是无情,不是寡恩,为什么我对自身的血肉,反是这般不近情的冷漠?彼得,我问为什么,这问的后身便是无限的隐痛;我不能怨,我不能恨,更无从悔,我只是怅惘,我只能问!明知是自苦的揶揄,但我只能忍受。而况揶揄还不止此,我自身的父母,何尝不赤心的爱我;但他们的爱却正是造成我痛苦的原因:我自己也何尝不笃爱我的亲亲,但我不仅不能尽我的责任,不仅不曾给他们想望的快乐，我，他们的独子，也不免加添他们的烦愁，造作他们的痛苦，这又是为什么？在这里，我也是一般的不能恨，不能怨，更无从悔，我只是怅惘——我只能问。昨天我是个孩子，今天已是壮年；昨天腮边还带着圆润的笑涡，今天头上已见星星的白发；光阴带走的往迹，再也不容追赎，留下在我们心头的只是些揶揄的鬼影；我们在这道上偶尔停步回想的时候，只能投一个虚圈的"假使当初"，解嘲已往的一切。但已往的教训，即使有，也不能给我们利益，因为前途还是不减启程时的渺茫，我们还是不能选择自由的途径——到那天我们无形的解差喝住的时候，我们唯一的权利，我猜想，也只是再丢一个虚圈更大的"假使"，圆满这全程的寂寞，那就是止境了。

# 我的祖母之死

一

一个单纯的孩子,
过他快活的时光,
兴匆匆的,活泼泼的,
何尝识别生存与死亡?

这四行诗是英国诗人华茨华斯(William Wordsworth)一首有名的小诗叫做"我们是七人"(Weare Seven)的开端,也就是他的全诗的主意。这位爱自然,爱儿童的诗人,有一次碰着一个八岁的小女孩,发鬓蓬松的可爱,他问她兄弟姊妹共有几人,她说我们是七个,两个在城里,两个在外国,还有一个姊妹一个哥哥,在她家里附近教堂的墓园里埋着。但她小孩的心理,却不分清生与死的界限,她每晚携着她的干点心与小盘皿,到那墓园的草地里,独自的吃,独自的唱,唱给她的在土堆里眠着的兄姊听,虽则他们静悄悄的莫有回响,她烂漫的童

心却不曾感到生死间有不可思议的阻隔;所以任凭华翁多方的譬解,她只是睁着一双灵动的小眼,回答说:

"可是,先生,我们还是七人。"

## 二

其实华翁自己的童真,也不让那小女孩的完全:他曾经说"在孩童时期,我不能相信我自己有一天也会得悄悄的躺在坟里,我的骸骨会得变成尘土。"又一次他对人说:"我做孩子时最想不通的,是死的这回事将来也会得轮到我自己身上。"

孩子们天生是好奇的,他们要知道猫儿为什么要吃耗子,小弟弟从哪里变出来的,或是究竟先有鸡还是先有鸡蛋;但人生最重大的变端——死的现象与实在,他们也只能含糊的看过,我们不能期望一个个小孩子们都是搔头穷思的丹麦王子。他们临到丧故,往往跟着大人啼哭;但他只要眼泪一干,就会到院子里踢毽子,赶蝴蝶,就使在屋子里长眠不醒了的是他们的亲爹或亲娘,大哥或小妹,我们也不能盼望悼死的悲哀可以完全翳蚀了他们稚羊小狗似的欢欣。你如其对孩子说,你妈死了,你知道不知道——他十次里有九次只是对着你发呆;但他等到要妈叫妈,妈偏不应的时候,他的嫩颊上就会有热泪流下。但小孩天然的一种表情,往往可以给人们最深的感动。我生平最忘不了的一次电影,就是描写一个小孩爱恋已死母亲的种种天真的情景。她在园里看种花,园丁告诉她这花在泥里,浇下水去，就会长大起来。那天晚上天下大雨，她睡在床上，被雨声惊醒了，忽然想起园丁的话，她的小脑筋里就发生了绝妙的主意。她偷偷的爬出了床，走下楼梯，到书房里去拿下桌上供着的她死母的照片，一把揣在怀里，也不顾倾倒着的大雨，一直走到园里，在地上用园丁的小锄掘松了泥土，把她怀里的亲妈，谨慎的取了出来，栽在泥里，把松泥掩护着；她做完了工就蹲在那里守候——一个三四岁的女孩，穿着白色的睡衣，在深夜的暴雨里，蹲在露天的地上，专心笃意的盼望已经死去的亲娘，像花草一般，从泥土里发长出来！

三

我初次遭逢亲属的大故，是二十年前我祖父的死，那时我还不满六岁。那是我生平第一次可怕的经验，但我追想当时的心理，我对于死的见解也不见得比华翁的那位小姑娘高明。我记得那天夜里，家里人吩咐祖父病重，他们今夜不睡了，但叫我和我的姊妹先上楼睡去，回头要我们时他们会来叫的。我们就上楼去睡了，底下就是祖父的卧房，我那时也不十分明白，只知道今夜一定有很怕的事，有火烧、强盗抢、做怕梦，一样的可怕。我也不十分睡着，只听得楼下的急步声、碗碟声、唤婢仆声、隐隐的哭泣声、不息的响音。过了半夜，他们上来把我从睡梦里抱了下去，我醒过来只听得一片的哭声，他们已经把长条香点起来，一屋子的烟，一屋子的人，围拢在床前，哭的哭，喊的喊，我也捱了过去，在人丛里偷看大床里的好祖父。忽然听说醒了醒了，哭喊声也歇了，我看见父亲爬在床里，把病父抱持在怀里，祖父倚在他的身上，双眼紧闭着，口里衔着一块黑色的药物他说话了，很清的声音，虽则我不曾听明他说的什么话，后来知道他经过了一阵昏晕，他又醒了过来对家人说："你们吃吓了，这算是小死。"他接着又说了好几句话，随讲音随低，呼气随微，去了，再不醒了，但我却不曾亲见最后的弥留，也许是我记不起，总之我那时早已跪在地板上，手里擎着香，跟着大众高声的哭喊了。

## 四

此后我在亲戚家收殓虽则看得不少，但死的实在的状况却不曾见过。我们念书人的幻想力是比较的丰富，但往往因为有了幻想力，就不管生命现象的实在，结果是书呆子，陆放翁说的"百无一用是书生"。人生的范围是无穷的：我们少年时精力充足什么都不怕尝试，只愁没有出奇的事情做，往往抱怨这宇宙太窄，青天太低，大鹏似的翅膀飞不痛快，但是……但是平心的说，且不论奇的、怪的、特别的、离奇的，我们姑且试问人生里最基本的事实，最单纯的、最普遍的、最平庸的、最近人情的经验，我们究竟能有多少的把握，我们能有多少深彻的了解，我们是否都亲身经历过？譬如说：生产、恋爱、痛苦、悲、死、妒、恨、快乐、真疲倦、真饥饿、渴、毒焰似的渴、真的幸福、冻的刑罚、忏悔，种种的情热。我可以说，我们平常人生观、人类、人道、人情、真理、哲理、本能等等名词不离口吻的念书人们，什么文学家，什么哲学家——关于真正人生基本的事实的实在，知道的——恐怕是极微至鲜，即使不等于圆圈。我有一个朋友，他和他夫人的感情极厚，一次他夫人临到难产，因为在外国，所以进医院什么都得他自己照料，最后医生宣言只有用手术一法，但性命不能担保，他没有法子，只好和他半死的夫人诀别（解剖时亲属不准在旁的）。满心毒魔似的难受，他出了医院，走在道上，走上桥去，像得了离魂病似的，心脉舂臼似的跳着，最后他听着了教堂和缓的钟声，他就不自主的跟着钟声，进了教堂，跟着在做礼拜的跪着、祷告、忏悔、祈求、唱诗、流泪（他并不是信教的人）。他这样的捱过时刻，后来回转医院时，一步步都是残酷的磨难，比上行刑场的犯人，加倍的难受，他怕见医生与看护妇，仿佛他的运命是在他们的手掌里握着。事后他对人说："我这才知道了人生一点子的意味！"

五

所以不曾经历过精神或心灵的大变的人们，只是在生命的户外徘徊，也许偶尔猜想到几分墙内的动静，但总是浮的浅的，不切实的，甚至完全是隔膜的。人生也许是个空虚的幻梦，但在这幻象中，生与死，恋爱与痛苦，毕竟是陡起的奇峰，应得激动我们彷徨者的注意，在此中也许有可以感悟到一些幻里的真，虚中的实，这浮动的水泡不曾破裂以前，也应得饱吸自由的日光，反射几丝颜色！

我是一只不羁的野驹，我往往纵容想象的猖狂，诡辩人生的现实；比如凭借凹折的玻璃，觉察当前景色。但时而复再，我也能从烦嚣的杂响中听出清新的乐调，在眩耀的杂彩里，看出有条理的意匠。这次祖母的大故，老家庭的生活，给我不少静定的时刻，不少深刻的反省。我不敢说我因此感悟了部分的真理，或是取得了若干的智慧；我只能说我因此与实际生活更深了一层的接触，益发激动我对于人生种种好奇的探讨，益发使我惊讶这迷谜的玄妙，不但死是神奇的现象，不但生命与呼吸是神奇的现象，就连日常的生活与习惯与迷信，也好像放射着异样的光闪，不容我们擅用一两个形容词来概状，更不容我们昌言什么主义来抹煞——一个革新者的热心，碰着了实在的寒冰！

## 六

我在我的日记里翻出一封不曾写完不曾付寄的信，是我祖母死后第二天的早上写的。我是在极强烈的极鲜明的时刻内，很想把那几日经过感想与疑问，痛快的写给一个同情的好友，使他在数千里外也能分尝我强烈的鲜明的感情。那位同情的好友我选中了通伯。但那封信却只起了一个呆重的头，一为丧中忙,二为我那时眼热不耐用心,始终不曾写就,一直捱到现在再想补写,恐怕强烈已经变弱,鲜明已经透暗,逃亡的囚逋,不易追获的了。我现在把那封残信录在这里,再来追摹当时的情景。

通伯:

我的祖母死了!从昨夜十时半起,直到现在,满屋子只是嚎咷呼抢的悲音,与和尚、道士、女僧的礼忏鼓磬声。二十年前祖父丧时的情景,如今又在眼前了。忘不了的情景!你愿否听我讲些?

我一路回家,怕的是也许已经见不到老人,但老人却在生死的交关仿佛存心的弥留着,等待她最钟爱的孙儿——即不能与他开言诀别,也使他尚能把握她依然温暖的手掌,抚摩她依然跳动着的胸怀,凝视她依然能自开自阖虽则不再能表情的目睛。她的病是脑充血的一种,中医称为"卒中"(最难救的中风)。她十日前在暗房里踬仆倒地,从此不再开口出言,登仙似的结束了她八十四岁的长寿,六十年良妻与贤母的辛勤,她现在已经永远的脱辞了烦恼的人间,还归她清净自在的来处。我们承受她一生的厚爱与荫泽的儿孙,此时亲见,将来追念,她最后的神化,不能自禁中怀的摧痛,热泪暴雨似的盆涌,然痛心中却亦隐有无穷的赞美,热泪中依稀想见她功成德备的微笑,无形中似有不朽的灵光,永远的临照她绵衍的后裔……

## 七

旧历的乞巧那一天，我们一大群快活的游踪，驴子灰的黄的白的，轿子四个脚夫抬的，正在山海关外纡回的、曲折的绕登角山的栖贤寺，面对着残圮的长城，巨虫似的爬山越岭，隐入烟霭的迷茫。那晚回北戴河海滨住处，已经半夜，我们还打算天亮四点钟上莲峰山去看日出，我已经快上床，忽然想起了，出去问有信没有，听差递给我一封电报，家里来的四等电报。我就知道不妙，果然是"祖母病危速回"！我当晚就收拾行装，赶早上六时车到天津，晚上才上津浦快车。正嫌路远车慢，半路又为水发冲坏了轨道过不去，一停就停了十二点钟有余，在车里多过了一夜，直到第三天的中午方才过江上沪宁车。这趟车如其准点到上海，刚好可以接上沪杭的夜车，谁知道又误了点，误了不多不少的一分钟，一面我们的车进站，他们的车头鸣的一声叫，别断别断的去了！我若然是空身子，还可以冒险跳车，偏偏我的一双手又被行李雇定了，所以只得定着眼睛送它走。

所以直到八月二十二日的中午我方才到家。我给通伯的信说"怕是已经见不着老人"，在路上那几天真是难受，缩不短的距离没有法子，但是那急人的水发，急人的火车，几面凑拢来，叫我整整的迟一昼夜到家！试想病危了的八十四岁的老人，这二十四点钟不是容易过的，说不定她刚巧在这个期间内有什么动静，那才叫人抱憾哩！但是结果还算没有多大的差池——她老人家还在生死的交关等着!

## 八

奶奶——奶奶——奶奶!奶——奶!你的孙儿回来了,奶奶!没有回音。老太太阖着眼,仰面躺在床里,右手拿着一把半旧的雕翎扇很自在的扇动着。老太太原来就怕热,每年暑天总是扇子不离手的,那几天又是特别的热。这还不是好好的老太太,呼吸顶匀净的,定是睡着了,谁说危险!奶奶,奶奶!她把扇子放下了,伸手去摸着头顶上挂着的冰袋,一把抓得紧紧的,呼了一口长气,像是暑天赶道儿的喝了一碗凉汤似的,这不是她明明的有感觉不是?我把她的手拿在我的手里,她似乎感觉我手心的热,可是她也让我握着,她开眼了!右眼张得比左眼开些,瞳子却是发呆,我拿手指在她的眼前一挑,她也没有瞬,那准是她瞧不见了——奶奶,奶奶,——她也真没有听见,难道她真是病了,真是危险,这样爱我疼我宠我的好祖母,难道真会得⋯⋯我心里一阵的难受,鼻子里一阵的酸,滚热的眼泪就迸了出来。这时候床前已经挤满了人,我的这位,我是[的]那位,我一眼看过去,只见一片惨白忧愁的面色,一双双装满了泪珠的眼眶。我的妈更看的憔悴。她们已经伺候了六天六夜,妈对我讲祖母这回不幸的情形,怎样的她夜饭前还在大厅上吩咐事情,怎样的饭后进房去自己擦脸,不知怎样的闪了下去,外面人听着响声才进去,已经是不能开口了,怎样的请医生，一直到现在还没有转机……

一个人到了天伦骨肉的中间，整套的思想情绪，就变换了式样与颜色。你的不自然的口音与语法没有用了；你的耀眼的袍服可以不必穿了；你的洁白的天使的翅膀，预备飞翔出人间到天堂的，不便在你的慈母跟前自由的开豁；你的理想的楼台亭阁，也不轻易的放进这二百年的老屋；你的佩剑、要寨，以及种种的防御，在争竞的外界即使是必要的，到此只是可笑的累赘。在这里，不比在其余的地方，他们所要求于你的，只是随熟的声音与笑貌，只是好的，纯粹的本性，只是一个没有斑点子的赤裸裸的好心。在这些纯爱的骨肉的经纬中心，不由得你不从你的天性里抽出最柔糯亦最有力的几缕丝线来加密或是缝补这幅天伦的结构。

所以我那时坐在祖母的床边，含着两朵热泪，听母亲叙述她的病况，我脑中发生了异常的感想，我像是至少逃回了二十年的光阴，正如我膝前子侄辈一般的高矮，回复了一片纯朴的童真，早上走来祖母的床前，揭开帐子叫一声软和的奶奶，她也回叫了我一声，伸手到里床去摸给我一个蜜枣或是三片状元糕，我又叫了一声奶奶，出去玩了，那是如何可爱的辰光，如何可爱的天真，但如今没有了，再也不回来了。现在床里躺着的，还不是我的亲爱的祖母，十个月前我伴着到普陀登山拜佛清健的祖母，但现在何以不再答应我的呼唤，何以不再能表情，不再能说话，她的灵性哪里去了，她的灵性哪里去了？

## 九

　　一天,一天,又是一天——在垂危的病榻前过的时刻,不比平常飞驶无碍的光阴,时钟上同样的一声的嗒,直接的打在你的焦急的心里,给你一种模糊的隐痛——祖母还是照样的眠着,右手的脉自从起病以来已是极微仅有的,但不能动弹的却反是有脉的左侧,右手还是不时在挥扇,但她的呼吸还是一例的平匀,面容虽不免瘦削,光泽依然不减,并没有显著的衰象,所以我们在旁边看她的,差不多每分钟都盼望她从这长期的睡眠中醒来,打一个呵欠,就开眼见人,开口说话——果然她醒了过来,我们也不会觉得离奇,像是原来应当似的。但这究竟是我们亲人绝望中的盼望,实际上所有的医生,中医、西医、针医,都已一致的回绝,说这是"不治之症"。中医说这脉象是凭证,西医说脑壳里血管破裂,虽则植物性机能——呼吸、消化——不曾停止,但言语中枢已经断绝——此外更专门更玄学更科学的理论我也记不得了。所以暂时不变的原因,就在老太太本来的体元太好了,拳术家说的"一时不能散工〔功〕",并不是病有转机的兆头。

　　我们自己人也何尝不明白这是个绝症;但我们却总不忍自认是绝望:这"不忍"便是人情。我有时在病榻前,在凄悒的静默中,发生了重大的疑问。科学家说人的意识与灵感,只是神经系最高的作用,这复杂,微妙的机械,只要部分有了损伤或是停顿,全体的动作便发生相当的影响;如其最重要的部分受了扰乱,他不是变成反常的疯癫,便是完全的失去意识。照这一说,体即是用,离了体即没有用;灵魂是宗教家的大谎,人的身体一死什么都完了。这是最干脆不过的说法,我们活着时有这样有那样已经尽够麻烦,尽够受,谁还有兴致,谁还愿意到坟墓的那一边再去发生关系,地狱也许是黑暗的,天堂是光明的,但光明与黑暗的区别无非是人类专擅的假定,我们只要摆脱这皮囊,还归我清静,我就不愿意头戴一个黄色的空圈子,合着手掌跪在云端里受罪!

再回到事实上来,我的祖母——一位神智最清明的老太太——究竟在哪里?我既然不能断定因为神经部分的震裂她的灵感性便永远的消减,但同时她又分明的失却了表情的能力,我只能设想她人格的自觉性,也许比平时消淡了不少,却依旧是在着,像在梦魇里将醒未醒时似的,明知她的儿女孙曾不住的叫唤她醒来,明知她即使要永别也总还有多少的嘱咐,但是可怜她的睛球再不能反映外界的印象,她的声带与口舌再不能表达她内心的情意,隔着这脆弱的肉体的关系,她的性灵再不能与他最亲的骨肉自由的交通——也许她也在整天整夜的伴着我们焦急,伴着我们伤心,伴着我们出泪,这才是可怜,这才真叫人悲感哩!

十

到了八月二十七那天,离她起病的第十一天,医生吩咐脉象大大的变了,叫我们当心,这十一天内每天她只咽入很困难的几滴稀薄的米汤,现在她的面上的光泽也不如早几天了,她的目眶更陷落了,她的口部的筋肉也更宽弛了,她右手的动作也减少了,即使拿起了扇子也不再能很自然的扇动了——她的大限的确已经到了。但是到晚饭后,反是没有什么显象。同时一家人着了忙,准备寿衣的、准备冥银的、准备香灯等等的。我从里走出外,又从外走进里,只见匆忙的脚步与严肃的面容。这时病人的大动脉已经微细的不可辨,虽则呼吸还不至怎样的急促。这时一门的骨肉已经齐集在病房里,等候那不可避免的时刻。到了十时光景,我和我的父亲正坐在房的那一头一张床上,忽然听得一个哭叫的声音说——"大家快来看呀,老太太的眼睛张大了!"这尖锐的喊声,仿佛是一大桶的冰水浇在我的身上,我所有的毛管一齐竖了起来,我们踉跄的奔到了床前,挤进了人丛。果然,老太太的眼睛张大了,张得很大了!这是我一生从不曾见过,也是我一辈子忘不了的眼见的神奇(恕罪我的描写!)不但是两眼,面容也是绝对的神变了(transfigured),她原来皱缩的面上,发出一种鲜润的彩泽,仿佛半淤的血脉,又一度充满了生命的精液,她的口,她的两颊,也都回复了异样的半[丰]润;同时她的呼吸渐渐的上升,急进的短促,现在已经几乎脱离了气管,只在鼻孔里脆响的呼出了。但是最神奇不过的是一双眼睛!她的瞳孔早已失去了收敛性,呆顿的放大了。但是最后那几秒钟!不但眼眶是充分的张开了,不但黑白分明,瞳孔锐利的紧敛了,并且放射着一种不可形容,不可信的辉光,我只能称他为"生命最集中的灵光"！这时候床前只是一片的哭声,子媳唤着娘,孙子唤着祖母,婢仆争喊着老太太,几个稚龄的曾孙,也跟着狂叫太太……但老太太最后的开眼,仿佛是与她亲爱的骨肉,作无言的诀别,我们都在号泣的送终,她也安慰了,她放心的去了。在几秒时内,死的黑影已经移上了老人的面部,遏灭了生命的异彩,她最后的呼气,正似水泡破裂,电光杳灭,菩提的一响,生命呼出了窍,什么都止息了。

## 十一

我满心充塞了死象的神奇,同时又须顾管我有病的母亲,她那时出性的号啕,在地板上滚着,我自己反而哭不出来；我自己也觉得奇怪,眼看着一家长幼的涕泪滂沱,耳听着狂沸似的呼抢号叫,我不但不发生同情的反应,却反而达到了一个超感情的,静定的,幽妙的意境,我想象的看见祖母脱离了躯壳与人间,穿着雪白的长袍,冉冉的上升天去,我只想默默的跪在尘埃,赞美她一生的功德,赞美她一生的圆寂。这是我的设想！我们内地人却没有这样纯粹的宗教思想；他们的假定是不论死的是高年厚德的老人或是无知无怨的幼孩,或是罪大恶极的凶人,临到弥留的时刻总是一例的有无常鬼、摸壁鬼、牛头马面,赤发獠牙的阴差等等到门,拿着镣链枷锁,来捉拿阴魂到案。所以烧纸帛是平他们的暴戾,最后的呼抢是没奈何的诀别。这也许是大部分临死时实在的情景，但我们却不能概定所有的灵魂都不免遭受这样的凌辱。譬如我们的祖老太太的死，我只能想象她是登天，只能想象她慈祥的神化——像那样鼎沸的号啕，固然是至性不能自禁，但我总以为不如匍伏隐泣或默祷，较为近情，较为合理。

理智发达了，感情便失了自然的浓挚；厌世主义的看来，眼泪与笑声一样是空虚的，无意义的。但厌世主义姑且不论，我却不相信理智的发达，会得妨碍天然的情感；如其教育真有效力，我以为效力就在剥削了不合理性的"感情作用"，但决不会有损真纯的感情；他眼泪也许比一般人流得少些，但他等到流泪的时候，他的泪才是应流的泪。我也是智识愈开流泪愈少的一个人，但这一次却也真的哭了好几次。一次是伴我的姑母哭的，她为产后不曾复元，所以祖母的病一直瞒着她，一直到了祖母故后的早上方才通知她。她扶病来了，她还不曾下轿，我已经听出她在啜泣，我一时感觉一阵的悲伤，等到她出轿放声时，我也在房中歔欷不住。又一次是伴祖母当年的赠嫁婢哭的。她比祖母小十一岁，今年七十三岁，亦已是个白发的婆子，她也来哭她的"小姐"，她是见着我祖母的花烛的唯一个人，她的一哭我也哭了。

再有是伴我的父亲哭的。我总是觉得一个身体伟大的人，他动情感的时候，动人的力量也比平常人伟大些。我见了我父亲哭泣，我就忍不住要伴着淌泪。但是感动我最强烈的几次，是他一人倒在床里，反复的啜泣着，叫着妈，像一个小孩似的,我就感到最热烈的伤感,在他伟大的心胸里浪涛似的起伏,我就感到母子的感情的确是一切感情的起源与总结,等到一失慈爱的荫庇,仿佛一生的事业顿时莫有了根柢,所有的快乐都不能填平这唯一的缺陷;所以他这一哭,我也真哭了。

但是我的祖母果真是死了吗?她的躯体是的。但她是不死的。诗人勃兰恩德(Bryant)说:

So live, that when thy summons comes to join the innumerable caravan which moves to that mysterious realm where each one takes his chamber in the silent halls of death, then go not, like the quarry slave at night scourged to his dungeon, but sustained and soothed.

By an unfaltering truth, approach thy grave like one that wraps the drapery of hscouch, about him, and lies down to pleasant dreams.

如果我们的生前是尽责任的,是无愧的,我们就会安坦的走近我们的坟墓,我们的灵魂里不会有惭愧或悔恨的啮痕。人生自生至死,如勃兰恩德的比喻,真是大队的旅客在不尽的沙漠中进行,只要良心有个安顿,到夜里你卧倒在帐幕里也就不怕噩梦来缠绕。

我的祖母,在那旧式的环境里,到我们家来五十九年,真像是做了长期的苦工,她何尝有一日的安闲,不必说子女的嫁娶,就是一家的柴米油盐,扫地抹桌,哪一件事不在八十岁老人早晚的心上!我的伯父快近六十岁了,但他的起居饮食,还差不多完全是祖母经管的,初出世的曾孙如其有些身热咳嗽,老太太晚上就睡不安稳;她爱我宠我的深情,更不是文字所能描写;她那深厚的慈荫,真是无所不包,无所不蔽。但她的身心即使劳碌了一生,她的报酬却在灵魂无上的平安;她的安慰就在她的儿女孙曾,只要我们能够步她的前例,各尽天定的责任,她在冥冥中也就永远的微笑了。

十一月二十四日

# 我过的端阳节

我方才从南口回来。天是真热,朝南的屋子里都到九十度以上,两小时的火车竟如在火窖中受刑,坐起一样的难受。我们今天一早在野鸟开唱以前就起身,不到六时就骑骡出发,除了在永陵休息半小时以外,一直到下午一时余,只是在高度的日光下赶路。我一到家,只觉得四肢的筋肉里像用细麻绳扎紧似的难受,头里的血,像沸水似的急流,神经受了烈性的压迫,仿佛无数烧红的铁条蛇盘似的绞紧在一起……

一进阴凉的屋子,只觉得一阵眩晕从头顶直至踵底,不仅眼前望不清楚,连身子也有些支持不住。我就向着最近的藤椅上瘫了下去,两手按住急颤的前胸,紧闭着眼,纵容内心的浑沌,一片暗黄,一片茶青,一片墨绿,影片似的在倦绝的眼膜上扯过……

直到洗过了澡,神志方才回复清醒,身子也觉得异常的爽快,我就想了……

人啊,你不自己惭愧吗?

野兽,自然的,强悍的,活泼的,美丽的;我只是羡慕你。

什么是文明：只是腐败了的野兽！我若是拿住一个文明惯了的人类，剥了他的衣服装饰，夺了他作伪的工具——语言文字，把他赤裸裸的放在荒野里看看——多么"寒村［伧］"的一个畜生呀！恐怕连长耳朵的小骡儿，都瞧他不起哪！

白天，狼虎放平在丛林里睡觉，他躲在树荫底下发痧；

晚上清风在树林中演奏轻微的妙乐，鸟雀儿在巢里做好梦，他倒在一块石上发烧咳嗽——着了凉！

也不等狼虎去商量他有限的皮肉，也不必小雀儿去嘲笑他的懦弱；单是他平常歌颂的艳阳与凉风，甘霖与朝露，已够他的受用：在几小时之内可使他脑子里消灭了金钱、名誉、经济、主义等等的虚景，在一半天之内，可使他心窝里消灭了人生的情感悲乐种种的幻象，在三两天之内——如其那时还不曾受淘汰——可使他整个的超出了文明人的丑态，那时就叫他放下两支［只］手来替脚平分走路的负担，他也不以为离奇，抵拚撕破皮肉爬上树去采果子吃，也不会感觉到体面的观念……

平常见了活泼可爱的野兽，就想起红烧野味之美，现在你失去了文明的保障，但求彼此平等待遇两不相犯，已是万分的侥幸……

文明只是个荒谬的状况；文明人只是个凄惨的现象——

我骑在骡上嚷累叫热，跟着哑巴的骡夫，比手势告诉我他整天的跑路，天还不算顶热，他一路很快活的不时采一朵野花，拆［折］一茎麦穗，笑他古怪的笑，唱他哑巴的歌；我们到了客寓喝冰汽水喘息，他路过一条小涧时，扑下去喝一个贴面饱,同行的有一位说:"真的,他们这样的胡喝,就不会害病,真贱!"

回头上了头等车坐在皮椅上嚷累叫热,又是一瓶两瓶的冰水,还怪嫌车里不安电扇;同时前面火车头里司机的加煤的,在一百四五十度的高温里笑他们的笑,谈他们的谈……

田里刈麦的农夫拱着棕黑色的裸背在工作,从早起已经做了八九时的工,热烈的阳光在他们的皮上像在打出火星来似的,但他们却不曾嚷腰酸叫头痛……

我们不敢否认人是万物之灵;我们却能断定人是万物之淫;

什么是现代的文明;只是一个淫的现象。

淫的代价是活力之腐败与人道之丑化。

前面是什么;没有别的,只是一张黑沉沉的大口,在我们运定的道上张开等着,时候到了把我们整个的吞了下去完事!

六月二十日

# 海滩上种花

朋友是一种奢华：且不说酒肉势利，那是说不上朋友，真朋友是相知，但相知谈何容易，你要打开人家的心，你先得打开你自己的，你要在你的心里容纳人家的心，你先得把你的心推放到人家的心里去：这真心或真性情的相互的流转，是朋友的秘密，是朋友的快乐。但这是说你内心的力量够得到，性灵的活动有富余，可以随时开放，随时往外流，像山里的泉水，流向容得住你的同情的沟槽；有时你得冒险，你得化本钱，你得抵拚在巉岈的乱石间，触刺的草缝里耐心的寻路，那时候艰难，苦痛，消耗，在在是可能的，在你这水一般灵动，水一般柔顺的寻求同情的心能找到平安欣快以前。

我所以说朋友是奢华；"相知"是宝贝，但得拿真性情的血本去换，去拚。因此我不敢轻易说话，因为我自己知道我的来源有限，十分的谨慎尚且不时有破产的恐惧；我不能随便"化"。前天有几位小朋友来邀我跟你们讲话，他们的恳切折服了我，使我不得不从命，但是小朋友们，说也惭愧，我拿什么来给你们呢？

我最先想来对你们说些孩子话，因为你们都还是孩子。但是那孩子的我到那里去了？仿佛昨天我还是个孩子，今天不知怎的就变了样。什么是孩子？要不为一点活泼的天真，但天真就比是泥土里的嫩芽，天冷泥土硬就压住了它的生机——这年头问谁去要和暖的春风？

孩子是没了。你记得的只是一个不清切的影子，麻糊得紧，我这时候想起就像是一个瞎子追念他自己的容貌，一样的记不周全；他即使想急了拿一双手到脸上去印下一个模子来，那模子也是个死的。真的没了。一天在公园里见一个小朋友不提多么活动，一忽儿上山，一忽儿爬树，一忽儿溜冰，一忽儿干草里打滚，要不然就跳着憨笑；我看着羡慕，也想学样，跟他一起玩，但是不能，我是一个大人，身上穿着长袍，心里存着体面，怕招人笑，天生的灵活换来矜持的存心——孩子，孩子是没有的了，有的只是一个年岁与教育蛀空了的躯壳，死僵僵的，不自然的。

我又想找回我们天性里的野人来对你们说话。因为野人也是接近自然的；我前几年过印度时得到极刻心的感想，那里的街道房屋以及土人的体肤容貌，生活的习惯，虽则简，虽则陋，虽则不夸张，却处处与大自然——上面碧蓝的天，火热的阳光，地下焦黄的泥土，高矗的椰树——相调谐，情调，色彩，结构，看来有一种意义的一致，就比是一件完美的艺术的作品。也不知怎的，那天看了他们的街，街上的牛车，赶车的老头露着他的赤光的头颅与紫姜色的圆肚，他们的庙，庙里的圣像与神座前的花,我心里只是不自在,就仿佛这情景是一个熟悉的声音的叫唤,叫你去跟着他,你的灵魂也何尝不活跳跳的想答应一声"好,我来了",但是不能,又有碍路的挡着你,不许你回复这叫唤声启示给你的自由。困着你的是你的教育;我那时的难受就比是一条蛇摆脱不了困住他的一个硬性的外壳——野人也给压住了,永远出不来。

所以今天站在你们上面的我不再是融会自然的野人,也不是天机活灵的孩子:我只是一个"文明人",我能说的只是"文明话"。但什么是文明只是堕落?文明人的心里只是种种虚荣的念头,他到处忙不算,到处都得计较成败。我怎么能对着你们不感觉惭愧?不了解自然不仅是我的心,我的话也是的。并且我即使有话说也没法表现,即使有思想也不能使你们了解;内里那点子性灵就比是在一座石壁里牢牢的砌住,一丝光亮都不透,就凭这双眼望见你们,但有什么法子可以传达我的意思给你们,我已经忘却了原来的语言,还有什么话可说的?

但我的小朋友们还是逼着我来说谎(没有话说而勉强说话便是谎)。知识,我不能给;要知识你们得请教教育家去,我这里是没有的。智慧,更没有了:智慧是地狱里的花果,能进地狱更能出地狱的才采得着智慧,不去地狱的便没有智慧——我是没有的。

我正发窘的时候,来了一个救星——就是我手里这一小幅画,等我来讲道理给你们听。这张画是我的拜年片,一个朋友替我制的。你们看这个小孩子在海边沙滩上独自的玩,赤脚穿着草鞋,右手提着一枝花,使劲把它往沙里栽,左手提着一把浇花的水壶,壶里水点一滴滴的往下吊着。离着小孩不远看得见海里翻动着的波澜。

你们看出了这画的意思没有?

在海砂里种花。在海砂里种花!那小孩这一番种花的热心怕是白费的了。砂碛是养不活鲜花的,这几点淡水是不能帮忙的;也许等不到小孩转身,这一朵小花已经支不住阳光的逼迫,就得交卸他有限的生命,枯萎了去。况且那海水的浪头也快打过来了,海浪冲来时不说这朵小小的花,就是大根的树也怕站不住——所以这花落在海边上是绝望的了,小孩这番力量准是白花的了。

你们一定很能明白这个意思。我的朋友是很聪明的,他拿这画意来比我们一群呆子,乐意在白天里做梦的呆子,满心想在海砂里种花的傻子。画里的小孩拿着有限的几滴淡水想维持花的生命,我们一群梦人也想在现在比沙漠还要干枯比沙滩更没有生命的社会里,凭着最有限的力量,想下几颗文艺与思想的种子,这不是一样的绝望,一样的傻?想在海砂里种花,想在海砂里种花,多可笑呀!但我的聪明的朋友说,这幅小小画里的意思还不止此;讽刺不是她的目的。她要我们更深一层看。在我们看来海砂里种花是傻气,但在那小孩自己却不觉得。他的思想是单纯的,他的信仰也是单纯的。他知道的是什么?他知道花是可爱的,可爱的东西应得帮助他发长;他平常看见花草都是从地土里长出来的,他看来海砂也只是地,为什么海砂里不能长花他没有想到,也不必想到,他就知道拿花来栽,拿水去浇,只要那花在地上站直了他就欢喜,他就乐,他就会跳他的跳,唱他的唱,来赞美这美丽的生命,以后怎么样,海砂的性质,花的运命,他全管不着!我们知道小孩们怎样的崇拜自然,他的身体虽则小,他的灵魂却是大着,他的衣服也许脏,他的心可是洁净的。这里还有一幅画,这是自然的崇拜,你们看这孩子在月光下跪着拜一朵低头的百合花,这时候他的心与月光一般的清洁,与花一般的美丽,与夜一般的安静。我们可以知道到海边上来种花那孩子的思想与这月下拜花的孩子的思想会得跪下的——单纯,清洁,我们可以想象那一个孩子把花栽好了也是一样来对着花膜拜祈祷——他能把花暂时栽了起来便是他的成功,此外以后怎么样不是他的事情了。

你们看这个象征不仅美,并且有力量,因为它告诉我们单纯的信心是创作的泉源——这单纯的烂漫的天真是最永久最有力量的东西,阳光烧不焦他,狂风吹不倒他,海水冲不了他,黑暗掩不了他——地面上的花朵有被摧残有消灭的时候,但小孩爱花种花这一点:"真"却有的是永久的生命。

我们来放远一点看,我们现有的文化只是人类在历史上努力与牺牲的成绩。为什么人们肯努力肯牺牲?因为他们有天生的信心;他们的灵魂认识什么是真什么是善什么是美,虽则他们的肉体与智识有时候会诱惑他们反着方向走路;但只是他们认明一件事情是有永久价值的时候,他们就自然的会得兴奋,不期然的自己牺牲，要在这忽忽变动的声色的世界里，赎出几个永久不变的原则的凭证来。耶稣为什么不怕上十字架？密尔顿何以瞎了眼还要做诗，贝德芬何以聋了还要制音乐，密仡郎其罗为什么肯积受几个月的潮湿不顾自己的皮肉与靴子连成一片的用心思，为的只是要解决一个小小的美术问题？为什么永远有人到冰洋尽头雪山顶上去探险？为什么科学家肯在显微镜底下或是数目字中间研究一般人眼看不到心想不通的道理消磨他一生的光阴？

为的是这些人道的英雄都有他们不可摇动的信心；像我们在海砂里种花的孩子一样，他们的思想是单纯的——宗教家为善的原则牺牲，科学家为真的原则牺牲，艺术家为美的原则牺牲——这一切牺牲的结果便是我们现有的有限的文化。

你们想想在这地面上做事难道还不是一样的傻气——这地面还不与海砂一样不容你生根；在这里的事业还不是与鲜花一样的娇嫩？——潮水过来可以冲掉，狂风吹来可以折坏，阳光晒来可以熏焦我们小孩子手里拿着往砂里栽的鲜花，同样的，我们文化的全体还不一样有随时可以冲掉折坏熏焦的可能吗？巴比伦的文明现在那里？磋碲城曾经在地下埋过千百年，克利脱的文明直到最近五六十年间才完全发见。并且有时一件事实体的存在并不能证明他生命的继续。这区区地球的本体就有一千万个毁灭的可能。人们怕死不错，我们怕死人，但最可怕的不是死的死人，是活的死人，单有躯壳生命没有灵性生活是莫大的悲惨；文化也有这种情形，死的文化倒也罢了，最可怜的是勉强喘着气的半死的文化。你们如其问我要例子，我就不迟疑的回答你说，朋友们，贵国的文化便是一个喘着气的活死人！时候已经很久的了，自从我们最后的几个祖宗为了不变的原则牺牲他们的呼吸与血液，为了不死的生命牺牲他们有限的存在，为了单纯的信心遭受当时人的讪笑与侮辱。自从我们最后听见普遍的声音像潮水似的充满着地面，自从我们最后看见强烈的光明像彗星似的劫扫过地面。时候已经很久的了，自从我们最后为某种主义流过火热的鲜血。自从我们的骨髓里有胆量，我们的说话里有力量。这是一个极伤心的反省！我真不知道这时代犯了什么不可赦的大罪，上帝竟狠心的赏给我们这样恶毒的刑罚？你看看这年头到那里去找一个完全的男子或是一个完全的女子——你们去看去，这年头那一个男子不是阳痿，那一个女子不是鼓胀！要形容我们现在受罪的时期，我们得发明一个比丑更丑比脏更脏比下流更下流比苟且更苟且比懦怯更懦怯的一类生字去！朋友们，真的我心里常常害怕，害怕下回东风带来的不是我们盼望中的春天，不是鲜花青草蝴蝶飞鸟，我怕他带来一个比冬天更枯槁更凄惨更寂寞的死天——因为丑陋的脸子不配穿漂亮的衣服，我们这样丑陋的变态的人心与社会凭什么权利［力］可以问青天要阳光，问地面要青草，问飞鸟要音乐，问花朵要颜色？你问我明天天会不会放亮？我回答说我不知道，竟许不！

归根是我们失去了我们灵性努力的重心，那就是一个单纯的信仰，一点烂漫的童真！不要说到海滩去种花——我们都是聪明人谁愿意做傻瓜去——就是在你自己院子里种花你都懒怕动手哪！最可怕的怀疑的鬼与厌世的黑影已经占住了我们的灵魂！

所以朋友们，你们都是青年，都是春雷声响不会停止时破绽出来的鲜花，你们再不可堕落了——虽则陷阱的大口满张在你的跟前，你不要怕，你把你的烂漫的天真倒下去，填平了它再往前走——你们要保持那一点的信心，这里面连着来的就是精力与勇敢与灵感——你们要不怕做小傻瓜，尽量在这人道的海滩边种你的鲜花去——花也许会消灭，但这种花的精神是不烂的！

# 想　飞

假如这时候窗子外有雪——街上，城墙上，屋脊上，都是雪，胡同口一家屋檐下偎着一个戴黑兜帽的巡警，半拢着睡眼，看棉团似的雪花在半空中跳着玩……假如这夜是一个深极了的啊，不是壁上挂钟的时针指示给我们看的深夜，这深就比是一个山洞的深，一个往下钻螺旋形的山洞的深……

假如我能有这样一个深夜，它那无底的阴森捻起我遍体的毫管；再能有窗子外不住往下筛的雪，筛淡了远近间扬动的市谣，筛泯了在泥道上挣扎的车轮。筛灭了脑壳中不妥协的潜流……

我要那深，我要那静。那在树荫浓密处躲着的夜鹰轻易不敢在天光还在照亮时出来睁眼。思想；它也得等。

青天里有一点子黑的。正冲着太阳耀眼，望不真，你把手遮着眼，对着那两株树缝里瞧，黑的，有榧子来大，不，有桃子来大——嘿，又移着往西了！

我们吃了中饭出来到海边去（这是英国康槐尔极南的一

角,三面是大西洋)。勌丽丽的叫响从我们的脚底下匀匀的往上颤,齐着腰,到了肩高,过了头顶,高入了云,高出了云。啊,你能不能把一种急震的乐音想象成一阵光明的细雨,从蓝天里冲着这平铺着青绿的地面不住的下?不,那雨点都是跳舞的小脚,安琪儿的。云雀们也吃过了饭,离开了它们卑微的地巢飞往高处做工去。上帝给它们的工作,替上帝做的工作。瞧着,这儿一只,那边又起了两!一起就冲着天顶飞,小翅膀动活的多快活,圆圆的,不踌躇的飞,——它们就认识青天。一起就开口唱,小嗓子活动的多快活,一颗颗小精圆珠子直往外唾,亮亮的唾,脆脆的唾,——它们赞美的是青天。瞧着,这飞得多高,有豆子大,有芝麻大,黑刺刺的一屑,直顶着无底的天顶细细的摇,——这全看不见了,影子都没了!但这光明的细雨还是不住的下着……

飞。"其翼若垂天之云……背负苍天,而莫之夭阏者";那不容易见着。我们镇上东关厢外有一座黄坭山,山顶上有一座七层的塔,塔尖顶着天。塔院里常常打钟,钟声响动时,那在太阳西晒的时候多,一枝艳艳的大红花贴在西山的鬓边回照著塔山上的云彩,——钟声响动时,绕着塔顶尖,摩着塔顶天,穿着塔顶云,有一只两只有时三只四只有时五只六只蜷着爪往地面瞧的"饿老鹰",撑开了它们灰苍苍的大翅膀没挂恋似的在盘旋,在半空中浮着,在晚风中沔着,仿佛是按着塔院钟的波荡来练习圆舞似的。那是我做孩子时的"大鹏"。有时好天抬头不见一瓣云的时候听着貌忧忧的叫响，我们就知道那是宝塔上的饿老鹰寻食吃来了，这一想象半天里秃顶圆睛的英雄，我们背上的小翅膀骨上就仿佛豁出了一锉锉［撮撮］铁刷似的羽毛，摇起来呼呼响的，只一摆就冲出了书房门，钻入了玳瑁镶边的白云里玩儿去，谁耐烦站在先生书桌前晃着身子背早上的多难背的书！啊飞！不是那在树枝上矮矮的跳着的麻雀儿的飞；不是那奏天黑从堂扁［匾］后背冲出来赶蚊子吃的蝙蝠的飞；也不是那软尾巴软嗓子做窠在堂檐上的燕子的飞。要飞就得满天飞，风拦不住云挡不住的飞，一翅膀就跳过一座山头，影子下来遮得阴二十亩稻田的飞，到天晚飞倦了就来绕着那塔顶尖顺着风像打圆圈做梦……听说饿老鹰会抓小鸡！

飞。人们原来都是会飞的。天使们有翅膀，会飞，我们初来时也有翅膀，会飞。我们最初来就是飞了来的，有的做完了事还是飞了去，他们是可羡慕的。但大多数人是忘了飞的，有的翅膀上吊［掉］了毛不长再也飞不起来，有的翅膀叫胶水给胶住了再也拉不开，有的羽毛叫人给修短了像鸽子似的只会在地上跳，有的拿背上一对翅膀上当铺去典钱使过了期再也赎不回……真的，我们一过了做孩子的日子就掉了飞的本领。但没了翅膀或是翅膀坏了不能用是一件可怕的事。因为你再也飞不回去，你蹲在地上呆望着飞不上去的天，看旁人有福气的一程一程的在青云里逍遥，那多可怜。而且翅膀又不比是你脚上的鞋，穿烂了可以再问妈要一双去，翅膀可不成，折了一根毛就是一根,没法给补的。还有,单顾着你翅膀也还不定规到时候能飞,你这身子要是不谨慎养太肥了,翅膀力量小再也拖不起,也是一样难不是?一对小翅膀驮不起一个胖肚子,那情形多可笑!到时候你听人家高声的招呼说,朋友,回去罢,趁这天还有紫色的光,你听他们的翅膀在半空中沙沙的摇响,朵朵的春云跳过来拥着他们的肩背,望着最光明的来处翩翩的,冉冉的,轻烟似的化出了你的视域,像云雀似的只留下一泻光明的骤雨——"Thou art unseen, but yet I hear thy shrilldelight"——那你,独自在泥涂里淹着,够多难受,够多懊恼,够多寒伧!趁早留神你的翅膀,朋友。

是人没有不想飞的。老是在这地面上爬着够多厌烦,不说别的。飞出这圈子,飞出这圈子!到云端里去,到云端里去!那个心里不成天千百遍的这么想?飞上天空去浮着,看地球这弹丸在太空里滚着,从陆地看到海,从海再看回陆地。凌空去看一个明白——这才是做人的趣味,做人的权威,做人的交代。这皮囊要是太重挪不动,就掷了它,可能的话,飞出这圈子,飞出这圈子!

人类初发明用石器的时候,已经想长翅膀。想飞。原人洞壁上画的四不像,它的背上掮着翅膀;拿着弓箭赶野兽的,他那肩背上也给安了翅膀。小爱神是有一对粉嫩的肉翅的。挨开拉斯(Icarus)是人类飞行史里第一个英雄,第一次牺牲。安琪儿（那是理想化的人）第一个标记是帮助他们飞行的翅膀。那也有沿革——你看西洋画上的表现。最初像是一对小精致的令旗，蝴蝶似的粘在安琪儿们的背上，像真的，不灵动的。渐渐的翅膀长大了，地位安准了，毛羽丰满了。画图上的天使们长上了真的可能的翅膀。人类初次实现了翅膀的观念，彻悟了飞行的意义。挨开拉斯闪不死的灵魂，回来投生又投生。人类最大的使命，是制造翅膀；最大的成功是飞！理想的极度，想象的止境，从人到神！诗是翅膀上出世的；哲理是在空中盘旋的。飞：超脱一切，笼盖一切，扫荡一切，吞吐一切。

你上那边山峰顶上试去，要是度不到这边山峰上，你就得到这万丈的深渊里去找你的葬身地！"这人形的鸟会有一天试他第一次的飞行，给这世界惊骇，使所有的著作赞美，给他所从来的栖息处永久的光荣。"啊达文謇！

但是飞？自从挨开拉斯以来，人类的工作是制造翅膀，还是束缚翅膀？这翅膀，承上了文明的重量，还能飞吗？都是飞了来的，还都能飞了回去吗？钳住了，烙住了，压住了，——这人形的鸟会有试他第一次飞行的一天吗？……

同时天上那一点子黑的已经迫近在我的头顶，形成了一架鸟形的机器，忽的机沿一侧，一球光直往下注，硼［砰］的一声炸响，——炸碎了我在飞行中的幻想，青天里平添了几堆破碎的浮云。

十四——十六日

# 心香

# 致胡适

（一九二三年九月初）
我也有一首诗，你试体验内涵的情味：

    冢中的岁月

  白杨树上一阵鸦啼，
  白杨树上叶落纷披，
  白杨树下有荒土一堆；
  也无有青草，也无有墓碑。

  也无有蛱蝶双飞，
  也无有过客依违，
  有时点缀荒原的暮霭，
  土堆邻近有青磷闪闪。

  埋葬了也不得安逸，

骷髅在坟底叹息；
死休了也不得静谧，
骷髅在坟底饮泣。

破碎的愿望梗塞我的呼吸，
伤禽似的震悸他的羽翼；
白骨只是赤色的火焰，——
烧不烬生前的恋与怨。

白杨在西风里无语：
可怜这孤魂，无欢无侣；
从不享祭扫的温慰，
有谁存念他生平的梗概？

我在家里，真闷得慌。我的母亲，承你屡次问起，早已痊愈，我祖母的葬事也已完毕。这两星期内我哪一天都可以离家，但也不知怎的，像是鸽子的翎毛让人剪了，再也飞腾不起来。我在这里只是昏昏的过时间！我分明是有病；但有谁能医呢？

奥氏回信已去甚好。我盼望你早些整理寄去出版。

我的儿子，也想跟我到西山来，和祖望哥哥骑驴作伴，但他太野了，我实在管他不了。

文伯常来山上吗？

志摩问安

志摩自磜石东山

"年念七"

**适之：**

你这一时好吗，为什么音息又绝了？听说聚餐会幸亏有你在那里维持，否则早已呜呼哀哉了——毕竟是一根"社会的柱子！"我是一个罪人，也许是一个犯人；"为此上避难在深山。"昨晚居然下大雪，早上的山景不错，可惜不多时雪全化了，沽酒都来不及，雪肤就变成泥渣了！

我在此所有的希望与快乐，全在邮差手里。

附去悼列宁的一首，看还要得否。

**适之：**

长江舟中、客利、西湖的信都到，因为乱糟糟，又不知确定行踪，迟未作复。这次盼望你能回京，我们真想念你，快来罢。

先谈私事，你预告好消息的信，真使我快活，我恨不得亲你一口，你这样为我们尽力！将来总得想法子纪念你的功劳，好兄长！

你的信还不来，我猜不着他们的"条件"，想来不至于过分苛刻，好在只要他们意转，事情就有商量。百里你究竟见着了没有？何以信上总不提及，他有否对爸表示过意见。曼总还嫌幼仪的地位，为我们，为她自己，总得有一个公布的声明，才不至惹人误会，以为是否？我此次回京；此间（陆氏眷属相知）盛传父子决裂，调和无望，我也不做声，随他们爱说不说。这次如果能圆和过来，我爸妈果能释然，那我的快活还用说吗？我还是盼望爸爸来京，作为解除成见的表示，以后一切实际办法，悉听老人主张。妈能同来北京玩一次（当然等大局定后）更妙，但这怕不易，我巴巴的等着你再来信。

曼近来身体又大不好，北京最恐慌的几日，她去北京饭店躲着，回家后天天不舒服，不是胃，就是肝，又闹眼，归根是本原太弱，理想的医法，当然是到山里去，但如何做得到，照目前情形。她极想望你回来，你其实离太久了。北京这一时简直是不堪，也不用提了。最近的消息，是邵飘萍大主笔归天，方才有人说梦麟也躲了。我知道大学几位大领袖早就合伙了在交民巷里住家——暂时不进行他们"打倒帝国主义"的工作。何苦来，这发寒热似的做人！

我极盼望你腾出工夫来写你自述的书。世界的名著里不少几星期甚至几天（如福禄特尔的《赣第德》）写起的，你为什么不？

我最近热心契诃夫，你一定喜欢。

等你信来再写，你太太甚健，勿念。

摩

四月二十六日

适之：

　　生命薄弱的时候，一封信都不易产出，愈是知心的朋友，信愈不易写。你走后，我哪一天不想你，何尝不愿意像慰慈那样写信，但是每回一提笔就觉着一种枯窘，生命、思想，哪样都没有波动。在硖石的一个月，不错，总算享到清闲寂静的幸福。但不幸这福气又是不久长的，小曼旧病又发作，还得扶病逃难，到上海来过最不健康的栈房生活，转眼已是二十天，曼还是不见好。方才去你的同乡王仲奇处看了病，他的医道却还有些把握，但曼的身体根本是神经衰弱，本原太亏，非在适当地方有长期间的静养是不得见效的，碰巧这世乱荒荒，哪还有清静的地方容你去安住，这是我最大的一件心事。你信上说起见恩厚之夫妇，或许有办法把我们弄到国外去的话，简直叫我惝恍了这两天！我哪一天不想往外国跑，翡冷翠与康桥最惹我的相思，但事实上的可能性小到我梦都不敢重做。朋友里如彭春最赞成我们俩出去一次，老梁也劝我们去，只是叫我们哪里去找机会？中国本来是无可恋，近来更不是世界，我又是绝对无意于名利的，所要的只是"草青人远，一流冷涧"。这扰攘日子，说实话，我其实难过。你的新来的兴奋，我也未尝不曾感到过，但你我虽则兄弟们的交好，襟怀性情地位的不同处，正大着；另一句话说，你在社会上是负定了一种使命的，你不能不斗到底，你不能不向前迈步，尤其是这次回来，你愈不能不危险的过日子，我至少决不用消极的话来挫折你的勇气。但我自己却另是一回事，早几年我也不免有一点年轻人的夸大，但现在我看清楚些了，才、学、力，我是没有一样过人的，事业的世界我早已决心谢绝，我唯一的希望是能得到一种生活的状态，可以容我集中我有限的力量，在文字上做一点工作。好在小曼也不慕任何的浮荣，她也只要我清闲度日，始终一个读书人。我怎么能不感谢上苍，假如我能达到我的志愿。

留在中国的话，第一种逼迫就是生活问题，我决不能长此厚颜倚赖我的父母。就为这经济不能独立，我们新近受了不少的闷气。转眼又到阴历年了，我到哪里好？干什么好？曼是想回北京，她最舍不得她娘；但在北京教书是没有钱的。《晨副》我又不愿重去接手（你一定懂得我意思），生活费省是省，每月二百元总得有不是？另寻不相干的差事我又是干不来的，所以回北京难。留在上海也不妥当，第一我不欢喜这地方，第二急切也没有合我脾胃的事情做。最好当然在家乡耽着，家里新房子住得顶舒服的，又可以承欢膝下，但我又怕我父母不能相谅，只当我是没出息，这老大还得靠着家，其实只要他们能懂得我，我倒十分愿意暂时在家里休养，也着实可以读书做工，且过几时等时局安靖些再想活动。目下闷处在上海，无聊到不可言状，曼又早晚常病，连个可与谈的朋友都难得有（吴德生做了推事，忙极了的），硖石一时又回不去，你看多糟！你能早些回来，我们能早日相见，固然是好，但看时局如此凌乱，你好容易呼吸了些海外的新鲜空气，又得回向溷浊里，急切要求心地上的痛快怕是难的。

我们几个朋友的情形你大概知道，在君仍在医院里，他太太病颇不轻，acute headache，他辞职看来已有决心，你骂他的信或许有点影响。君劢已经辞去政治大学，听说南方有委杏佛与经农经营江苏教育事业的话，看来颇近情。老傅已受中山大学聘，现在山东，即日回来。但前日达夫来说广大亦已欠薪不少，老傅去，一半为钱，那又何必。通伯，叔华安居乐业，梦麟在上海，文伯在汉口，百里潦倒在沪，最可怜。小曼说短信没有意思，长信没力气写，爽性不写，她想你带回些东西给她，皮包、袜子之类。你的相片瘦了，倒像个鲍雪微几。

隔天再谈，一切保重。

志摩　小曼同候
十六年一月七日


## 适之：

付去两快函谅达。今天是我生日，下午振飞请我吃茶，谈"人生"。他说他的一辈子竟同一张白纸，如今已过了一生的三分之二，再下去更是下坡的势道，所谓人生者如此而已，言下不胜感慨。他说在君真知道他，曾经将他比作一团火包藏在冰块的心里，火化不了冰，迟早难免为它压火，也许早已没有火的了。

昨天与实秋、老八谈《新月》出任公先生专号事，我们想即以第二卷第一期作为纪念号，想你一定同意。你派到的工作，一是一篇梁先生学术思想的论文；二是搜集他的遗稿，捡一些能印入专号的送来;三是计画别的文章。关于第三,我已有信致宰平,请他负责梁先生传记一部。在北方有的是梁先生的旧侣,例如蹇老、仲策、天如、罗孝高、李藻荪、徐君勉、周印昆等,他们各个人都知道他一生一部的事实比别人更为详尽。我的意思是想请宰平荟集,他们所能想到的编制成一整文,你以为如何,请与一谈。我们又想请徽音写梁先生的最后多少天,但不知她在热孝中能有此心情否,盼见时问及。专号迟至三月十日定须出版,《新月》稿件应于二月二十五日前收齐,故须从速进行。

此外,梁先生的墨迹和肖像,我上函说及,你以为应得印入专号的,亦须从早寄来制版。在沪方,新六允作关于欧游一文,放园亦有贡献,实秋及我都有,通伯、一多处亦已去函征文,还有我们想不到的请你注意。我们想上海的追悼会即在开吊日同日举行,明日再与君劢商议,容再报。

志摩敬候
一月二十三日

# 致王统照

**剑三：**

  我还活着。但是至少是一个"出家人"。我住我们镇上的一个山里，这里有一个新造的祠堂叫做"三不朽"，这名字肉麻得凶，其实只是一个乡贤祠的变名，我就寄宿在这里。你不要见笑徐志摩活着就进了祠堂，而且是三不朽！这地方倒不坏，我现在坐着写字的窗口，正对着山景，烧剩的庙，精光的树，常青的树，石牌坊戏台，怪形的石错落在树木间，山顶上的宝塔，塔顶上徘徊着的"饿老鹰"有时卖弄着他们穿天响的怪叫，累累的坟堆、亨亨、白木的与包着芦席的棺材——都在嫩色的朝阳里浸着。隔壁是祠堂的大厅，供着历代的忠臣、孝子、清客、书生、大官、富翁、棋国手（陈子仙）、数学家（李善兰壬叔）以及我自己的祖宗，他们为什么"不朽"，我始终没有懂；再隔壁是节孝祠，多是些跳井的投河的上吊的吞金的服盐卤的也许吃生鸦片吃火柴头的烈女烈妇以及无数咬紧牙关的"望门寡"，抱牌位做亲的，教子成名的，节妇孝妇，都是牺牲了生前的生命来换死后的冷猪头肉，也还不很靠得住的；再隔壁是东寺，外边墙壁已是半烂，殿上神像只剩了泥灰。前窗望出去是一条小河的尽头，一条藤萝满攀着磊石的石桥，一条狭堤，过堤一潭清水，不知是血污还是蓄荷池（土音同），一个鬼客栈（厝所）一片荒场也是墓墟累累的；再望去是硖石镇的房屋了，这里时常过路的是：香客，挑菜担的乡下人，青布包头的妇人，背着黄叶篓子的童子，戴黑布风帽手提灯笼的和尚，方巾的道士，寄宿在戏台下与我们守望相助的丐翁，牧羊的童子与他的可爱的白山羊，到山上去寻柴，掘树根，或掠干草的，送羹饭与叫姓的（现在眼前就是，真妙，前面一个男子手里拿着一束稻柴，口里喊着病人的名字叫他到"屋里来"，后面跟着一个著红棉袄绿背心的老妇人，撑着一把雨伞，低声的答应着那男子的叫唤）。晚上只听见各种的声响；塔院里的钟声，林子里的风响，寺角上的铃声，远处小儿啼声，狗吠声，枭鸟的咒诅声，石路上行人的脚步声——点缀这山脚下深夜的沉静、管祠堂人的房子里，不时还闹鬼，差不多每天有鬼话听！

这是我的寓处。世界，热闹的世界，离我远得很；北京的灰砂也吹不到我这里来——博生真鄙吝，连一份晨报附张都舍不得寄给我；朋友的信息更是杳然了。今天我偶尔高兴，写成了三段"东山小曲"，现在寄给你，也许可以补补空白。

我唯一的希望只是一场大雪。

志摩问安

一月二十日

剑三：

真想不到你近来会得这样的大胆、这样的无忌禅［惮］，这样的惨刻！我意思是说你的小说，不指你的行为。前好几天我初接到你的来稿，我好不欢喜，我就随手回你一个信说立即付印。但我看不到一半我心里已经觉得老大的不自在；看完以后我益发踌躇了。像这样的粗恶描写下等人的性欲生活的东西，我这体面的《晨报副刊》，小姐太太们都看得到的，如何能登？而况这正是提倡风化，整饰纪纲的明时，这类恶滥的作品如何可以占据清白的篇幅？并且还得从我个人编辑的名誉着想。不，我得考虑。反正我即使不登，剑三也决不会见怪的。

那晚我自己这样想。

后来我又顺便请一两个朋友替我看，他们的批评力都比我高明；他们的案语是，"不狠看懂"。

这篇稿已经在我桌上有两星期了。我并没有看第二遍，但"水夫阿三"的影子只是更浓浓的在我的记忆里或是想象里动着。我可以说这篇写得还不好，用字还着实欠经济，许多粗浊的字样可以避去同时不至损及作者要表现的粗浊的意致；但我凭良心不能说这篇东西是完全要不得，虽则我从不怎样喜欢曹拉派的写实小说。我们可以批评文学家运用题材的方法，但我们不能干涉他运用任何的题材；所以我们至多只能说剑三的《水夫阿三》写得还不好，却不能说剑三你不该写这样的文章。

现今的作品，尤其是小说与所谓新诗，其实是本质上太单薄，都像是小器主人拿出来的面汤，只见混水，捞不到几根面条。这原因是作者们自身没有真实的经验的背景，单想凭幻想来结构幻景，或是把不曾亲自"实现"的经验认作了现成的题材，更说不上想象的洗炼，结果写出来的都是不关痛痒的"乱抓抓"——叫你看了不乐也不恼，反正是这么一回事，这是最难受不过的。剑三这篇东西至少叫你不得轻易看过就算，你不叫好，就得叫骂，而且我猜一定有不少人看了会着恼的。剑三可以自傲也就是这一点。因此我把它压了两个星期的结果还是忍不住拿来付印，抵拚分挨一部分的痛骂，剑三，我想我这当编辑的总算是负责任的了！

志摩记

# 致周作人

**启明兄：**

　　我真该长长的答你一个信，一来致谢你这细心的读者替我们校阅的厚意，二来在我们接到你的来件是一种异样的欣慰。因为本刊的读者们都应该觉出时候已经很久的了，自从作人先生因为主政《语丝》不再为本刊撰文；我接手编辑以来也快三个月了，但这还是第一次作人先生给我们机会接近他温驯的文体，这虽只是简短的校阅，我们也可以看出作人为学的勤慎与不苟。我前天偶然翻看上年的副刊，那时的篇幅不仅比现在的着实有分两，有"淘成"，并且有生动的光彩。那光彩便是作人先生的幽默与"爱伦内"——正像是镂空西瓜里点上了蜡烛发出来的光彩，亮晶晶，绿滟滟的讨人欢喜。啊！但是《晨报副刊》的漂亮的日子是过去的了，怕是永远过去的了？现在的本刊是另外一回事了；原来轻灵的变了笨重，原来快爽的变了迂滞；原来甜的变了——我说不出是什么味儿的了。也许一半是时代的关系；正如十九世纪因为自我意识与阶级意识发动以来，十八世纪清平的听得见笑响的日子便不可多得，我们言论界自从人妖们当道叫孤桐先生的"大道"翻跟斗·以来也就不得不戴上丑怪的面具，帮着这丑怪的时期，唱完这一出丑怪的大戏，原来清白的本相正不知到几时才能复辟哩！不好，我竟写出感慨一类的废话来了，这是最冒犯幽默的，我得向作人先生道歉才是。话说回来，我们恳切盼望的是作人先生以及原先常在副刊露面的作者们不要完全忘了交情，不要因为暂时的不长进就永远弃绝了它，它还得仰仗你们的爱护，培植，滋润，好叫它将来的光彩（如其有那一天）是你们的欢喜，正如现时的憔悴应分是你们的忧愁。

志摩　附复

# 致孙伏园

**伏庐兄：**

徐志摩主张弃新圈点！我自己听了都吓了一大跳。承副刊投稿诸君批评与责问，我又不得不来说几句话了。

我年初路过上海时，柯一岑君向我要稿子，我说新作没有，在国外时的烂笔头倒不少，我就打开一包稿子，请他选择，看到《康桥西野暮景》（见《学灯》七月七日），我就说这诗很糟，只是随口曲，前面一段序，也是无所谓的——（那时我正在看James Joyce哄动一时的ulysses所以乘兴写了下来），不要登吧。后来他还是一起拿了去，陆续在《学灯》上发表。除了《康桥再会罢》那首长诗，颠前倒后的错的实在太凶，曾经有信去更正过，此外我就很少看见，因为我没有定报，就是这次的诗，我见了《晨报》才知道登在《学灯》。我找来看时，只见无数的错字（《晨报》副刊的校对实在应受恭维：上次《学灯》我那首康桥，错讹至于不可读，最可笑把母亲的代名词印做"它"！）。所有的外国字，不用说，全让印得不认识了，偏偏碰了巧那几个外国名字却是很紧要，因为我"一部分的诗文叵费（不是可费，而是不必要）圈点"的意见，是完全根据于那几位作者的作品的，我现在再来说一遍，一部是George Moore的Brook Kerith，圈点符号还是有的；一部是James Joyce的Ulysses（前六百数十页也还分章节有符号的，最后的百余页，才是绝对的不分章节，无句头大写，无一切的符号）。

这是文字里见所未见的新意境，我当时随意用什么牛酪呀，大理石呀，瀑布呀，白罗呀，等等的意象去形容他散文的美，只是瞎扯，绝对不曾说出他原文真妙处之所在，犹之用"此曲只应天上有……"等等去形容喀拉士拉的梵和琳，只是等于不曾形容！

我是根据于这两位大文学家的试验，觉得任何文字内蕴的宽紧性（elasticity）实在是纯粹文学进化的秘密所在（比如The English Bible与Walt Whitman的诗）。中国文字因为形似单音的缘故，宽紧性最不发达，所以离纯粹散文的理想也是最远；新近赵元任改良汉字的主张，很可注意，因为我个人觉得"罗马字化"至少有两个好处，一是规复我所谓的文字内蕴的宽紧性，一是启露各个字音乐的价值——这两层我以为是我们未来的文学很重要的问题。

这是重要的问题，但我的能力只能指出，不能解决。这是应得讨论的，因为是文学改良的建设方向，不是奖励说废话的空题目。

现在回到圈点的问题。我相信我并不曾主张无条件的废弃圈点，至少我自己是实行圈点的一个人。一半是我自己的笔滑,一半也许是读者看文字太认真了,想不到我一年前随兴写下的,竟变成了什么"主张"。不,我并不主张废弃圈点。圈点问题虽小,我如其果然有主张时,也应得正式写一篇文字,题目什么都可以,但决不会是《康桥西野暮景》,这是明显的。

就是我所谓一部分的诗文可以不用圈点,也决不是主张回到从前浑混的旧办法去,决不是anachism;我只说:"可以不凭藉符号的帮助的纯粹散文,是一个理想;这个理想现在有好几位文学家要想法来实现,比如Joyce已经试验出可惊的成绩。这种创造的精神,我们不应得不注意的,虽则我们文学的现况还很幼稚,够不上跑得这么快。"

这是我的主张,如其你们硬要派我主张这样或那样。至于一般的新圈点之应用,我又不发疯,我来反对干什么;我连女子参政,自由恋爱,社会主义……都不反对哪!

伏庐,乘便我要声明一个可笑的误会。"西"写了一篇剧评,我后面附了几句,听说一般人都疑心全篇是我作的,因此认定我徐志摩是反对现有的艺术的新剧的,因此认定徐志摩是崇拜梅兰芳的,还有这样那样种种的见解都一张张像捕苍蝇纸似的粘到我身上来。伏庐你至少应该明白,徐志摩不配那么的上流,也不会那么的下流。想象是公有的一种能力:诗人就运用来作诗,画家就运用来作画,马克斯就运用来写DasKapital,列宁就运用来制造苏维埃,黎元洪就运用来发五路讨贼总司令的命令,嫉妒的妻子就运用来揣摩丈夫在外面荒唐的情形——一般人就运用来无中生有的揣详附会,要没有这群人的帮助,我们就看不成新闻纸。我们当然不怪嫌他们,也许我们还应得感谢他们。但《晨报》的副刊,比较的有文艺的色彩;所以我劝你,伏庐,选稿时应得有一个标准:揣详附会乃至凭空造谎都不碍事,只要有趣味——只要是"美的"——这是编辑先生,我想,对于读者应负的责任。

我还要声明一句,我发表的文字到现在为止总是签名的,不是志摩就是徐志摩,此后也许用一个"魔"字,此外的名字我都不负责任,我听说近来有用假名骂人的"新文化",但我自己相信我情愿永远留在"化"外,我爱惜我自己,也爱惜代表我的名字,更爱惜表现我的文字。

徐志摩

七月十八日

**伏园:**

方才我看了《东方杂志》上译的惠尔思那篇世界十大名著,忽然想起了年前你寄给我那封青年应读书十部的征信,现在趁机会答复你吧。我却不愿意充前辈板着教书匠的脸沉着口音分[吩]咐青年们说这部书应得读的,那部书不应得念的,认真的说,我们一辈子读进去的书能有几部,且不说整部的书;这一辈子真读懂了的书能有几行——真能读懂了几行书我们在这地面上短短的几十年时光也就尽够受用不是?贵国人是爱博学的,所以恭维读书人不是说他是两脚书柜子,就说他读完了万卷书——只要多就可以吓人，实在你来不及读，书架上多摆几本也好，有许多人走进屋子看见书多就起敬，我以前脑筋也曾简单过来，现在学坏了，上当的机会也递减了。

我并不是完全看不起数量、面积、普及教育、平民主义等等，"看不起什么"是一种奢侈品，您得有相当的身份，我哪配？但同时我有我的癖气，单是多，单是"横阔"，单是"竖大"，是不容易吓倒我的。比如有人对我说某人学问真不错，他念了至少有二千本书——我只当没有听见。第二个朋友对我说某人的经历真不少，他环游地球好几回，什么地方都到过——我只当没有听见。第三个朋友报告我某人的交游真广，哪一个不是他的好友——我只当没有听见。反过来说：假如我听说某人真爱柏拉图的《共和国》，他老是念不厌；或是某人真爱某城子某山某水，那里的一草一木一花一鸟一间屋子一条街道都像是他自己的家里似的；或是某人真懂得某人全世界骂他是贼，他一个人说他是圣人；——这一说我就听见我就懂得了。到过英国的谁没有逛过大英博物院——可是先生您发见了个什么；您也去过国王油画馆不是，您看中了哪几幅画？近几年我们派出去的考查团很多，在伦敦纽约的街道上常见有一群背后拖着燕子尾巴的黄脸绅士施施的走着路，像一群初放出笼的扁嘴鸭子，他们照例到什么地方一定得游玩名胜的——很好，很好，不错，不错，真不错，纽约的高楼有五十七，唔，五十八层，自由神像的脑袋里都爬得进去，我们全到过，全看过真好。你如其不知趣再要往下问时他们就到他们的抽屉里去找他们的报告书给你看，有图有表顶整齐的报告书，这里面多的是材料，真细心的调查，不错，维也纳的强迫教育比柏林的强迫教育差百分之四零二，孟赛斯德比利物浦多五十三个纱厂十五个铁厂；不错不错，我们是调查教育的，我们是调查实业的，不错不错，下面你到外国去，我有朋友介绍给你。

念书也有这种情形。现代的看书更是这个问题了。从前的书是手印手装手钉的，出书不容易，得书不容易，看书人也就不肯随便看过；现在不同了，书也是机器造的，一分钟可以印几千，一年出的书可以拿万来计数，还只嫌出版界迟钝，著作界沉闷哪！这来您看我们念书的人可不着了大忙？眼睛还只是一双，脑筋还只是一副，同时这世界加快了几十倍，事情加多了几十倍，我们除了"混"还有什么办法！

再说念书也是一种冒险。什么是冒险除了凭你自己的力量与胆量到不曾去过的地方去找出一个新境界来？真爱探险真敢冒险的朋友们永远不去请教向导；他们用不着；好奇的精神便是他们的指南。念书要先生就比如游历谁〔随〕向导；稳当是稳当了，意味可也就平淡了。结果先生愈有良心，向导愈尽责任，你得好处的机会愈少。小孩子瞒着大人偷出去爬树，就使闪破了皮直流血他不但不嚷〔不〕痛哭倒反得意的。要是在大人跟前吃了一点子小亏他就不肯随便过去，不嚷出一只大苹果来就得三块牛奶糖去补他的亏。这自走路自跌跤就不怨，是一个教育学的大原则。我妈时常调着我说你看某人的家庭不是顶好的，他们又何尝是新式；某家的夫妇当初还不是自厢情愿的现在糟得不成话，谁说新式一定好老式一定坏，我就不信！我就说妈呀，你懂事，我给你打比如：年轻人恨的不是栽筋斗，他恨的是人家做好了筋斗叫他栽，让他自己做筋斗栽去，栽断了颈根他也没话说！

婚姻是大事情，读书也是大事情。要我充老前辈定下一大幅体面的书目单吩咐后辈去念，我就怕年轻人回头骂我不该做成了筋斗叫他去栽。介绍——谈何容易！介绍一个朋友，介绍一部书，介绍一件喜事—— 一样的负责任，一样的不容易讨好；比较的做媒老爷的责任还算是顶轻的。老太爷替你定了亲要你结婚你不愿意；不错，难道前辈替你定下了书你就愿意看了吗？

就说惠尔思先生吧。他的学问，他的见解，不是比我们高明了万倍。他也应了《京报》记者的征信，替我们选了十部名著，当然你信仰我还不如你信仰他；可是你来照他的话试试去。他的书单上第一第二就是《新旧约》书，第三种就是我们自己家有的《大学》，第四是《可兰经》……得了，得了，那我早知道，那是经书教书，与我们青年人有什么相干！您看，惠尔思的书单还不曾开全早就叫你一句话踢跑了。不，就使你真有耐心赶快去买《保罗书》《可兰经》《中庸》《大学》来念时，要不了十五二十分钟你不打哈欠不皱眉头才怪哪！

不，这事情真的没有那么容易。青年人所要的是一种"开窍"的工夫；我们做先生的是好比拿着钻子锤子替他们"混沌"的天真开窍来了。有了窍灵性才能外现，有了窍才能看才能听才能呼吸才能闻香臭辨味道。"爱窍"不通，比如说，哪能懂得生命;"美窍"不通哪能懂得艺术;"知识窍"不通哪能认识真理;"灵窍"不通哪会想望上帝……不成,这话愈说愈远愈不可收拾了!得想法说回来才好。记得我应得说的是哪十部书是青年人应该读的。我想起了胡适之博士定下的那一本书目,我也曾经大胆看过一遍。惭愧!十本书里至少有九本是我不认识它的,碰巧那天我在他那里,他问我定的好不好,我吞了一口唾液,点点头说不错。唔,不错!我是顶佩服胡先生的,关于别的事我也狠听他话的,但如其他要我照他定的书目用功那就叫我生吞铁弹了!

所以我懂得,诱人读书是一种功德——但就这诱字难,孔夫子不可及就为他会循循的诱人进径;他决不叫人直着嗓子吞铁弹,你信不信?我喜欢柏拉图,因为他从没有替我定过书目;我恨美国的大学教授,因为他们开口是参考闭口是书。

> Up! Up! my friend, and clear your books;
> Why all this toil and trouble?
> ……
> Books!' tis a dull and endless strife,

这是我的先生的话!你瞧,你的哪儿比得上我的!顶好是不必读书:——

> Come hear the woodland linnet.

How sweet his music! Oh my life.

There's more of wisdom in it.

可是留神，这不读书的受教育比读书难，明知画不成老虎你就不用画老虎，能画成狗也就不坏，最怕是你想画老虎偏像狗，成心画狗又不像狗了。上策总是做不到的；下去你就逃不了书；其实读书也不坏，就要你不靠傍先生；你要探险家就不要向导；这是中策。但中策也往往是难的，听你的下策吧。我又得打比喻。学生比如一条牛（不要生气，这是比喻），先生是牧童哥。牧童哥知道草地在哪里，山边的草青，还是河边的草肥——牛，不知道。最知趣的牧童就会牵了他的朋友到草青草肥的田里去，这一"领到"他的事情就完了，他可以舒舒服服的选一个荫凉的树荫下做好梦去，或是坐在一块石头上掏出芦笛来吹它的《梅花三弄》，我们只能羡慕他的清福。至于他的朋友的口味，它爱咬什么，凤尾草还是团边草；夹金钱花的青草还是夹狗尾巴的莠草，等等，他就管不着，也不用管，就使牛先生大嚼时有牛虱来麻烦它的后部，也自有它的小尾巴照拂，再不劳牧童哥费心。

这比喻尽够条畅了不是？再往下说就是废话了。其实伏园，你这次征求的意思当作探问各家书呆子读书的口味倒是很有趣的，至于于青年人实际的念书我怕这忙帮不了多少。为的是各家口味一定不同，宁波人喜欢打翻酱缸不怕口高，贵州人是很少知道盐味的，苏州人爱吃醋，杭州人爱吃臭，湖南人吃生辣椒,山东人咬大蒜,这一来你看多难,叫一大群张着大口想尝异味的青年朋友跟谁去"试他一试"去?

话又得说回来,肯看书终究是应得奖励的。就说口味吧!你跟湖南人学会吃辣椒,跟山东人学会吃大蒜,都没有什么,只要你吞得下,消得了;真不合式时你一口吐了去漱漱口也就完事不是?就是一句话得记在心里,舌头是你自己的,肚子也是你自己的,点菜有时不妨让人,尝味辨味是不能替代的。你的口味还得你自己去发现(比如胡先生说《九命奇冤》是一部名著你就跟着说《九命奇冤》是一部名著,其实你自己并不曾看出他名在哪里,那我就得怪你),不要借人家的口味来充你自己的口味,自骗自决不是一条通道。

我不是个书虫,我也不十分信得过我自己的口味;竟许我并不曾发现我自己真的口味;但我却自喜我从来不曾上过先生的当,我宁可在黑弄里仰着头瞎摸,不肯拿鼻孔去凑人穴〔家〕的铁钩。你们有看得起我愿意学我的,学这一点就够了。趁高兴我也把我生平受益(应作受感)最深的书开出来给你们看看,不知道有没有十部:

《庄子》(十四五篇)

《史记》(小半部)

道施安奄夫斯基《罪与罚》

汤麦司哈代的《Jude the Obscure》

尼采的《Birth of Tragedy》

柏拉图的《共和国》
卢梭的《忏悔录》
华尔德斐德（Walter Patter）：《Renaissance》
葛德《浮士德》的前部
George Henry Lewes 的《葛德评传》

够了。

徐志摩

# 致刘海粟

**海粟：**

多谢多谢，你们海外欢畅中不忘向隅的故人。看你们署名的凌乱，想见醉态与欢肠［畅］，怎叫我在万里外不深深的艳羡！巴黎是有意味，不是？人情的美最令相思无已。常玉家尤其是有德有美。马姑做的面条又好吃，我恨不得伸长了一张嘴到巴黎去和你们共同享福。老谢想已在途，到时期一度畅叙，可惜洵美丁忧了，否则他的兴致也一定不浅。

海粟，你到了欧洲，到了巴黎，方觉得到了家不是，我想，想你一定悔不早行。巴黎的风光更有哪处的可比？我也早晚只想再长翅膀，得往外飞腾。上海生活折得死人，怎么也忍耐不下去！昨有友人自长江上游来信云：在峡流湍急间，遇到一位剑客，简直是侠传中人物。当面小试法术；用三昧真火烧烬案上一盒火柴，而留某数不烬，真令人拚［？］舌不解。如此说来，世界是大，做人也未始没有意外的趣味。我因此又动游踪，想逆江而上，直探峨眉。但不知能如愿否？美展已快圆满功德，古代书画所荟精品，真一大观，洵是空前盛举。美展三日刊已出六期,我嘱每期寄十份,想早见。文字甚杂,皆清磬在张罗,我实无暇兼顾。我与悲鸿打架一文,或可引起留法艺术诸君辩论兴味。如有文字,盼多多寄来!新月随时可登。悲鸿经此,恐有些哭笑为难。他其实太过,老气横秋,遂谓天下无人也。来函署名承候者有相识者,有不相识者,有风慕而未见者,顾皆我道中人。司德乔颇有天才,兄定与相契。你们巴黎团体中能为我虚设一位否?秋风起时,志摩或者又翩然飞到与诸公痛饮畅叙,共醉巴黎。人生乐境宁有逾是者乎?伯鸿常见,曾言以得识我二人为生平快事,此公亦爽快可人矣哉。

巴黎诸友均候,玉的马特候候。

志摩　敬拜

十九年四月二十五日

**海粟:**

好久不得你的信,想在念中。今日见济远,得悉你的移址后一切佳况,想来是够忙的。济远说,你来信问美展三日刊何以不寄给你,这却奇。我自己已关照,开好地名,按期寄十份给你,由使馆转,难道你一期都不到手吗?也许使馆中人以为是普通印品,一到即送纸篓。美展几乎完全是清磬主持,我绝少顾问。内容当然是杂凑,我只写了一封辩护塞尚的信。我要你看的亦无非此文与悲鸿先生的妙论而已。我是懒,近来懒散得疑心成了病。整天昏昏的,头也支不起,更不说用心。文章的债欠得像喜马拉雅山一般高。一无法想。环境当然大有关系。我天天想到海边或山中去息一半月，准备暑后再认真做事。但急切又走不脱，真是苦恼。两月前本有到美国哈佛大学担任特别讲座希望，不幸又为丁文江中途劫去，所以一时还得在国内过朦胧生活。想起兄等在海外豪放兴致，何尝不神往。写至此，谢次彭来，与同去兆丰公园坐咖啡。正值倾盆大雨，杂谈文艺，凉风生座，稍觉快爽。下半年为谋生计，不得不教书。上海有光华、大夏来请。老谢等坚欲拉我去京，踌躇未有定计。即去宁亦不能完全离沪。宁之好处在于朋友多，并藉以一换周遭，冀新耳目。待决定时，当再报知。

梁宗岱兄常来函，称与兄甚莫逆，时相过从。此君学行皆超逸，且用功，前途甚大。其所译梵乐利诗，印书事颇成问题。兄不有信来言及交中华印乎？两月前我交去中华，伯鸿亦允承印。但左舜生忽作梗，言文词太晦，无人能懂，且以已见小说月报何不交商务云云。坚不肯受，以致原稿仍存我处，无法出脱。为此颇愧对梁君。今尚想再与伯鸿商量，请为代印若干部，如有损失，归我个人负担，不知成否？见梁君时，希婉转为述此意，迟早总可印成也。前托梁君代买廉价小绸帕，但不知如何，梁君忽寄来红丝绒一块，且尺寸过小，不能成衣。小曼仍要绸丝帕Don Marche的，上次即与梁君同去买，可否请兄再为垫付百方，另买些小帕子寄来。小曼当感念不置也。夫人知极佳胜为慰。公子又出风头，今日在济远处见相片，俨然巴黎人矣。兄如有暇，何不写些文章来？最好能按期寄通讯，随意谈巴黎之所闻见。"美周"正缺好稿,有来极欢迎。新作品照相亦盼多多寄回。国内风光,依然寂寞,非海外生力军来殊难振作也。专此敬念百福。

常玉贤伉俪张弦司徒乔兄均此。

志摩
十九年七月八日

**海粟我兄:**

连接故人海外归鸿,及画片手帕,欣慰不可胜言。居者懒,行者奋,亦未尝不自感愧。而此间生活,如蹈大泽,无可攀援,弗容支撑,且为奈何。公来柬感慨甚多,弟胸中亦何尝不累累作响。但转念即宣诸楮墨,又济乌事?因之又复废然:此亦不常作书之一因也。公近作画幅,虽来者仅撮景,已使我异常讶异。章法笔力并见工夫,最近来两幅真已跻名彦之堂。海粟此行已不虚。罗浮之迹,瑞山之壮,行将络络自公手笔间传出,此不可喜孰可喜?海粟勉矣,国内画子亦伙颐,然求笔下有力,胸中有气如海粟者,盖无第二人。早年海粟之病,病不见高大。今海粟得其所矣。鱼在水,佛在山,海粟绾巴黎罗马之粹,复何可说?海粟固犹自虚抑,方以中选秋赛为喜,然秋赛何足以限海粟?今既窥得门经[径],宜如何搏全生之力以赴之;真美在群星辉耀间,人世毁誉岂足当一息之念哉?但昨见伯鸿,则又听到不怡消息。鸿公曰:海粟或且不得已而归国，此大不幸。我切切祈祷海粟能脱此厄运。谚云：一鼓作气，海粟十余年来，譬如在暗室中冥盲适埴，今乃得豁然见光明，此正一鼓足气，完成一生使命之机缘，奈何又复令中蹶？我谓鸿公，天佑艺术，弗再使海粟分心。果不知如何也。我意则宜劝海粟宁弃一学校而全艺术，况海粟不问学校固不至遂竭蹶也。不知海粟意如何耳？夫人补费事已详前函。次彭兄向陈和铣说项，但须正式来请求，盼即进行。夫人欧衣欧冠，丰致翩然，美哉。小曼得帕，乃如小儿汤饼，极快乐，嘱道谢，想是夫人之惠也。国内政治火迸［并］，乃不如强盗，一宿三惊，必至令人人厌生而后已。海粟幸忽眷念此阿鼻地狱。

宗岱兄均念。

志摩

十九年十二月十日

**海粟我兄：**

你一再来信以及寄来的印本我都收到。每回我念你的信，我总感到惘然，一来为羡慕你在海外艺事精进，我在此一无是处；二来回想先前在海外时的风光，此时可念而不可即，如何能不惆怅？你想来已知道，谢次彭已发表比国代办，一月后即将离国，洵美亦挈家相从，这更叫我眼热。我是真想出去，但困难倒不完全在没有相当机会，我的心事：第一是我的母亲，她近来的身体简直是风中之烛，我如何能恝然远行；第二是小曼，她也是病不离身的过着日子，绝无希望能去外国。如果我出去是单为呼吸空气，打道就回的，那还容易。但我这回不去则已，要去决不能像上回似的走马看花。我的心愿是去翡冷翠山中住上半年光景，专事内心修养，能著作当然更妙。因为上海这样生活如再过一年二年，我即使有一二分灵机都快要到汨灭尽净的光景了，真是言之可惨。我不是超人，当然一半得靠环境，所以唯一的救命希望是去外国。海粟，我真是日常，几于天天念着你和宗岱等，恨不能追随着你们一同过些有趣味的时日。但我还不到绝望，我想，你等着吧，也许今年夏秋间我们又能相见欢然话旧的了。国内事无从说起，文艺界并皆消沉到极点，还是不去说它吧。

你夫人补费的事次彭为你写过信，但不见效。据次彭说，只要叶楚伧一句话，陈和铣一定照办，吴稚老亦行，但不如叶，请你立即再想法。我们新月同人也算奋斗了一下，但压迫已快上身，如果有封门一类事发生，我很希望海外的同志来仗义执言。我的小说集即日可出，我寄几册给你。宗岱，我欠他无数的信债，我只能向他叩头求恕，敬念俪安。

志摩　敬候

二十年八月


**海粟：**

我满想北上前会得到你。最初报上传你月初可到，我知道不对；我计程你迟至十五日总可到。我延到十七动身，你还没有消息，我想你一定是在南方耽搁了。结果我走你到，几年别绪不曾叙得，怅惘之至。到此后曾函询美问起你到否，亦未得复。昨晚函来，至使欣慰。海翁此行所得，当可比玄奘之于西土，带回宝物定然累累。久居国内，竟成聋聩，但盼海翁归来，抵掌畅谈，不意又复相左。嫂子想一同回来，少爷呢？艺院的事孑老即赞成，兄又如此热忱，定然成功，迟早间耳。杏佛处我即去信，但虑此时大家忙于对付内外，听到文艺似乎远在云空，不能如何注意。我知道天下事只要锲而不舍不会不成功的。同时我觉得有一点你也应得注意；就是我们贵邦人忮心太重，你在过去也曾经受不少，固然你不怕也不愁，但在事情未有着落之前，似乎不宜过于张扬，你以为是否？北方尚镇静，你能来否？我们再通信谈！

适之已南下，当可晤见。

志摩

二十年十月四日

# 致凌叔华

一

准有好几天不和你神谈了,我那拉拉扯扯半疯半梦半夜里袅笔头的话,清醒时自己想起来都有点害臊,我真怕厌烦了你,同时又私冀你不至十分的厌烦,×,告诉我,究竟厌烦了没有?平常人听了疯话是要"半掩耳朵半关门"的,但我相信倒是疯话里有"性情之真",日常的话都是穿上袍褂戴上大帽的话,以为是否?但碰巧世上最不能容许的是真——真话是命定淹死在喉管里的,真情是命定闷死在骨髓里的——所以"率真"变成了最不合时宜的一样东西。谁都不愿不入时,谁都不愿意留着小辫子让人笑话,结果真与疯变成了异名同义的字!谁要有胆不怕人骂疯才能掏出他的真来,谁要能听着疯话不变色不翻脸才有大量来容受真。得,您这段罗嗦已经够疯。不错,所以顺着前提下来,这罗哆里便有真;有多少咬不准就是!

……不瞒你说,近来我的感情脆弱的不成话:如其秋风秋色引起我的悲伤,秋雨简直逼我哭。我真怕。昨夜你们走后,我拉了巽甫老老到我家来,谈了一回,老老倦得老眼都睁不开,不久他们也走了,那时雨已是很大。……好了,朋友全走了,就剩了我,一间屋子,无数的书。我坐了下来,心像是一块磨光的砖头,没有一点花纹,重滋滋的,我的一双手也不知怎的抱住了头,手指擒着发,伏在桌上发呆,好一阵子,又坐直了,没精打采的,翻开手边一册书来不用心的看,含糊的念,足足念一点多钟,还是乏味,随手写了一封信给朋友,灰色得厉害,还是一块磨光的砖头,可没有睡意,又发了一阵呆,手又抱着了头,……呒!烟士披里纯来了,不多,一点儿,抽一根烟再说。眼望着螺旋形往上袅的烟,……什么,一个旷野,黑夜……一个坟,——接着来了香满园的白汤鲫鱼……呒,那可不对劲……鱼,是的,捞鱼的网……流水……时光……捞不着就该……有了,有了,下笔写吧——

  问谁?阿,这光阴的嘲弄
    问谁去声诉,
  在这冻沈沈星夜,凄风
    吹着它的新墓?

  "看守,你须耐心的看守
    这活泼的流溪,
  莫错过,在这清坡[波]里优游,

青脐与红鳍！"

这无声的私语在我的耳边
　　似曾幽幽的吹嘘——
像秋雾里的远山，半化烟
　　在晓风里卷舒。

因此我紧揽着我灵魂的绳网，
　　像一个守夜的渔翁，
竞竞［静静］的，注视着那无尽流的时光，
　　私冀有彩鳞掀涌。

如今只余这破烂的渔网——
　　嘲讽我的希冀，
我喘息的恨望着不返的时光；
　　泪依依的憔悴！

又何况在这黑夜里徘徊：
　　黑夜似的痛楚：
一个星芒下的黑影凄迷——
　　留连着一个新墓。

问谁？……我不敢怆呼，怕惊扰

这墓底的清淳；
我俯身，我伸手向着它搂抱——
呵，这半潮湿的新墓！

这惨人的旷野无有边沿，
　　远处有村火星星，
丛林里有鸱鸮在悍辩——
　　坟边有伤心只影。

这黑夜，深沉的环包着大地，
　　笼罩着你与我——
你，静凄凄的安眠在墓底；
　　我，在迷醉里摩挲！

正愿天光更不从东方
　　按时的泛滥，
让我永久依偎着这墓旁
　　在沉寂里消幻！

但青曦已在那天边吐露，
　　苏醒的林鸟，
已在远近间相应的喧呼——
　　又是一度清晓。

> 不久，这严冬过去，东风
> 　　又来催促青条；
> 便妆缀这冷落的墓墟丛，
> 　　亦不无花草飘飘。
>
> 但我爱，如今你永远封禁
> 　　在这无情的墓下，
> 我更不盼天光，更无有春信——
> 　　我的是无边的黑夜！

完了，昨夜三时后才睡，你说这疯劲够不够？这诗我初做成时，似乎很得意，但现在抄誊一过，换了几处字句，又不满意了。你以为怎样，只当他一首诗看，不要认他有什么Personal的背景，本来就不定有。真怪，我的想象总脱不了两样货色，一是梦，一是坟墓，似乎不大健康，更不是吉利，我这常在黑地里构造意境，其实是太晦色了，×你有的是阳光似的笑容与思想，你来救度救度满脸涂着黑炭的顽皮××吧！

## 二

我准是让西山的月色染伤了。这两天我的心像是一块石头，硬的，不透明的，累赘的；又像是岩窟里的一泓止水，不透光，不波动的，沉默的。前两天在郊外见着的景色，尽有动人的——比如灵光寺墓园，静肃的微馨的空气里，峙立着那几座石亭与墓碑，院内满是秋爽的树荫，院外亦满是树荫的秋爽。这墓园的静定里，别有一种悲凉的况味，听不着村舍的鸡犬声，听不着宿鸟的幽呼声，有的只是风声，你凝神时辨认得出它那手指挑弄着的是哪一条弦索，这紧峭的是栗树声，那扬沙似潇洒的是菩提树音，那群鸦翻树似海潮登岩似的大声是白杨的狂啸。更有那致密的细渡啮沙碛似的是柏子的漏响——同时在这群音骈响中无边的落叶，黄的，棕色的，深红的，黯青的，肥如掌的，卷如发的，细如豆的，狭如眉的，一齐乘着无形中吹息的秋风，冷冷斜飘下地，他们重绒似的铺在半枯草地上，远看着像是一扃仰食的春蚕；近睇时，他们的身上都是密布着针绣似的、虫牙的细孔。他们在夏秋间布施了他们的精力，如今静静的偃卧在这人迹希有的墓园里，有时风息从树枝里下漏。他们还不免在他们"墓床"上微微的颤震，像是微笑，像是梦鼙，像是战场上僵卧的英雄又被远来的鼓角声惊扰！那是秋，那是真宁静，那是季候转变——自然的与人生的——的幽妙消息。××，我想你最能体会得那半染颜色，却亦半褪色的情调与滋味。

我当时也分不清心头的思感，只觉得一种异样甜美的清静，像风雨过后的草色与花香，在我的心灵底里缓缓的流出（方才初下笔时我不知道我当时曾经那样深沉的默察，要不然我便不能如此致密的叙述），我恨不能画，辜负这秋色；我恨不能乐，辜负这秋声，我的笔太粗，我的话太浊，又不能恰好的传神这深秋的情调与这淡里透浓的意味；但我的魂灵却真是醉了，我把住了这馥郁的秋酿巨觥，我不能不尽情的引满，那滑洌的冽液淹进了我的咽喉，浸入我的肢体，醉塞了我的官觉，醉透了我的神魂：××假如你也在那静默的意境里共赏那一山淡金的菩提，在空灵中飞舞，潜听那虫蚀的焦叶在你脚下清脆的碎裂！

更有那冷夜月影；除是我决心牺牲今夜的睡，我再不轻易的挑动我的意绪！炉火已渐缓，夜寒从窗纱里幽幽渗入，我想我还是停笔的好，要不然抵拚明日的头痛。但同时"秋思"仍源源的涌出——内院的海棠已快赤黑，那株柿树亦已卸却青裳，只剩一二十个浓黄的熟果依旧高高的紧恋着赤露的枝干，紫藤更没有声息，榆翁最是苍苍的枯秃——我内心的秋叶不久也怕要飘尽了，××，你替我编一只［支］丧歌罢！

志摩 寄思

## 三

今天下午我存心赖学，说头疼（是有一点）没去，可不要告诉我的上司，他知道了请我吃白眼，不是顽［玩］儿的。……真是活该报应，刚从学生那里括［刮］下一点时光来，正想从从容容写点什么，又教两条不相干的客人来打断了，来人也真不知趣，一坐下就生根，随你打哈欠伸懒腰表示态度,他们还你一个满不得知!这一来就花了我三个钟头!我眼瞟着我刚开端的东西,要说的话尽管在心坎里小鹿似的撞着,这真是说不出的苦呢。他们听说这石虎胡同七号是出名的凶宅,就替我着急,直问我怕不怕,我的幽默来了,我说不一定,白天碰着的人太可怕了,小可胆子也吓出了头,见鬼就不算回事了!×,你说你生成不配做大屋子的小姐,听着人事就想掩耳朵,风声,鸟闹(也许疯话)倒反而合适,这也是一种说不出口的苦恼。我们长在外作客的,有时也想家(小孩就想妈妈的臂膀做软枕……),但等到回了家,要我说老实话时,我就想告假——那世界与我们的太没有亲属关系了。就说我顶亲爱的妈罢,她说话就是画圆圈儿,开头归根怨爸爸这般高,那般矮,再来就是本家长别家短,回头又是爸爸——妈妈的话,你当然不能不耐心听,并且有时也真有意味的见解,我妈她的比喻与"古老话"就不少,有时顶鲜艳的:但你的心里总是私下盼望她那谈天的(该作谈"人")的轮廓稍为放宽一些。这还是消极一方面,你自己想开口说你自己的话时那才真苦痛;在她们听来的全是外国话,不直叫你疯还时替你留点子哪!真是奇怪,结果你本来的话匣子也就发潮不灵了。所以比如去年这个时候,我在家里被他们硬拉住了不放走,我只得恳请到山脚下鬼窝庐里单独过日子去。那一个来月,倒是顶有出息,自己也还享受,看羊吃草,看狗打架,看雨天露濛里的塔影,坐在"仙人石"上看月亮,到庙前听夜鸮与夜僧合奏的妙乐,再不然就去戏台里寄宿的要饭大仙谈天——什么都是有趣，只要不接近人，尤其是体面的。说起这一时庐山才真美哪，满山的红叶、白云，外加雪景，冰冷的明星夜（那真激人），各种的鸟声，也许还有福分听着野朋友的吼声……×，我想着了真神往，至少我小部分的灵魂还留在五老峰下，栖贤桥边（我的当然纯粹是自然的，不是浪漫的春恋）。那边靠近三叠涧，有一家寒碧楼是一个贵同乡，我忘了谁的藏书处，有相当不俗的客时，主人也许下榻。假如我们能到那边去过几时生活——只要多带诗笺画纸清茶香烟（对不住，这是一样的必需品），丢开整个的红尘不管不问，岂不是神仙都不免要妒羡！今年的夏天过的不十分如意，一半是为了金瓜，他那哭哭啼啼的，你也不好意思不怜着点儿不是？但这一怜你就得管，一管，你自个儿就毁。我可不抱怨，那种的韵事也是难得的。不过那终究是你朋友的事，就我自己说，我还不大对得住庐山，我还得重去还愿，但这是要肩背上长翅膀的才敢说大话，×，您背上有翅膀没有：有就成，要是没，还得耐一下东短西长！说也怪，我的话匣子，对你是开定的了，管您有兴致听没有，我从没有说话像对你这样流利，我不信口才会长进这么快，这准是×教给我的，多谢你。我给旁人信也会写得顶长的，但总不自然，笔下不顺，心里也不自由，不是怕形容词太粗，就提防那话引人多心，这一来说话或写信就不是纯粹的快乐，对你不同，我不怕你，因为你懂得，你懂得因为你目力能穿过字面，这一来我的舌头就享受了真的解放，我有着那一点点小机灵就从心坎里一直灌进血脉，从肺管输到指尖，从指尖笔尖，滴在白纸上就是黑字，顶自然，也顶自由，这真是幸福。写家信就最难，比写考卷还不易，你提着笔（隔几时总得写）真不知写什么好——除了问妈病或是问爸要钱！（下略）

四

不想你竟是这样纯粹的慈善心肠，你肯答应常做我的"通信员"。用你恬静的谐趣或幽默来温润我居处的枯索，我唯有泥首！我单怕我是个粗人，说话不瞻前顾后的，容易不提防的得罪人；我又是个感情的人，有时碰着了枨触，难保不尽情的吐泄，更不计算对方承受者的消化力如何！我的坏脾气多得很，一时也说不尽。同时我却要对你说一句老实话。××，你既然是这样的诚恳，真挚而有侠性。我是一个闷着的人，你也许懂得我的意思。我一辈子只是想找一个理想的"通信员"，我曾经写过日记，任性的滥泛着的来与外逼的情感。但每次都不能持久。人是社会性的动物，除是超人，那就是不近人情的，谁都不能把挣扎着的灵性闷死在硬性的躯壳里。日记是一种无聊的极思（我所谓日记当然不是无颜色的起居注）。最满意最理想的出路是有一个真能体会，真能容忍，而且真能融化的朋友。那朋友可是真不易得。单纯的同情还容易，要能容忍而且融化却是难。与朋友通信或说话，比较少拘束，但冲突的机会也多，男子就缺乏那自然的承受性。但普通女子更糟，因为她们的知识与理性超不出她们的习惯性与防御性，她们天生高尚与优秀的灵性永远钻不透那杆毛笔的笔尖儿。理性不透彻的时候,误会的机会就多,比如一块凹形的玻璃,什么东西映着就失了真象。我所以始终是闷着的。我不定敢说我的心灵比一般的灵动些,但有时心灵活动的时候,你自己知道这里面多少有真理的种子,你就不忍让他闷死在里面,但除非你有相当的发泄的机会与引诱时,你就不很会有"用力去拉"的决心。虽则华茨华士用小猫来讽喻诗人:他说小猫好玩,东跳西窜的玩着树上的落叶,她玩她的,并不顾管旁边有没有人拍手叫好,所以艺术家的工作也只是活力内迫的结果,他们不应当计较有没有人赏识。但这是理论。华老儿自身就少不了他妹妹桃绿水的灵感与同情。我写了一大堆,我自己也忘了我说的是什么!总之我是最感激不过,最欢喜不过你这样温和的厚意,我只怕我自己没出息,消受不得你为我消费的时光与心力!

# 致泰戈尔

**泰戈尔先生：**

你准备十月来华，我们快乐极了。这次改期对我们十分合适，因为学校在十月左右都会开课了。唯一不妥的是天气。北京的冬天和印度的很有差别，虽然同样的令人愉快。你来时当然要带备全副冬装才好。我们将在你居住的地方适当地装上暖气。

我已答应了讲学社，在你逗留中国期间充任你的旅伴和翻译。我认为这是一个莫大的殊荣。虽然自知力薄能渺，但我却因有幸获此良机，得以随侍世上一位伟大无比的人物而难禁内心的欢欣雀跃。

我算是替你做讲台翻译的人。但要为一个伟大诗人翻译，这是何等的僭妄！这件事若是能做得好，人也可以试把尼亚格拉大瀑布的澎湃激越或夜莺的热情歌唱迻译为文字了！还有比这更艰困的工作或更不切实际的企图么？不过安排总是要做一点的，因为来瞻仰你丰采的听众不容易听懂英语。你能明白其中的困难的，是不是？人家告诉我，你通常在演说之前把讲稿拟好。要是我所闻不差而你又体谅我的浅陋，盼望能把预备了向我国公众演说的讲稿寄一份来,这样我的工作就不致太困难了。我会把讲词先译成中文,那么即使在你演讲中我无能传送原文美妙动人的神韵,至少也可以做到表达清楚流畅的地步。盼早获复音。

  此候

  健康

              徐志摩　敬启
           一九二三年七月二十六日
            北京石虎胡同七号
             松坡图书馆

**泰戈尔先生台鉴:**

  现在已是圣诞节了,我早就应该给你写信。但我们这些"天朝人士"的疲懒恶习是尽人皆知的,我在这些方面的疏惰,当内省之际,有时连自己都会大吃一惊。有一位英国友人去年一月写信给我说,他若要等到年底才收到我的覆〔复〕信,他也不会感到惊奇!他知道我的习性。你很清楚,狄更生和罗素等人在西方对中国推崇备至的白热化赞词,其对象事实上就是我们的传统惰性!

  尊函险遭邮误,在十月下旬才到北京,使我们等到急不可耐。听到你和令郎都在夏季抱疾因此今年不能启程的消息,我们不胜怅怅,然而您又满怀好意的答应了明春来华访问,真使我们欣欣感谢。印度对于这里文学界的动态,可能知之不详。我们已准备停当以俟尊驾莅临。这里几乎所有具影响力的杂志都登载有关您的文章,也有出特刊介绍的。你的英文著作已大部分译成中文,有的还有一种以上的译本。无论东方的或西方的作家,后来没有一个人像你这样在我们这个年轻国家的人心中,引起那么广泛真挚的兴趣。也没有几个作家(连我们的古代圣贤也不例外),像你这样把生气勃勃和浩瀚无边的鼓舞力量赐给我们。你的影响使人想到春回大地的光景——是忽尔[而]而临的,也是光明璀灿[璨]的。我国青年刚摆脱了旧传统,他们像花枝上鲜嫩的蓓蕾,只候南风的怀抱以及晨露的亲吻,便会开一个满艳;而你是风露之源,你的诗作替我们的思想与感情加添了颜色,也给我们的语言展示了新的远景,不然的话,中文就是一个苍白和僵化的混合体了。如果作家是一个能以语言震撼读者内心并且提升读者灵魂的人物,我就不知道还有哪一位比你更能论证这一点的。这说明我们为什么这样迫切的等候你光临。我们相信你的出现会给这一个黑暗、怀疑和烦躁动乱的世代带来安慰、冷静和喜乐,也会进一步加强我们对伟大事物和生活的信心与希望。这信心和希望是已经通过你的助力而注入了我们的心怀。

中国近日尚算宁静,报纸上关于中国政治的报导不足深信,这种情形在其他地方也是如此。这些报道性的消息即使不是字字谎言,也往往是一些夸张之谈。举例说吧,我的本省浙江目前就有打仗的风声,威胁是来自邻近若干不同政府统治的省份。但事实上，除了胡闹一顿之外，大不了的事情是不会发生的。

我们肯定，你明春来华会享受旅游之乐。请尽早让我知道你的船期以及其他你认为我们该为你安排的一切事务。现在我等候你寄来讲稿，以便选行迻译。

专此敬候

徐志摩　敬启

一九二三年十二月二十七日

北京城西

石虎胡同七号

## 我最亲爱的老戈爹：

我也不知道是什么缘故使我到如今才给你信。懒动笔并非主因。虽然写信不勤，但我总以为自己即使在疲滞的状态下，也不是那样不济的。可是我毕竟是这样拖拖塌塌［沓沓］，从甲城流浪到乙城、丙城……一天天这样飘飘荡荡，没有办法自我振作来给你，亲爱的老戈爹，清楚的说明我自去年夏天在香港跟你分手后所遭遇的一切。别后的日子，我的确没有一天不想念你给我留下的一连串甜蜜的记忆。我把实情告诉你，你不会怀疑我是故甚其辞罢？我收到不少关于你在外国健康欠佳的消息，这些恶讯是使我多么忧急啊！我记得二月上旬一个早晨，厚之从南美发的长函到了我手上。这信告诉我，我敬爱的老戈爹不但没有忘记他的素思玛,而且在疾病中还盼望得素思玛随侍左右尽孩子的责任,使他劳瘁的心怀稍得舒慰。我当时全人漫溢着忧思与感念,捧信颤抖,情不能已。我没有忘记与你今年在欧洲相会的诺言,但因筹措旅费困难重重,使我颇为丧气。中国贫穷的实况是你难以想象的。那些永无休止的战祸也必然使富者贫而贫者更贫,所以我在极度沮丧中,差不多是放弃与你在欧陆聚首的希望了。但那天读了厚之的来信,我又似乎再次直接接触到你的思想,因而我再也不能忍受环境给我的阻碍,我坚决起来,定规要用任何的方法把这个早已成竹在胸的欧游计划实现。我对自己说,"无论环境如何,三月一定跟老戈爹一起漫游欧陆。我会按决定而行。"然而北京的朋友没有一个赞成我的计划,父母更不必说了。我在他们面前连提都不敢提这事。人人都想我留在北京,也没有几个人相信我会筹到旅费。在此我不必向你噜苏关于我所遇的困难,但到底我是成行了。我自己是不愿意离开北京的,但一想到我的老戈爹有病,需要我的帮助,我往往眼中蕴泪,人也变得坐立不安了。我后来到底如愿以偿,在三月八日离开北京,匆匆横越积雪未消的西伯利亚赶到欧洲。呵,何等欣慰的期望!再跟老戈爹在一块儿,而且是在最美丽的国家会面(我拍了一封电报到热那亚预告我的抵步日期,但显然你没有收到)!接着而来的是出乎意料的打击:老戈爹已不在欧洲了。到意大利后我差不多费时两周才确实肯定你真的不在意国,而且早在二月就回印度了。我当时茫然不知所措,有一段时间简直是无所适从。

咳，万里迢迢跑来为一个人而到步后却踪迹渺然！但我为你却加倍忧虑。我几乎立刻买棹赴印，连意大利和英国也不屑多看一眼。虽然，在意大利的艺术品以及在英国的朋友总不能令我去怀！你的消息使我大得安慰。我谢谢你。不过直到现在，我还不清楚到底我自己第二步该往何方。我在意大利已经两星期了，在罗马也见过方美济教授；他盼望你能早点再来意大利。我现在寄寓翡冷翠，在群山环抱中一座优雅的别墅租了个地方。居停主人蒙皓珊女士很有文化修养，而且平易近人，对你也非常敬慕。这里的园子有美木繁花，鸟声不绝，其中最动人的是夜莺的歌唱。若不是狄更生先生和其他英国朋友一催再催要我至少回剑桥小住数天，我可以在这个静谧清美的安乐窝终老的。亲爱的老戈爹。你一定要让我知道如何抉择，是（一）续留欧洲候你再来，还是（二）我六月左右赴印打算与您在山迪尼基顿见面。但我对两者都颇有顾忌；印度夏天的炎暑天气使我心怀惧意。我不是顶强壮的人，恐怕受不了那个酷热。此外，我最迟一定要在九月回到中国。所以，要是你一定在八月来意大利，很可能我就留此等候。但如果你的计划有什么变更，您一定要尽快通知我，那末多半会冒暑前来，到了印度后再续程回家。无论如何，我非见你不可，即使同在一会儿也好。我不清楚这封信什么时候才到你手上，不过要是你收信后立即复我一封电报，我很可能还是在意大利的。要是你的健康许可，我真渴望你会给我片言只字，使我能大得安慰；你用下址总是方便的：英国，剑桥，王家学院，狄更生先生转。你写信时请一定不要忘记详告我你的健康状况,因为这是我至感关心的。

关于我自己的话已说得够多了,不知道你是否有耐性一一细读。也许南达拉或什么人会念给你听。至于恩厚之,这个幸运儿!如今他似乎开展了一个新生活,快乐到一个地步连老朋友也丢到九霄云天外了;因为我拍了一封电报给他却得不到一字回音。他现在已经福星高照,以后又要干什么呢?他是否会舍印度而取美国,牺牲理想而到那边坐拥财富呢?即使他会离开你,我相信他也不能忘记你老戈爹的。他跑掉后谁帮助你呢?是安德鲁先生还是什么人来欧洲接你的呢?我不能想象你是只身遄返印度的。这次您一定要盼咐南达拉跟你代笔给我来信。我去年夏天寄他一函,但总没有他的回音。我希望他在绘画和教学方面同样做得出色。中国的一班朋友都很记得他出众的人品以及脸上动人的笑容。卡利达斯和卡狄巴布近况如何?为什么他们总是不写信的?不过我没有权利怪人,因为我也没有动过笔。有时候我们很容易就把友谊之花栽种起来,想到这类事真叫人开心的。您在中国的访问为时颇短,但留给那边朋友们的忆念却毫无疑问是永远常新的!而令人更感到安慰的,是你在中国建立了的关系,远远超过了个人之间的点滴友谊,这个关系就是两国的灵魂汇合成为一个整体。你所留下在中国的记忆,至终会在种族觉醒中成为一个不断发展的因素。我们都渴望到印度。要不是因为尚有若干非一朝一夕可以解决的实际困难,我们都会蜂拥到浓绿老翠的恒河两岸而使你惊讶不置。但无论如何,这个情形在不久之将来总会出现的。你在中国的朋友,也就是你的一群仰慕者,对你的身体深表关怀,他们和我一道祝你早日康复;事实上他们还盼望你会再访中国。我国的首长段执政曾诚恳的向我表示,希望你会在最近的将来能束装就道。我在此附上林长民先生(即徽音的父亲)的信,你读了会更清楚段执政对你殷慕之情。梁启超先生和张彭春特别向您致候。还有一个偷偷爱慕你而使你不能不怀念的人,就是女作家凌叔华小姐;你曾经给她很恰当的奖誉,认为她比徽音有过之而无不及(顺便提一下的,就是徽音还在美国)。凌小姐给你做了一顶白玉镶额的精致便帽,还有其他的物品,预算给你作六十五岁寿辰的贺礼;我盼望参加这个荣典。我已写够了。我切切等候你的复信。谨致爱忱。

你的素思玛

一九二五年四月三十日

通讯处:翡冷翠美国捷运公司欧兰度先生转

# 致恩厚之

**厚之先生：**

喜悉你已到步，又知道你和泰戈尔先生能于今春来华。这样，我们中国人就将面见圣哲了。能再与你重聚实在是一件喜事。去年秋天我们一切都准备妥当要接待泰戈尔先生，可是他来信说又要改变行程。那时候我们已在城西租了一间有暖气和现代设备的私宅。要是泰戈尔先生不反对，我们还可以用那个地方的。我曾试借用故宫内对着三海的团城，我想就是你参观过那个地方，里面有那尊驰名远近的玉佛。可是我不成功，主要是因为政局不稳，一切事情也就难以确定了。如果泰戈尔先生属意传统中国式房子，或者庙宇一类的住处，请尽早见示，切勿客气。我们绝对没有麻烦，你知道我们一片热忱来备办一切，要使我们的伟大嘉宾在逗留中国期间感到全然喜乐和满足。关于这件事盼尽早来信。我相信泰戈尔先生现在已完全康复，能够有足够的体力来做这次访问，他生病的消息使我们十分忧急，你能同他一起前来，对各方面都会很有帮助。

近数月来我都在南方，四月前家祖母谢世，家母也两次患重病，这都是我滞留此地的原因。我现住东山脚下，周围有的是荒丘古迹，以及数以百计的坟墓，环境是很清静怡人的。我计划要快回北京了，不过我会再到上海。当你们到步之日，我会在那边欢迎你们。我刚收到狄更生先生消息，他抱怨说你没有去看他，也许你没有时间。顺便问问你。你收到我寄给你的小邮包没有？包内有一个印章和其他的东西。我相信地址是写得正确的。泰戈尔先生已经答应先把他的讲稿寄来，以便迻译为中文，为此先让我们表示谢意。

我们这里大家都问候泰戈尔先生，安德鲁先生以及你的同仁。

徐志摩　启

一九二四年一月二十二日

浙江　硖石


**恩兄：**

欣悉胡适到过你的翠庄访问。他一定已经告诉你所要知道的中国的详情，以及中国朋友的光景。从他的来信看，这次欧游使他振奋莫名——他早该到欧洲跑跑了。难道他不会因你的小王国以及你在德温的教育事业而喜悦吗？我信他一定是喜悦的，不管他在哲学上是怎样的反对浪漫主义。我自己呢，我对你的计划只有个模模糊糊的意念：一片美丽的森林，一个带点破旧的古堡，可能加上一些广漠辽阔的美丽草场。在我想象中，你穿着农人的衣服，半是校长半是族长似的，每天奔跑忙碌；但我却难以想象多乐芙在你那边给推上去做一种类似德育皇后的工作，摩天大厦的世界和你们现在的世界当然有所不同。后者的目的，是要培养高贵的原始人，这会使卢梭狂喜，拜伦怨恼。我这样想是把多乐芙拟得太城市化了。人类适应环境之力甚强，所以能适应新环境有什么可滋怀疑的呢？去年夏天当我在地角棕红色的沙滩上见到罗素太太时，我几乎不能相信我的眼睛。她全身晒得像一只煮熟的龙虾，一片棕黑色，没有多少英国妇女的白皙，但她是多么健康和有劲啊！实在了不起。

要是你让多乐芙投身进去你在德温策划的那种生活，我下次见她的时候，可以肯定她必然大有改变，和我印象中的城市妇女型的多乐芙完全两样了，是的，我是大力拥护乡村生活的，若我能前来助你一臂，在美丽的大自然环境中推进你的伟大事业，我真不知道其乐何似！

是的，厚之，生命是件不可思议的把戏。当我们和老戈爹在一起的时候，我们都不知道命运为我们做了什么安排。我的老兄，在这个大伙儿都倒霉的世界里，我们俩个人同属幸运儿——你相信不相信？你已经获得你的心上人，我也是如此。记得当我从巴黎版的晚报念到你结婚的喜讯，我乐极了。我也不会忘记去年夏天在伦敦你给我的同情和祝愿。那一次聚首之后，我经过一场苦斗，忍受了许多创痛，那时候除了一二知己（胡适在内）的同情心之外，几乎一切事物都与我作梗。但我毕竟胜利了——我击败了一股强悍无比的恶势力，就是人类社会赖以为基的无知和偏见。我不知道你是否对我的妻子（她名小曼），有点印象，但她仍然记得"东奔西走，紧张得像个世界最忙的人"那个英俊的英国青年人，我们俩真想有一天跟你们俩碰头呀！小曼体质不强，我已定意要用大自然这味药来给她补一补。我们婚后头两个月在一个村镇中度过，既宁静又快乐；可是我们现在却混在上海的难民中间了，这都是拜这场像野火乱烧的内战之赐。敝省浙江一直是战乱不侵的，使其它地方的人羡慕不已，但看来这一次也不能幸免了。杭州半个城的人已经跑光，到处所见的是各种恐怖气氛与事实，这都是随着内战而来的凶险；可怜的西湖，只余一片荒凉破败！

我们在上海就好像是搁了浅的。我还不敢回北京，因为那边是个没有薪水发的地方。我也不能回老家。我亟盼飞到外国去，但恨无羽翼。你的来信真是我们极大的安慰。我很久没有收到老诗人的消息了。我信他和家人一起生活在山迪尼基顿是健康愉快的。和他重聚的机会现在是微乎其微，我想起这件事就不免愁绝。我对他不胜孺慕，切望能在他宽博无边的庇荫下饱享宁谧。

来信寄上海北京路江西路口，中国通商银行，徐新六先生转。

此候

伉俪双福

徐志摩　上

一九二七年一月五日

**厚之：**

我已访问过苏鲁了。卡狄巴布和拉尔满怀盛情，带我参观农场，各方面都给详加讲解。我也看了山陀乡和附近的村落。在那些地方，明显看出卡狄巴布在短时间内做了出色的工作。我也参观了志愿人员的住处，跟学生们和来伊都见了面。

这次参观不仅使我留下印象，更使我深受感动。厚之，你真伟大！我去这里听到各方面关于你的话，一字一语莫不洋溢着深切的情谊和衷心的钦敬。卡狄巴布和别人谈到你当初在此地工作的情形，使我知道你虽然不会说本地方言，但你成功地鼓舞了土著的居民，使他们有了自信心和真纯的爱心。当我听到这些话，我心中实在感动，眼中似乎能看到你活在他们中间；你那双具有特色的明眸，闪耀着愉悦和温煦的神采。你为印度人民所做的，很可能没有任何外国人能做得到；你的贡献，实在是超乎你自己所能想象的。你对这里受苦的民众具有纯全的爱心、同情心，以及真挚的善意。你为他们出力的事实感人甚深。我相信，你的劳苦必然会产生长远的效果，可以解决印度农村的困难。

拿苏鲁和达廷顿作比较，是一件有趣的事；二者都是你的杰作，二者都源于同一的理想，而其策划与进行又是由你亲手贯彻，可是我对二者的印象却大不相同。我以前已说过了，达廷顿是我所认识的通往人间乐园最快的捷径。大自然对达廷顿十分仁厚，而你用爱作事业的推动力，结果就一定有超凡的成就，正如纯然美丽的诗歌，其中毫无聒耳的噪音。但印度的土壤却完全不同,这里大自然苛酷寡情,绝不是一位丰饶多产的母亲。在这里,人若没有一个奋斗求生的决心,再加上知识的缺乏,就难以希望苟延残喘。前数天我访问一个原有五百户,而现在只余廿五户人家的穷乡,在那里我面对断壁残垣而沉思默想,心中充满了哀伤怜惜。作为一个农村实验基地的苏鲁,当然在建设上已经立定脚跟,加上有拉尔这类的人材(我十分欢喜拉尔)亲力亲为,将来是有更广阔的前途的,你在此地所发轫的工作做得令人钦佩无已,但现在整个事业还是在创始的阶段。当考虑要把这项伟大的建设工作全面推广到这个幅员辽阔的国家,更考虑到其有些条件更差的地区,那是需要多少的忍耐,多少英雄式的奋斗,多少无我的牺牲,才能盼望有所成就啊!

我的访问已告结束。我能欣然的告诉你说,我的心真正是充满光明,钦仰和希望。从今以后,我能遥指英伦的达廷顿和印度的山迪尼基顿,点明这两个在地球上面积虽小,但精神力量极大的地方,是伟大理想在进行不息,也是爱与光永远辉耀的所在。想到已访问了两处使我获益良多的地方,我感到十分快乐。我现在动程回国——头脑中装满了知识,心怀中充满了感念。

老诗人刚开始了一件新事业,就是提笔作画——你会因此而惊喜不置吧!南达拉已为他举办了一次展览。看到这一位业余美术家实验性的处女作。我和许多人一样,对其成就深感惊异。你一定要问他要几幅,因为这些从想象力孕育出来惹人喜爱的图画，实在是创造性的纯真心灵的宁馨儿。

藉此信我把一片爱忱寄给你和多乐芙。请代候达廷顿各位朋友。

你的好友　志摩

一九二八年十月十三日

于山迪尼基顿

**厚之：**

我收到你寄到印度的信，也从我来往的那间上海银行收到多乐芙汇来的二百镑。我早就应该写信给你的，但我上个月是在外面走动，另方面也想候到有较实际可报导的消息时才动笔，所以就耽搁了。我刚从北京和天津回来，在那边看到了我的一班老朋友。第一件我急于要告诉你的可悲消息，就是大作家梁启超先生现在病危在北京协和医院。他这四五年和病榻多少结了点不解缘；虽然不能完全归咎于那次错误的腰子手术，但那总是个主因。这事相信我以前已向你提过了。徽音现在是梁思成太太了。她从外国跑回来尽孝顺儿媳的责任，给梁老先生亲侍汤药。我见到张彭春和瞿世英，并且和他们详谈过了；彭春对于我跟你在达廷顿商讨的事极表赞成，也很欢喜听到我在托特尼斯和苏鲁的所见所闻。他很愿意尽其所能来玉成我们心中的计划；事实上这一切对他并不陌生。他自己多年来已经考虑过不少这方面的问题了，但目前他没有空，因为他当南开大学校长的哥哥,现正在外国旅行,而他要负责全盘校务一直到本年十一月,但他催促我马上进行我们的计划,又请我代他向你们两位致意。他对你们造福人群,以及乐助我国人民的崇高精神,表示钦仰和敬佩。至于瞿世英,他在平民教育协会做事。在此可以顺便提及,这个机构所从事的,是中国一件严肃的开荒性工作;在那里,饱学之士为平民服务,也与群众一道做事。这是值得注意的,对我来说也特别具有启发意义。那机构的工作人员,在中国北方对农村教育以及农村改进工作,都在进行十分有价值的实验。这并非意味着可以期望出现什么惊天动地大事,但正如我在上文所说,正当我们在努力探索去把国家带上轨道的时候,这项工作总标志出一个新方向。

我到江苏和浙江跑过了,已定意选择后者。理由之一就是浙江省的人较为淳厚,他们多少仍然保留着一点人性的美丽,这是因为常与大自然接触,也是因为与文明污染少有关系之故。不过我还要作进一步的研究,才能定出实际的计划。我有几个专长农科并懂得乡村情况的朋友,他们是我旅行考察的助手。我唯一的希望是你们两位能够在最近的将来抽出时间来中国走一趟,帮助我们决策一切。至于我盼望要做的事,我会随时写信报道。下周我将往一处名为"南北湖"的地方看看。我看那里离我家不过二十里左右——美极了,人家说可以和你所认识的著名的西湖抗衡,我很快会再写信给你。

内子的健康日有起色。她期望有机会到达廷顿作客,除了享受你们隆情盛意的招待之外,更能欣赏德温郡美丽非凡的艳阳。她喜爱出自达廷顿的上等手织物,并在此嘱笔向你们道谢。她也对你们寄来小露斯的照片爱不忍释,要我把她的情意转达与你们的小姑娘。

狄老到过达廷顿没有?他最近来信说他会到你们的地方。我正在读他的新著,是对哥德《浮士德》一书的创新解释,真是了不起的作品。

谨致亲切的热忱

志摩

一九二九年一月七日

中国上海福熙路六一三号

**厚之:**

谢谢你一月二十九日来信,因为封面没有写"由西伯利亚寄递"数字,所以五星期后才到上海。我时常等候达廷顿的消息,因为你那个地方在我心中是一圈灿烂异常的光明,也是至美的化身,而这光与美,在今天的中国已备受摧残。我常常忆念有鲑鱼出没的达河,那里有的是赏心悦目的柔雅风情,而德温晨曦的光艳,在你花园古堡历史悠久的垒垒磐石上处处漫染,倍觉明丽生辉。此外,在你那里生活的人群,他们真挚和乐之情,在各人脸上互相辉映,这种比朝阳更伟大的光华,就见证了生气勃勃的理想矫然卓立这个事实。这一切在回忆中引起无限诗思情意,并且沁透我心我魂,但却是你所不知道的。

而在这里当我无法避免去接触每天临到身上的现实环境时，我就更加感到怀念之情的苦痛。这里所见的，不是高贵而是卑鄙，不是友谊合作而是敌意和相咬相吞；不是朝气勃勃的原则而是僵化害人的教条；这一切都像行尸走肉，到处为患，要把整个国家带进更大的灾难，也把人灵魂中的创造活泉闭塞了。现在有些省份已经沦为民生极度凋敝的人间地狱。我亲眼看过在死亡线上挣扎的北方，每一念及那边的情形，我的血液会骤然变冷。那些饿到不成人形的孩子真的会为地藓青苔而打斗。只要他们瘦骨嶙峋的双手能在石缝中挖到一点点，就立刻往口里送。这种不顾死活的生之挣扎，无非为要减弱一下饥饿与寒冷带给他们的痛苦。唉，为什么老天爷让他们诞生在这世上呢！

从上述的事实可见，天平的一头是那些毫无心肝的统治者，另一头是那些默然受苦的民众。这种情形一定会导致即将来临的滔天灾难。即使那些知识阶级的人士（他们是一班毫无能力的人）也似乎疲塌到一个悚悚无神的地步；他们没有勇气去承担任何责任，只是默然的希祈人性有一个彻底的改变。

亲爱的厚之，要一个活在中国的人去抵御悲观和战胜沮丧是不容易的。他没有办法抓到一样可以持守的东西，也没有办法找到同气相投的朋友，去为人生中较崇高，但在目前较少实效的事业一起努力奋斗。所以活在中国算不得活在世界，因为好像泰戈老在《漂鸟集》中说过，我们只有在爱这世界的时候才是活在这世界。我真希望有一个中国人能爱他在今天所见的中国,但事实上却不可能。

环境的黑暗是无可讳言的。人在这种景况下,精神上没有办法不受影响;就是由于这个原故,你信上所流露的厚意和期望一入我的眼帘,就使我深感痛苦,其中的意思,也只有你才能真切领会。我有幸在达廷顿以及山迪尼基顿从你和泰戈老把灵感和鼓舞带回中国,这些都是伟大的事物,但可惜都在毫无希望的时日和人事推移中渐渐黯然无光了。我痴心的梦想还是没有什么实现的机会。治安一事,即使在江、浙两省,甚至是南京城附近,也是没有保障的。绑票已几乎蔓延全国,抢劫更不用说了,法律是形同虚设的。上海生活味同嚼蜡,有时更是可恨可厌,但要拂袖他往,却是难于登天。原因很简单:现在根本无路可逃,所以我们一大伙儿都在这里搁了浅,实在有身不由己之感。

最后我要告诉你,有两件事使我一直忙个不停的,就是梁启超在我离北京后三周,即一月十九日,逝世了,年纪不过五十六岁。这项使人伤感的消息你一定在报上读到了。他的死对我和不少的人,都是一个无可补偿的损失。他比他同辈的人伟大多了,这连孙中山先生也不例外,因为在他身上,我们不但看到一个完美学者的形象,而且也知道他是唯一无愧于中国文明伟大传统的人。他在现代中国历史上带进了一个新的时代;他以个人的力量掀起一个政治彻底的思想革命,而就是因着这项伟绩,以后接着来的革命才能马到成功。所以他在现代中国的地位的确是无与伦比的。胡适和我正在编纂一本约在五月可以面世的纪念刊，盼望对梁先生的伟大人格以及多面性的天才，能做出公正的评价。另一件就是我在筹备一个全国美术展览，约在一个月后开幕。这个展览会无论在范围和设计方面，在中国都是首创的。附有插图的目录印就之后，我会寄一些给你。

达廷顿近况如何？多乐芙好吗？我相信你又快添一个小娃娃了，特别对小露斯来说，这一定是一件使她兴奋的大事。请代我向众朋友问安，并告诉他们说，我常常渴慕回到他们中间共同生活。小曼也向你们两位致意。

你的挚友　徐志摩<br>
一九二九年三月五日<br>
于上海福熙路六一三号

再者：我将乐意会见法朗兹勋爵。

**厚之：**

上次给你信后一直没有收到你的回音，但这段日子我却因老戈爹重临上海这个预料不到的喜讯而欢欣鼓舞。他未到之先我给你写了一封长信。老戈爹和他的一行人是三月十九日抵步的。他跟禅达在我家里住了两天，然后继续赴日本和美国。在归程时，他们又在我家逗留两天，六月十三日回印。美国之约对老戈爹健康十分不利。他比以前更感疲弱。除了旅途劳顿之外，这次外出对于他并不是事事如意的。就算不是真的生美国人的气，他也不能说他们什么好话。他现在缺少了你在身心两方面给他的照顾，所以倍觉凄寂。我们谈了许多关于你的话。听到诗人无限温情的言语，使人不胜感动。在他说话时，我见到他眼中蕴泪。厚之，没有一个人比你更了解，更爱护和更会照顾他的，即使他的同胞也不及你。他和我一样，对这件事是完全明了的。厚之，要是你亲耳听到他提及你的话，你会感到喜悦的。他说："厚之是个伟人，他有个伟大的心。我对他怀有最大的爱念和敬意。说起来不免惭愧，但事实上他的深思和我自己同胞的浮浅，相去真不可以道里计。他对事情的体会十分精到。世上真正懂得我心思意旨的人，他可能是仅有的一个。他在达廷顿做得有声有色。他是一个很不寻常的理想主义者；他把理想和他的荦荦天才结合起来。在他身上我寄以极大的希望和信心。由于不能在旅途上从加拿大转往英国，我感到很失望，因为我切盼和他见面，享受重聚之乐。你一定要写信把我亲切的思念传递给他。"

厚之，他会再见你的，大概在冬天吧。虽然他身体衰老，但还是努力不懈的写他的讲稿，盼望准时完成，赶上今冬牛津大学的基尔福学术演讲会。他对我叹道："我要努力工作，我在世日不多了。我一定要赶快完成我的工作，我发觉自己还有要讲的话，这是值得高兴的；不过，讲话也是一个负担。我必须在未死之先亲身作这次演讲。我的讲题是《神圣的人格》。你会看见我演讲的内容在灵感和智慧两方面都不会是空洞贫乏的。"由此你可以知道他对这宗任务是心情舒畅的。我真盼望他一回到印度健康就快快的恢复过来,这样他以后就可以启程赴英了。

他在上海见到一些老朋友,胡适和蒋百里将军都在内。他因梁启超先生的早逝无限伤怀,也因张君劢就在诗人旅沪时不幸被人绑架而深感难过。你会很难相信这些事情竟会一一发生的,但却居然发生了。这个两袖清风,几乎是一贫如洗的学者,去年还要出卖他的书籍,就是他仅有的财产,才能维持家计,而他却的的确确遭遇这场历时足足三周的无妄之灾。在这段日子中,他所忍受的一切(我敢说他是豁达的忍受),比一般囚犯所过的生活更坏上数倍。所以,若问中国现况如何,这是多余的问题了,因为连干绑票这一行的人,也这样史无前例的不把盗亦有道作为一种行规遵守,那还有什么话说呢!在许多事上我们还比不上印度。理想都死了,也是非死不可的。

老戈爹告诉我你有弄璋之喜,而且母子安康,我听了十分快乐。内子在此向多乐芙和你致贺;她日间会寄些小东西给你的新娃娃,算是一点祝贺的微意。

我这半年来差不多是完全疲塌不振了。我说差不多,因为我虽然没有什么天赋之才,却也帮忙筹备了第一次的全国美术展览。这也是我在个人事务外所做的唯一的一件事。我从达廷顿和山迪尼基顿带回中国的远景和朝气(那是多么壮美的事物啊),如今已日渐销毁,凄然无助。一切所有,都似乎在一个机能失调的社会被邪恶的势力掳掠殆尽。整个中国没有一处治安是有保障的。自从张君劢遇掳这可怕消息传出来后,家父惊惧万分,正在认真考虑举家迁离上海,前往像青岛这一类比较安全的地方。但难道这是应付人生的办法吗?所以,厚之,你不能怪住在中国的人天天不做别的而只会喊苦。另方面,你也会明白为什么这里的人一下子就对事情存拉倒的态度,只是时刻渴望寻找机会一走了之。这回我几乎又有这样的一个好机会:去年人家邀我到哈佛大学教中国文学,说今年有一个特别空额,职位是很不错的。当我正在踌躇考虑之际,丁文江,就是留着一丛修剪入时的小胡子,曾任上海市长那人,出来横加阻挠,因而那份原先请他的一个朋友考虑接受的差事,也就到不了我手上。我没有争执,一笑置之而已。

  这里正是夏天,我想跟内子到山中去避暑。她的健康还是不太好。达廷顿各人如何?我永不能忘记那些笑容可掬的快乐脸孔,他们像一大堆五彩祥云,明丽可喜。请代我向他们致热切的问候。露斯现在一定已开始认字了。嘉波拉小姐是否还在达廷顿?我要收到她来信的指望是落空了。不过我也没有给她动过笔。呵,对英伦的夏天,我那份相思欲绝之情,是何等铭心刻骨呢!

  谨向你一家致最深的爱念
  你的挚友

志摩

一九二九年六月二十九日

于上海福熙路六一三号

# 给抱怨生活干燥的朋友

得到你的信,像是掘到了地下的珍藏,一样的希罕一样的宝贵。

看你的信,像是看古代的残碑,表面是模糊的,意致却是深微的。

又像是在尼罗河边幕夜,在月亮正照着金字塔的时候,梦见一个穿黄金袍服的帝王,对着我作迷[谜]语,我知道他的意思,他说:"我无非是一个体面的木乃伊。"

又像是我在这重山脚下半夜梦醒时,听见松林里夜鹰的Soprano[最高声],可怜的遭人厌毁的鸟,他虽则没有子规那样天赋的妙舌,但我却懂得他的怨愤,他的理想,他的急调是他的嘲讽与咒诅;我知道他怎样的鄙蔑一切,鄙蔑光明,鄙蔑烦嚣的燕雀,也鄙弃自喜的画眉。

又像是我在普陀山发现的一个奇景;外面看是一大块岩石,但里面却早被海水蚀空,只剩罗汉头似的一个脑壳,每次海涛向这岛身搂抱时,发出极奥妙的影[音]响,像是情话,像是咒诅,像是祈祷,在雕空的石笋,钟乳间呜咽,像大和琴的谐音在皋雪格的古寺的花橼、石楹间回荡——但除非你有耐心与勇气，攀下几重的石岩，俯身下去凝神的察看与倾听，你也许永远不会想象，不必说发现这样的秘密。

又像是……但是我知道，朋友，你已经听够了我的比喻，也许你愿意听我自然的嗓音与不做作的语调，不愿意收受用幻想的亮箔包裹着的话，虽则，我不能不补一句，你自己就是喜欢从一个弯曲的白银喇叭里，吹弄你的古怪的调子。

你说："风大土大生活干燥。"这话仿佛是一阵奇怪的凉风，使我感觉到一个恐惧的战栗；像一团飘零的秋叶，使我的灵魂里掉下一滴悲悯的清泪。

我的记忆里，我似乎自信，并不是没有葡萄酒的颜色与香味，并不是没有妩媚的微笑的痕迹，我想我总可以抵抗你那灰色的语调的影响——

是的，昨天下午我在田里散步的时候，我不是分明看见两块凶恶的黑云消灭在太阳猛烈的光焰里，五只小山羊，兔子一样的白净，听着它们妈的吩咐在路旁寻草吃，三个割草的小孩在一个稻屯前抛掷镰刀；自然的活泼给我不少的鼓舞，我对着白云里矗着的宝塔喊说我知道生命是有意趣的。

今天太阳不曾出来，一捆捆的云在空中紧紧的挨着，你的那句话碰巧又添上了几重云蒙，我又疑惑昨天的宣言了。

我又觉得奇怪，朋友，何以你那句话在我的心里，竟像白垩涂在玻璃上，这半透明的沉闷是一种很巧妙的刑罚，我差不多要喊痛了。

我向我的窗外望,暗沉沉的一片,也没有月亮,也没有星光,日光更不必想,他早已离别了,那边黑蔚蔚的林子,树上,我知道,是夜鹗[鸮]的寓处,树下累累的在初夜的微茫中排列着,我也知道,是坟墓,僵的白骨埋在硬的泥里,磷火也不见一星,这样的静,这样的惨,黑夜的胜利是完全的了。

　　我闭着眼向我的灵府里问讯,呀,我竟寻不到一个与干燥脱离的生活的意向;干燥像一个影子,永远跟着生活的脚后,又像是葱头的葱管,永远附着在生活的头顶,这是一件奇事。

　　朋友,我抱歉,我不能答复你的话,虽然我很想,我不是爽恺[垲]的西风,吹不散天上的云罗,我手里只有一把粗拙的泥锹,如其有美丽的理想或是希望要埋葬,我的工作倒是现成的——我也有过我的经验。

　　朋友,我并且恐怕,说到最后,我只得收受你的影响,因为你那句话已经凶狠的咬入我的心里,像一个有毒的蝎子,已经沉沉的压在我的心上,像一块盘陀石,我只能忍耐,我只能忍耐……

一九二四年二月二十六日

# 文思

# 泰戈尔

我有几句话想趁这个机会对诸君讲，不知道你们有没有耐心听。泰戈尔先生快走了，在几天内他就离别北京，在一两个星期内他就告辞中国。他这一去大约是不会再来的了。也许他永远不能再到中国。

他是六七十岁的老人，他非但身体不强健，他并且是有病的。去年秋天他还发了一次很重的骨痛热病。所以他要到中国来，不但他的家属，他的亲戚朋友，他的医生，都不愿意他冒险，就是他欧洲的朋友，比如法国的罗曼罗兰，也都有信去劝阻他。他自己也曾经踌躇了好久，他心里常常盘算他如其到中国来，他究竟能不能够给我们好处，他想中国人自有他们的诗人，思想家，教育家，他们有他们的智慧，天才，心智的财富与营养，他们更用不着外来的补助与戟刺，我只是一个诗人，我没有宗教家的福音，没有哲学家的理论，更没有科学家实利的效用，或是工程师建设的才能，他们要我去做什么，我自己又为什么要去，我有什么礼物带去满足他们的盼望！他真的很觉得迟疑，所以他延迟了他的行期。但是他也对我们说到冬天完了，春风吹动的时候（印度的春风比我们的吹得早），他不由的感觉了一种内迫的冲动，他面对着逐渐滋长的青草与鲜花，不由的抛弃了，忘却了他应尽的职务，不由的解放了他的歌唱的本能，和着新来的鸣雀，在柔软的南风中开怀的讴吟，同时他收到我们催请的信，我们青年盼望他的诚意与热心，唤起了老人的勇气。他立即定夺了他东来的决心。他说趁我暮年的肢体不曾僵透，趁我衰老的心灵还能感受，决不可错过这最后唯一的机会，这博大，从容，礼让的民族，我幼年时便发心朝拜，与其将来在黄昏寂静的境界中萎衰的惆怅，何如利用这夕阳未暝时的光芒，了却我晋香人的心愿？

他所以决意的东来，他不顾亲友的劝阻，医生的警告，不顾他自己的高年与病体，他也撇开了在本国迫切的任务，跋涉了万里的海程，他来到了中国。

自从四月十二在上海登岸以来，可怜老人不曾有过一半天完整的休息，旅行的劳顿不必说，单就公开的演讲以及较小集会时的谈话，至少也有了三四十次！他的，我们知道，不是教授们的讲义，不是教士们的讲道，他的心府不是堆积货品的栈房，他的辞令不是教科书的喇叭。他是灵活的泉水，一颗颗颤动的圆珠从池心里兢兢的泛登水面，都是生命的精液；他是瀑布的吼声，在白云间，青林中，石罅里，不住的啸响；他是百灵的歌声，他的欢欣、愤慨、响亮的谐音，弥漫在无际的晴空。但是他是倦了，终夜的狂歌已经耗尽了子规的精力，东方的曙色亦照出她点点的心血染红了蔷薇枝上的白露。

老人是疲乏了。这几天他睡眠也不得安宁。他已经透支了他有限的精力。他差不多是靠散拿吐瑾过日的,他不由的不感觉风尘的厌倦,他时常想念他少年时在恒河边沿拍浮的清福,他想望椰树的清荫与曼果的甜瓢。

但他还不仅是身体的惫劳,他也感觉心境的不舒畅。这是很不幸的。我们做主人的只是深深的负歉。他这次来华,不为游历,不为政治,更不为私人的利益,他熬着高年,冒着病体,抛弃自身的事业,备尝行旅的辛苦,他究竟为的是什么?他为的只是一点看不见的情感。说远一点,他的使命是在修补中国与印度两民族间中断千余年的桥梁,说近一点,他只想感召我们青年真挚的同情。因为他是信仰生命的,他是尊崇青年的,他是歌颂青春与清晨的,他永远指点着前途的光明。悲悯是当初释迦牟尼证果的动机,悲悯也是泰戈尔先生不辞艰苦的动机。现代的文明只是骇人的浪费,贪淫与残暴,自私与自大,相猜与相忌,飓风似的倾覆了人道的平衡,产生了巨大的毁灭。芜秽的心田里只是误解的蔓草,毒害同情的种子,更没有收成的希冀。在这个荒惨的境地里,难得有少数的丈夫,不怕阻难,不自馁怯,肩上扛着铲除误解的大锄,口袋里满装着新鲜人道的种子,不问天时是阴是雨是晴,不问是早晨是黄昏是黑夜,他只是努力的工作,清理一方泥土,施殖一方生命,同时口唱着嘹亮的新歌,鼓舞在黑暗中将次透露的萌芽,泰戈尔先生就是这少数中的一个。他是来广布同情的,他是来消除成见的。我们亲眼见过他慈祥的阳春似的表情,亲耳听过他从心灵底里迸裂出的大声,我想只要我们的良心不曾受恶毒的烟煤熏黑,或是被恶浊的偏见污抹,谁不曾感觉他赤诚的力量,魔术似的,为我们生命的前途开辟了一个神奇的境界,燃点了理想的光明?所以我们也懂得他的深刻的懊怅与失望,如其他知道部分的青年不但不能容纳他的灵感,并且成心的诬毁他的热忱。我们固然奖励思想的独立,但我们决不敢附和误解的自由。他生平最满意的成绩就在他永远能得青年的同情,不论在德国,在丹麦,在美国,在日本,青年永远是他最忠心的朋友。他也曾经遭受种种的误解与攻击,政府的猜疑与报纸的诬毁与守旧派的讥评,不论如何的谬妄与剧烈,从不曾扰动他优容的大量,他的希望,他的信仰,他的爱心,他的至诚,完全的托付青年。我的须,我的发是白的,但我的心却永远是青的,他常常的对我们说,只要青年是我的知己,我理想的将来就有着落,我乐观的明灯永远不致暗淡。他不能相信纯洁的青年也会坠落在怀疑,猜忌,卑琐的泥溷。他更不能信中国遭受意外的待遇。他很不自在,他很感觉异样的怆心。

因此精神的懊丧更加重他躯体的倦劳。他差不多是病了。我们当然很焦急的期望他的健康,但他再没有心境继续他的讲演。我们恐怕今天就是他在北京公开讲演最后的一个机会。他有休养的必要。我们也决不忍再使他耗费他有限的精力。他不久又有长途的跋涉,他不能不有三四天完全的养息,所以从今天起,所有已经约定的会集,公开与私人的,一概撤消,他今天就出城去静养。

我们关切他的一定可以原谅，就是一小部分不愿意他来作客的诸君也可以自喜战略的成功。他是病了，他在北京不再开口了，他快走了，他从此不再来了。但是同学们，我们也得平心的想想，老人到底有什么罪，他有什么负心，他有什么不可容赦的犯案？公道是死了吗，为什么听不见你的声音？

他们说他是守旧，说他是顽固。我们能相信吗？他们说他是"太迟"，说他是"不合时宜"，我们能相信吗？他自己是不能信，真的不能信。他说这一定是滑稽家的反调。他一生所遭逢的批评只是太新，太早，太急进，太激烈，太革命的，太理想的，他六十年的生涯只是不断的奋斗与冲锋，他现在还只是冲锋与奋斗。但是他们说他是守旧，太迟，太老。他顽固奋斗的对象只是暴烈主义，资本主义，帝国主义，武力主义，杀灭性灵的物质主义；他主张的只是创造的生活，心灵的自由，国际的和平，教育的改造，普爱的实现。但他们说他是帝国政策的间谍，资本主义的助力，亡国奴族的流民。提倡裹脚的狂人！肮脏是在我们的政策与暴徒的心里，与我们的诗人又有什么关连？昏乱是在我们冒名的学者与文人的脑里，与我们的诗人又有什么亲属？我们何妨说太阳是黑的，我们何妨说苍蝇是真理？同学们，听信我的话，像他的这样伟大的声音我们也许一辈子再不会听着的了。留神目前的机会，预防将来的惆怅！他的人格我们只能到历史上去搜寻比拟。他的博大的温柔的灵魂我敢说永远是人类记忆里的一次灵迹。他的无边际的想象与辽阔的同情使我们想起惠德曼；他的博爱的福音与宣传的热心使我们记起托尔斯泰；他的坚韧的意志与艺术的大才使我们想起造摩西像的密亿郎其罗；他的诙谐与智慧使我们想象当年的苏格拉底与老聃；他的人格的和谐与优美使我们想念暮年的葛德；他的慈祥的纯爱的抚摩，他的为人道不厌的努力，他的磅礴的大声，有时竟使我们唤起救主的心像；他的光彩，他的音乐，他的雄伟，使我们想念奥林必克山顶的大神。他是不可侵凌的，不可逾越的，他是自然界的一个神秘的现象。他是三春和暖的南风，惊醒树枝上的新芽，增添处女颊上的红晕。他是普照的阳光。他是一派浩瀚的大水，来自不可追寻的渊源，在大地的怀抱中终古的流着，不息的流着，我们只是两岸的居民，凭借这慈恩的天赋，灌溉我们的田稻，苏解我们的消渴，洗净我们的污垢。他是喜马拉雅积雪的山峰，一般的崇高，一般的纯洁，一般的壮丽，一般的高傲，只有无限的青天枕藉他银白的头颅。

人格是一个不可错误的实在，荒歉是一件大事，但我们是饿惯了的，只认鸠形与鹄面是人生本来的面目，永远忘却了真健康的颜色与彩泽。标准的低降是一种可耻的堕落；我们只是踞坐在井底的青蛙。但我们更没有怀疑的余地。我们也许揣详东方的初白，却不能非议中天的太阳。我们也许见惯了阴霾的天时，不耐这热烈的光焰，消散天空的云雾，暴露地面的荒芜，但同时在我们心灵的深处，我们岂不也感觉一个新鲜的影响，催促我们生命的跳动，唤醒潜在的想望，仿佛是武士望见了前峰烽烟的信号，更不踌躇的奋勇前向？只有接近了这样超轶的纯粹的丈夫,这样不可错误的实在,我们方始相形的自愧我们的口不够阔大,我们的嗓音不够响亮,我们的呼吸不够深长,我们的信仰不够坚定,我们的理想不够莹澈,我们的自由不够磅礴,我们的语言不够明白,我们的情感不够热烈,我们的努力不够勇猛,我们的资本不够充实……

我自信我不是恣滥不切事理的崇拜,我如其曾经应用浓烈的文字,这是因为我不能自制我浓烈的感想。但我最急切要声明的是,我们的诗人,虽则常常招受神秘的徽号,在事实上却是最清明,最有趣,最诙谐,最不神秘的生灵。他是最通达人情,最近人情的。我盼望有机会追写他日常的生活与谈话。如其我是犯嫌疑的,如其我也是性近神秘的(有好多朋友这么说),你们还有适之先生的见证,他也说他是最可爱最可亲的个人;我们可以相信适之先生绝对没有"性近神秘"的嫌疑!所以无论他怎样的伟大与深厚,我们的诗人还只是有骨有血的人,不是野人,也不是天神。唯其是人,尤其是最富情感的人,所以他到处要求人道的温暖与安慰,他尤其要我们中国青年的同情与情爱。他已经为我们尽了责任,我们不应,更不忍辜负他的期望。同学们,爱你的爱,崇拜你的崇拜,是人情不是罪孽,是勇敢不是懦怯。

十二日在真光讲

# 罗曼罗兰

罗曼罗兰（Romain Rolland），这个美丽的音乐的名字，究竟代表些什么？他为什么值得国际的敬仰，他的生日为什么值得国际的庆祝？他的名字，在我们多少知道他的几个人的心里，唤起些个什么？他是否值得我们已经认识他思想与景仰他人格的更亲切的认识他，更亲切的景仰他；从不曾接近他的赶快从他的作品里去接近他？

一个伟大的作者和罗曼罗兰或托尔斯泰，正像是一条大河，它那波澜，它那曲折，它那气象，随处不同，我们不能划出它的一湾一角来代表它那全流。我们有幸福在书本上结识他们的正比是尼罗河或扬子江沿岸的泥埭，各按我们的受量分沾他们的润泽的恩惠罢了。说起这两位作者——托尔斯泰与罗曼罗兰，他们灵感的泉源是同一的，他们的使命是同一的，他们在精神上有相互的默契（详后），仿佛上天从不教他的灵光在世上完全灭迹，所以在这普遍的混沌与黑暗的世界内往往有这类禀承灵智的大天才在我们中间指点迷途，启示光明。但他们也自有他们不同的地方；如其我们还是引申上面这个比喻，托尔斯泰，罗曼罗兰的前人，就更像是尼罗河的流域，它那两岸是浩瀚的沙碛，古埃及的墓宫，三角金字塔的映影，高矗的棕榈类的林木，间或有帐幕的游行队，天顶永远有异样的明星。罗曼罗兰，托尔斯泰的后人，像是扬子江的流域，更近人间，更近人情的大河，它那两岸是青绿的桑麻，是连栉的房屋，在波鳞里泅着的是鱼是虾，不是长牙齿的鳄鱼，岸边听得见的也不是神密［秘］的驼铃，是随熟的鸡犬声。这也许是斯拉夫与拉丁民族各有的异禀，在这两位大师的身上得到更集中的表现，但他们润泽这苦旱的人间的使命是一致的。

十五年前一个下午，在巴黎的大街上，有一个穿马路的叫汽车给碰了，差一点没有死。他就是罗曼罗兰。那天他要是死了，巴黎也不会怎样的注意，至多报纸上本地新闻栏里登一条小字："汽车肇祸，撞死了一个走路的，叫罗曼罗兰，年四十五岁，在大学里当过音乐史教授，曾经办过一种不出名的杂志叫Gahiers de iagniuzaine的。"

但罗兰不死，他不能死；他还得完成他分定的使命。在欧战爆裂的那一年，罗兰的天才，五十年来在无名的黑暗里埋着的，忽然取得了普遍的认识。从此他不仅是全欧心智与精神的领袖，他也是全世界一个灵感的泉源。他的声音仿佛是最高峰上的崩雪，回响在远近的万壑间。五年的大战毁了无数的生命与文化的成绩，但毁不了的是人类几个基本的信念与理想，在这无形的精神价值的战场上罗兰永远是一个不仆的英雄。对着在恶斗的漩涡里挣扎着的全欧，罗兰喊一声彼此是弟兄放手！

对着蜘网似密布,疫疠似蔓延的怨恨,仇毒,虚妄,疯癫,罗兰集中他孤独的理智与情感的力量作战。对着普遍破坏的现象,罗兰伸出他单独的臂膀开始组织人道的势力。对着叫嚣浅的国家主义与恶毒的报复本能迷惑住的知识阶级,他大声的唤醒他们应负的责任,要他们恢复思想的独立,救济盲目的群众。"在战场的空中"——"Above the Battle Field"——不是在战场上,在各民族共同的天空,不是在一国的领土内,我们听得罗兰的大声,也就是人道的呼声,像一阵光明的骤雨,激斗着地面上互杀的烈焰。罗兰的作战是有结果的,他联合了国际间自由的心灵,替未来的和平筑一层有力的基础。这是他自己的话:

> 我们从战争得到一个付重价的利益,它替我们联合了各民族中不甘受流行的种族怨毒支配的心灵。这次的教训益发激励他们的精力,强固他们的意志。谁说人类友爱是一个绝望的理想?我再不怀疑未来的全欧一致的结合。我们不久可以实现那精神的统一。这战争只是它的热血的洗礼。

这是罗兰,勇敢的人道的战士!当他全国的刀锋一致向着德人的时候,他敢说不,真正的敌人是你们自己心怀里的仇毒。当全欧破碎成不可收拾的断片时,他想象到人类更完美的精神的统一。友爱与同情。他相信,永远是打倒仇恨怨毒的利器;他永远不怀疑他的理想是最后的胜利者。在他的前面有托尔斯泰与道施滔奄夫斯基(虽则思想的形式不同),他的同时有泰戈尔与甘地(他们的思想的形式也不同),他们的立场是在高山的顶上,他们的视域在时间上是历史的全部,在空间里是人类的全体,他们的声音是天空里的雷震,他们的赠与是精神的慰安。我们都是牢狱里的囚犯,镣铐压住的,铁栏锢住的,难得有一丝雪亮暖和的阳光照上我们黝黑的脸面,难得有喜雀[鹊]过路的欢声清醒我们昏沉的头脑。"重浊",罗兰开始他的贝德花芬传:

> 重浊是我们周围的空气。这世界是叫一种凝厚的污浊的秽息给闷住了——一种卑琐的物质压在我们的心里,压在我们的头上,叫所有民族与个人失却了自由工作的机会。我们全让掐住了转不过气来。来,让我们打开窗子好叫天空自由的空气进来,好叫我们呼吸古英雄们的呼吸。

打破固执的偏见来认识精神的统一;打破国界的偏见来认识人道的统一。这是罗兰与他同理想者的教训。解脱怨毒的束缚来实现思想的自由;反抗时代的压迫来恢复性灵的尊严。这是罗兰与他同理想者的教训。人生原是与苦俱来的;我们来做人的名分不是咒诅人生,因为它给我们苦痛,我们正应在苦痛中学习,修养,觉悟,在苦痛中发现我们内蕴的宝藏,在苦痛中领会人生的真际。英雄,罗兰最崇拜如密仡朗其罗与贝德花芬一类人道的英雄，不是别的，只是伟大的耐苦者。那些不朽的艺术家，谁不曾在苦痛中实现生命，实现艺术，实现宗教，实现一切的奥义？自己是个深感苦痛者，他推致他的同情给世上所有的受苦者；在他这受苦，这耐苦，是一种伟大，比事业的伟大更深沉的伟大，他要寻求的是地面上感悲哀感孤独的灵魂。"人生是难的。谁不甘愿承受庸俗，他这辈子就是不断的奋斗。并且这往往是苦痛的奋斗，没有光彩，没有幸福，独自在孤单与沉默中挣扎。穷困压着你，家累累着你，无意味的沉闷的工作消耗你的精力，没有欢欣，没有希冀，没有同伴，你在这黑暗的道上甚至连一个在不幸中伸手给你的骨肉的机会都没有。"这受苦的概念便是罗兰人生哲学的起点，在这上面他求筑起一座强固的人道的寓所。因此在他有名的传记里他用力传述先贤的苦难生涯，使我们憬悟至少在我们的苦痛里，我们不是孤独的，在我们切己的苦痛里隐藏着人道的消息与线索。"不快活的朋友们，不要过分的自伤，因为最伟大的人们也曾分尝你们的苦味。我们正应得跟着他们的努奋自勉。假如我们觉得软弱，让我们靠着他们喘息。他们有安慰给我们。从他们的精神里放射着精力与仁慈。即使我们不研究他们的作品，即使我们听不到他们的声音，单从他们面上的光彩，单从他们曾经生活过的事实里，我们应得感悟到生命最伟大，最生产——甚至最快乐——的时候是在受苦痛的时候。"

我们不知道罗曼罗兰先生想象中的新中国是怎样的；我们不知为什么他特别示意要听他的思想在新中国的回响。但如其他能知道新中国像我们自己知道它一样,他一定感觉与我们更密切的同情,更贴近的关系,也一定更急急的伸手给我们握着——因为你们知道,我也知道,什么是新中国只是新发现的深沉的悲哀与苦痛深深的盘伏在人生的底里!这也许是我个人〔对〕新中国的解释;但如其有人拿一些时行的口号,什么打倒帝国主义等等,或是分裂与猜忌的现象,去报告罗兰先生说这是新中国,我再也不能预料他的感想了。

我已经没有时候与地位叙述罗兰的生平与著述;我只能匆匆的略说梗概。他是一个音乐的天才,在幼年音乐使〔便〕是他的生命。他妈教他琴,在谐音的波动中他的童心便发现了不可言喻的快乐。莫察德与贝德花芬是他早发现的英雄。所以在法国经受普鲁士战争爱国主义最高潮的时候,这位年轻的圣人正在"敌人"的作品中尝味最高的艺术。他的自传里写着:"我们家里有好多旧的德国音乐书。德国?我懂得那个字的意义?在我们这一带我相信德国人从没有人见过的,我翻着那一堆旧书,爬在琴上拼出一个个的音符。这些流动的乐音,谐调的细流,灌溉着我的童心,像雨水漫入泥土似的淹了进去。莫察德与贝德花芬的快乐与苦痛,想望的幻梦,渐渐的变成了我的肉的肉,我的骨的骨。我是它们,它们是我。要没有它们我怎过得了我的日子?我小时生病危殆的时候,莫察德的一个调子就像爱人似的贴近我的枕衾看着我。长大的时候,每回逢着怀疑与懊丧,贝德花芬的音乐又在我的心里拨旺了永久生命的火星。每回我精神疲倦了,或是心上有不如意事,我就找我的琴去,在音乐中洗净我的烦愁。"

要认识罗兰的不仅应得读他神光焕发的传记,还得读他十卷的Jean Christophe,在这书里他描写他的音乐的经验。

他在学堂里结识了莎士比亚,发现了诗与戏剧的神奇。他的哲学的灵感,与葛德一样,是汎神主义的斯宾诺塞。他早年的朋友是近代法国三大诗人克洛岱尔(Paul Claudel法国驻日大使),Ande Suares与Charles peguy(后来与他同办Cahies dela QuinZaine)。那时槐格纳是压倒一时的天才,也是罗兰与他少年朋友们的英雄。但他个人更重要的一个影响是托尔斯泰。他早就读他的著作,十分的爱慕他,后来他念了他的艺术论,那只俄国的老象——用一个偷来的比喻——走进了艺术的花园里去,左一脚踩倒了一盆花,那是莎士比亚,右一脚又踩倒了一盆花,那是贝德花芬,这时候少年的罗曼罗兰走到了他的思想的岐〔歧〕路了。莎氏,贝氏,托氏,同是他的英雄,但托氏愤愤的申斥莎贝一流的作者;说他们的艺术都是要不得,不相干的,不是真的人道的艺术——他早年的自己也是要不得不相干的。在罗兰一个热烈的寻求真理者,这来就好似青天里一个霹雳;他再也忍不住他的疑虑。他写了一封信给托尔斯泰,陈述他的冲突的心理。他那年二十二岁。过了几个星期,罗兰差不多把那信忘都忘了,一天忽然接到一封邮件:三十八满页写的一封长信,伟大的托尔斯泰的亲笔给这不知名的法国少年的!"亲爱的兄弟,"那六十老人称呼他,"我接到你的第一封信,我深深的受感在心。我念你信,泪水在我的眼里。"下面说他艺术的见解:我们投入人生的动机不应是为艺术的爱,而应是为人类的爱。只有经受这样灵感的人才可以希望在他的一生实现一些值得一做的事业。这还是他的老话,但少年的罗兰受深彻感动的地方是在这一时代的圣人竟然这恳切的同情他,安慰他,指示他,一个无名的异邦人。他那时的感奋我们可以约略想象。因此罗兰这几十年来每逢少年人有信给他,他没有不亲笔作复,用一样慈爱诚挚的心对待他的后辈。这来受他的灵感的少年人更不知多少了。这是一件含奖励性的事实。我们从中可以知道凡是一件不勉强的善事就比如春天的薰薰风,它一路来散布着生命种子,唤醒活泼的世界。

但罗兰那时离着成名的日子还远,虽则他从幼年起只是不懈的努力。他还得经尝身世的失望(他的结婚是不幸的,近三十年来他几于是完全隐士的生涯,他现在瑞士的鲁山,听说与他妹子同居),种种精神的苦痛,才能实受他的劳力的报酬——他的天才的认识与接受。他写了十二部长篇剧本,三部最著名的传记《密仡朗其罗》《贝德花芬》《托尔斯泰》,十大篇Jean Christophe,算是这时代里最重要的作品的一部,还有他与他的朋友办了十五年灰色的杂志,但他的名字还是在晦塞的灰堆里掩着——直到他将近五十岁那年,这世界方才开始惊讶他的异彩。贝德花芬有几句话,我想可以一样适用到一生劳悴不息的罗兰身上:

我没有朋友,我必得单独过活;但是我知道在我心灵的底里上帝是近着我,比别人更近。我走近他我心里不害怕,我一向认识他的。我从不着急我自己的音乐,那不是坏运所能颠仆的,谁要能懂得它,它就有力量使他解除磨折旁人的苦恼。

一九二五年十月

# 拜 伦

荡荡万斛船,影若扬白虹;
自非风动天,莫置大水中。

——杜甫

今天早上,我的书桌上散放着一垒书,我伸手提起一枝毛笔蘸饱了墨水正想下笔写的时候,一个朋友走进屋子来,打断了我的思路。"你想做什么?"他说。"还债,"我说,"一辈子只是还不清的债,开销了这一个,那一个又来,像长安街上要饭的一样,你一开头就糟。这一次是为他,"我手点着一本书里Westall画的拜伦像(原本现在伦敦肖像画院)。"为谁,拜伦!"那位朋友的口音里夹杂了一些鄙夷的鼻音。"不仅做文章,还想替他开会哪,"我跟着说。"哼,真有工夫,又是戴东原那一套。"——那位先生发议论了——"忙着替死鬼开会演说追悼,哼,我们自己的祖祖宗宗的生忌死忌,春祭秋祭,先就忙不开,还来管姓呆姓摆的出世去世;中国鬼也就够受,还来张罗洋鬼!那国什么党的爸爸死了,北平也听见悲声,上海广东也听见哀声;书呆子的退伍总统死了,又来一个同声一哭。二百年前的戴东原还不是一个一头黄毛一身奶臭一把鼻涕一把尿的娃娃,与我们什么相干,又用得着我们的正颜厉色开大会做论文……现在真是愈出愈奇了,什么,连拜伦也得利益均沾,又不是疯了,你们无事忙的文学先生们!谁是拜伦?一个滥笔头的诗人,一个宗教家说的罪人,一个花花公子,一个贵族。就使追悼会纪念会是现代的时髦,你也得想想受追悼的配不配,也得想想跟你们所谓时代精神合式不合式,拜伦是贵族,你们贵族是一等的民主共和国,哪里有贵族的位置?拜伦又没有发明什么维埃,又没有做过世界和平的大梦,更没有用科学方法整理过国政,他只是一个拐腿的纨绔诗人,一百年前也许出过他的风头,现在埋在英国纽斯推得(Newstead)的贵首头都早烂透了,为他也开纪念会,哼,他配!讲到拜伦的诗你们也许与苏和尚的脾味合得上,看得出好处,这是你们的福气——要我看他的诗也不见得比他的骨头活得了多少。并且小心,拜伦倒是条好汉,他就恨盲目的崇拜,回头你们东抄西剿的忙着做文章想是讨好他,小心他的鬼魂到你梦里来大声的骂你一顿!"

那位先生大发牢骚的时候,我已经抽了半支的烟,眼看着缭绕的氤氲,耐心的挨他的骂,方才想好赞美拜伦的文章也早已变成了烟丝飞散:我呆呆的靠在椅背上出神了:

拜伦是真死了不是?全朽了不是?真没有价值,真不该替他揄扬传布不是?

眼前扯起了一重重的雾幔，灰色的，紫色的，最后呈现了一个惊人的造像，最纯粹，光净的白石雕成的一个人头，供在一架五尺高的檀木几上，放射出异样的光辉，像是阿博洛，给人类光明的大神，凡人从没有这样庄严的"天庭"，这样不可侵犯的眉宇，这样的头颅，但是不，不是阿博洛，他没有那样骄傲的锋芒的大眼，像是阿尔贝斯山南的蓝天，像是威尼斯的落日，无限的高远，无比的壮丽，人间的万花镜的展览反映在他的圆睛中，只是一层鄙夷的薄翳，阿博洛也没有那样美丽的发鬓，像紫葡萄似的一穗穗贴在花岗石的墙边；他也没有那样不可信的口唇，小爱神背上的小弓也比不上他的精致，口角边微露着厌世的表情，像是蛇身上的文彩〔采〕，你明知是恶毒的，但你不能否认的艳丽；给我们弦琴与长笛的大神也没有那样圆整的鼻孔，使我们想象他的生命的剧烈与伟大，像是大火山的决口……

不，他不是神，他是凡人，比神更可怕更可爱的凡人，他生前在红尘的狂涛中沐浴，洗涤他的遍体的斑点，最后他踏脚在浪花的顶尖，在阳光中呈露他的无瑕的肌肤，他的骄傲，他的力量，他的壮丽，是天上搓奕司与玖必德的忧愁。

他是一个美丽的恶魔，一个光荣叛儿。

一片水晶似的柔波，像一面晶莹的明镜，照出白头的"少女"，闪亮的"黄金箧"，"快乐的阿翁"。此地更没有海潮的歔响，只有草虫讴歌，醉人的树色与花香，与温柔的水声，小妹子的私语似的，在湖边吞咽。山上有急湍，有冰河，有幔天的松林，有奇伟的石景。瀑布像是疯癫的恋人，在荆棘丛中跳跃，从巉岩上滚坠，在磊石间震碎，激起无量数的珠子，圆的，长的，乳白的，透明的，阳光斜落在急流的中腰，幻成五彩的虹纹。这急湍的顶上是一座突出的危崖，像一个猛兽的头颅，两旁幽邃的松林，像是一颈的长鬣，一阵阵的瀑雷，像是他的吼声。在这绝壁的边沿〔站〕着一个丈夫，一个不凡的男子，怪石一般的峥嵘，朝旭一般的美丽，劲瀑似的桀傲，松林的忧郁。他站着，交抱着手臂，翻起一双大眼，凝视着无极的青天，三个阿尔帕斯的鸷鹰在他的头顶不息的盘旋；水声，松涛的呜咽，牧羊人的笛声，前峰的崩雷声——他凝神的听着。

只要一滑足，只要一纵身，他想，这躯壳便崩雷似的坠入深潭，粉碎在美丽的水花中，这些大自然的谐音便是赞美他寂灭的丧钟。他是一个骄子：人间踏烂的蹊径不是为他准备的，也不是人间的缭〔镣〕链可以锁住他的鸷鸟的翅羽。他曾经丈量过巴南苏斯的群峰，曾经搏斗过海理士澎德海峡的凶涛，曾经在马拉松放歌，曾经在爱琴海边狂啸，曾经践踏过滑铁卢的泥土，这里面埋着一个败灭的帝国。他曾经实现过西撒凯旋时的光荣，丹桂笼住他的发髻，玫瑰承住他的脚踪；但他也免不了他的滑铁卢；运命是不可测的恐怖，征服的背后隐着　辱的狞笑，御座的周迁显现了狴犴的幻景；现在他的遍体的斑痕，都是诽毁的箭镞，不更是繁花的装缀，虽则在他的无瑕的体肤上一样的不曾停留些微污损。……太阳也有他的淹没的时候，但是谁忘记他临照时的光焰?

> What is life, what is death, and what are we.
> That when the ship sinks, we no longer may be.

虬哪Juno发怒了。天变了颜色,湖面也变了颜色。四围的山峰都披上了黑雾的袍服,吐出迅捷的火舌,摇动着,仿佛是相互的示威,雷声像猛兽似的在山坳里咆哮,跳荡,石卵似的雨块,随着风势打击着一湖的粼光,这时候(1816年,6月15日)仿佛是爱俪儿(ArieJ)的精灵耸身在缭绕的云中,默唪着咒语,眼看着

> Jove's lightnings, the precursors
> O'the dreadful thunder-claps……
> The fire, and cracks
> O'sulphurous roaring, the most mighty Neptune
> Seem'd to besiege, and make his bold waves tremble,
> Yea his bread tridents shake. (Tempest)

在这大风涛中,在湖的东岸,龙河(Rhone)合流的附近,在小屿与白沫间,飘浮着一只疲乏的小舟,扯烂的布帆,破碎的尾舵,冲挡着巨浪的打击,舟子只是着忙的祷告,乘客也失去了镇定,都已脱卸了外衣,准备与涛澜搏斗。这正是卢梭的

故乡，这小舟的历险处又恰巧是玖荔亚与圣潘罗（Juliaand St Preux)遇难的名迹。舟中人有一个美貌的少年是不会泅水的，但他却从不介意他自己的骸骨的安全，他那时满心的忧虑，只怕是船翻时连累他的友人为他冒险，因为他的友人是最不怕险恶的，厄难只是他的雄心的刺激，他曾经狎侮爱琴海与地中海的怒涛，何况这有限的梨梦湖中的掀动，他交叉着手，静看着萨福埃（Savoy）的雪峰，云罅里隐现。这是历史上一个稀有的奇逢，在近代革命精神的始祖神感的胜处，在天地震怒的俄顷。载在同一的舟中，一对共患难的，伟大的诗魂，一对美丽的恶魔，一对光荣的叛儿!

他站在梅镇朗奇（Mesolonghi）的滩边(1824年，1月，4至22日）。海水在夕阳光里起伏，周遭静瑟瑟的莫有人迹，只有连绵的砂碛，几处卑陋的草屋，古庙宇残圮的遗迹，三两株灰苍色的柱廊，天空飞舞着几只［展］翅的海鸥，一片荒凉的暮背。他站在滩边，默想古希腊的荣华，雅典的文章，斯巴达的雄武，晚霞的颜色二千年来不曾消灭，但自由的鬼魂究不曾在海砂上留存些微痕迹……他独自的站着，默想他自己的身世，三十六年的光阴已在时间的灰烬中埋着，爱与憎，得志与屈辱，盛名与怨诅，志愿与罪恶，故乡与知友，威尼市的流水，罗马古剧场的夜色，阿尔帕斯的白雪，大自然的美景与恚怒，反叛的磨折与尊荣，自由的实现与梦境的消残……他看着海砂上映着的曼长的身形，凉风拂动着他的衣裙——寂寞的天地间的一寂寞的伴侣——他的灵魂中不由的激起了一阵感慨的狂潮,他把手掌埋没了头面。此时日轮已经翳隐,天上星先后的显现,在这美丽的瞑〔暝〕色中,流动着诗人的吟声,像是松风,像是海涛,像是蓝奥孔苦痛的呼声,像是海伦娜岛上绝望的吁叹:

> This time this heart should be unmoved,
> Since others it hath ceased to move;
> Yet, though I cannot be beloved,
> Still let me love!
>
> My days are in the yellow leaf;
> The flowers and fruits of love are gone;
> The worm, the canker, and the grief;
> Are mine alone!
>
> The fire that on my bosom preys
> Is lone as some volcaric isle;
> No torch is kindled at its blze-
> A funeral pile!
>
> The hope, the fear, the jealous care,
> The exalted portion of the pain
> And bower of love, I cannot share.

But' tis not thus-and' tis not here——
Such though is should shake my soul,
nor now,
Where glory decks the hero's bier
Or binds his brow.


The sword, the banner, and the field,
Glory and Grace, around me see!
The Spartan, born upon his shield,
Was not more free.
Awake! (not Greece-she is awake!)
Awake, my spirit! Think through whom
The life-blood tracks its parent lake,
And then strike home!


Tread those reviving passions down;
Unworthy manhood! -unto thee
Indifferent should the smile or frown
Of beauty be.


If thou regret'st thy youth, Why live;
The land of honorable death
Is here: -up to the field, and give

Away thy breath!

Seek out-less sought than found-
A dier's grave for thee the best;
Then look around, and choose thy ground,
And take thy rest.

年岁已经僵化我的柔心，
　　我再不能感召他人的同情；
但我虽则不敢想望恋与悯，
　　我不愿无情！

往日已随黄叶枯萎，飘零；
　　恋情的花与果不留踪影，
只剩有腐土与虫与怆心，
　　长伴前途的光阴！

烧不烬的烈焰在我的胸前，
　　孤独的，像一个喷火的荒岛；
更有谁凭吊，更有谁怜——
　　一堆残骸的焚烧！

希冀，恐惧，灵魂的忧焦，

恋爱的灵感与苦痛与蜜甜,
我再不能尝味,再不能自傲——
　　　我投入了监牢!

但此地是古英雄的乡国,
　　　白云中有不朽的灵光,
我不当怨艾,惆怅,为什么
　　　这无端的凄惶?

希腊与荣光,军旗与剑器。
　　　古战场的尘埃,在我的周遭,
古勇士也应慕羡我的际遇,
　　　此地,·今朝!

苏醒!不是希腊——她早已惊起!
　　　苏醒,我的灵魂!问谁是你的
血液的泉源,休辜负这时机,
　　　鼓舞你的勇气!

丈夫!休教已往的沾恋
　　　梦魇似的压迫你的心胸
美妇人的笑与颦的婉恋,
　　　更不当容宠!

再休眷念你的消失的青年,
　　此地是健儿殉身的乡土,
听否战场的军鼓,向前,
　　毁灭你的体肤!

只求一个战士的墓窟,
　　收束你的生命,你的光阴,
去选择你的归宿的地域,
　　自此安宁。

他念完了诗句,只觉得遍体的狂热,壅住了呼吸,他就把外衣脱下,走入水中,向着浪头的白沫里耸身一窜,像一只海豹似的,鼓动着鳍脚,在铁青色的水波里泳了出去……

"冲锋,冲锋跟我来!"

冲锋,冲锋,跟我来!这不是早一百年拜伦在希腊梅锁龙奇临死前昏迷时说的话,那时他的热血已经让冷血的医生给放完了,但是他的争自由的旗帜却还是紧紧的擎在他的手里……

再迟八年,一位八十二岁的老翁也在他的解脱前,喊一声"Mere licht!"

"不够光亮!""冲锋,冲锋,跟我来!"

火热的烟灰掉在我的手背上,惊醒了我的出神,我正想开口答复那位朋友的讥讽,谁知道睁眼看时,他早溜了!

# 谒见哈代的一个下午

一

"如其你早几年,也许就是现在,到道骞司德的乡下,你或许碰得到'裘德'的作者,一个和善可亲的老者,穿着短裤便服,精神飒爽的,短短的脸面,短短的下颏,在街道上闲暇的走着,招呼着,答话着,你如其过去问他卫撒克士小说里的名胜,他就欣欣的从详指点讲解;回头他一扬手,已经跳上了他的自行车,按着车铃,向人丛里去了。我们读过他著作的,更可以想象这位貌不惊人的圣人,在卫撒克士广大的,起伏的草原上,在月光下,或在晨曦里,深思的徘徊着。天上的云点,草里的虫吟,远处隐约的人声都在他灵敏的神经里印下不磨的痕迹;或在残败的古堡里拂拭乱石上的苔青与网结;或在古罗马的旧道上,冥想数千年前铜盔铁甲的骑兵曾经在这日光下驻踪;或在黄昏的苍茫里,独倚在枯老的大树下,听前面乡村里的青年男女,在笛声琴韵里,歌舞他们节会的欢欣;或在济茨或雪莱或史文庞的遗迹,悄悄的追怀他们艺术的神奇……在他的眼里,像在高蒂闲（Theophile Gautier）的眼里。这看得见的世界是活着的；在他的'心眼'（The Inward Eye）里，像在他最服膺的华茨华士的心眼里，人类的情感与自然的景象是相联合的；在他的想象里，像在所有大艺术家的想象里，不仅伟大的史迹，就是眼前最琐小最暂忽的事实与印象，都有深奥的意义，平常人所忽略或竟不能窥测的。从他那六十年不断的心灵生活，——观察，考量，揣度，印证，——从他那六十年不懈不弛的真纯经验里，哈代，像春蚕吐丝制茧似的，抽绎他最微妙最桀骜的音调，纺织他最缜密最经久的诗歌——这是他献给我们可珍的礼物。"

二

上文是我三年前慕而未见时半自想象半自他人传述写来的哈代。去年七月在英国时，承狄更生先生的介绍，我居然见到了这位老英雄，虽则会面不及一小时，在余小子已算是莫大的荣幸，不能不记下一些踪迹。我不讳我的"英雄崇拜"。山，我们爱踹高的；人，我们为什么不愿意接近大的？但接近大人物正如爬高山，往往是一件费劲的事；你不仅得有热心，你还得有耐心。半道上力乏是意中事，草间的刺也许拉破你的皮肤，但是你想一想登临高峰时的愉快！真怪，山是有高的，人是有不凡的！我见曼殊斐儿，比方说，只不过二十分钟模样的谈话，但我怎么能形容我那时在美的神奇的启示中的全生的震荡？

我与你虽仅一度相见——

但那二十分不死的时间!

果然,要不是那一次巧合的相见,我这一辈子就永远见不着她——会面后不到六个月她就死了。自此我益发坚持我英雄崇拜的势利,在我有力量能爬的时候,总不教放过一个"登高"的机会。我去年到欧洲完全是一次"感情作用的旅行";我去是为太谷尔,顺便我想去多瞻仰几个英雄。我想见法国的罗曼罗兰,意大利的丹农雪乌,英国的哈代。但我只见着了哈代。

在伦敦时对狄更生先生说起我的愿望,他说那容易,我给你写信介绍,老头精神真好,你小心他带了你到道骞斯德林子里去走路,他仿佛是没有力乏的时候似的!那天我从伦敦下去到道骞斯德,天气好极了,下午三点过到的。下了站我不坐车,问了Max Gate的方向,我就欣欣的走去。他家的外园门正对一片青碧的平壤,绿到天边,绿到门前;左侧远处有一带绵邈的平林。进园径转过去就是哈代自建的住宅,小方方的壁上满爬着藤萝。有一个工人在园的一边剪草,我问他哈代先生在家不,他点一点头,用手指门。我拉了门铃,屋子里突然发一阵狗叫声,在这宁静中听得怪尖锐的,接着一个白纱抹头的年青下女开门进来。

"哈代先生在家,"她答我的问,"但是你知道哈代先生是'永远'不见客的。"

我想糟了。"慢着,"我说,"这里有一封信,请你给递了进去。""那末请候一候,"她拿了信进去,又关上了门。

她再出来的时候脸上堆着最俊俏的笑容。"哈代先生愿意见你,先生,请进来。"多俊俏的口音!"你不怕狗吗,先生,"她又笑了。"我怕,"我说。"不要紧,我们的梅雪就叫,她可不咬,这儿生客来得少。"

我就怕狗的袭来!战兢兢的进了门,进了官厅,下女关门出去。狗还不曾出现,我才放心。壁上挂着沙琴德(JohnSargeant)的哈代画像,一边是一张雪莱的像,书架上记得有雪莱的大本集子,此外陈设是朴素的,屋子也低,暗沉沉的。

我正想着老头怎么会这样喜欢雪莱,两人的脾胃相差够多远,外面楼梯上一阵急促的脚步声和狗铃声下来,哈代推门进来了。我不知他身材实际多高,但我那时站着平望过去,最初几乎没有见他,我的印象是他是一个矮极了的小老头儿。我正要表示我一腔崇拜的热心,他一把拉了我坐下,口里连着说"坐坐",也不容我说话,仿佛我的"开篇"辞他早就有数,连着问我,他那急促的一顿顿的语调与干涩的苍老的口音,"你是伦敦来的?""狄更生是你的朋友?""他好?""你译我的诗?""你怎么翻的?""你们中国诗用韵不用?"前面那几句问话是用不着答的(狄更生信上说起我翻他的诗),所以他也不等我答话,直到末一句他才收住了。他坐着也是奇矮,也不知怎的,我自己只显得高,私下不由的踽踽,似乎在这天神面前我们凡人就在身材上也不应分占先似的!(阿,你没见过萧伯讷——这比下来你是个蚂蚁!)这时候他斜着坐,一只手搁在台上头微微低着,眼往下看,头顶全秃了,两边脑角上还各有一鬖也不全花的头发;他的脸盘粗看像是一个尖角往下的等边形三角,两颧像是特别宽,从宽浓的眉尖直扫下来束住在一个短促的下巴尖;他的眼不大,但是深窈的,往下看的时候多,不易看出颜色与表情。最特别的,最"哈代的",是他那口连着两旁松松往下堕的夹腮皮。如其他的眉眼只是忧郁的深沉,他的口脑的表情分明是厌倦与消极。不,他的脸是怪,我从不曾见过这样耐人寻味的脸。他那上半部,秃的宽广的前额,着发的头角,你看了觉着好玩,正如一个孩子的头,使你感觉一种天真的趣味,但愈往下愈不好看,愈使你觉着难受,他那皱纹龟驳的脸皮正使你想起一块苍老的岩石,雷电的猛烈,风霜的侵凌,雨溜的剥蚀,苔藓的沾染,虫鸟的斑斓,什么时间与空间的变幻都在这上面遗留着痕迹!你知道他是不抵抗的,忍受的,但看他那下颊,谁说这不泄露他的怨毒,他的厌倦,他的报复性的沉默!他不露一点笑容,你不易相信他与我们一样也有喜笑的本能。正如他的脊背是倾向伛偻,他面上的表情也只是一种不胜压迫的伛偻。喔哈提!

回讲我们的谈话。他问我们中国诗用韵不。我说我们从前只有韵的散文,没有无韵的诗,但最近……但他不要听最近,他赞成用韵,这道理是不错的。你投块石子到湖心里去,一圈圈的水纹漾了开去,韵是波纹。少不得。抒情诗Lycic。是文学的精华的精华。颠不破的钻石,不论多小。磨不灭的光彩。我不重视我的小说。什么都没有做好的小诗难(他背了莎"Tell me where is Fancy bred"朋琼生 [Ben Jonson] 的 "Drink tome only with thine eyes"高兴的样子)。我说我爱他的诗因为它们不仅结构严密像建筑,同时有思想的血脉在流走,像有机的整体。我说了Organic这个字:他重复说了两遍:Yes;"Organic yes Organic; A poem ought to be a living thing"练习文字顶好学写诗;很多人从学诗写好散文,诗是文字的秘密。

他沉思了一晌,"三十年前有朋友约我到中国去。他是一个教士,我的朋友,叫莫尔德,他在中国住了五十年,他回英国来时每回说话先想起中文再翻英文的!他中国什么都知道,他请我去,太不便了,我没有去。但是你们的文字是怎么一回事?难极了不是?为什么你们不丢了它,改用英文或法文,不方便吗?"哈代这话骇住了我。一个最认识各种语言的天才的诗人要我们丢掉几千年的文字!我与他辩难了一晌,幸亏他也没有坚持。

说起我们共同的朋友。他又问起狄更生的近况,说他真是中国的朋友。我说我明天到康华尔去看罗素。谁?罗素?他没有加案语。我问起勃伦腾(Edmund Blunden),他说他从日本有信来,他是一个诗人。讲起麦雷(John M Mnrry)他起劲了。"你认识麦雷?"他问。"他就住在这儿道骞斯德海边,他买了一所古怪的小屋子,正靠着海,怪极了的小屋子,什么时候那可以叫海给吞了去似的。他自己每天坐一部破车到镇上来买菜。他是能干的。他会写。你也见过他从前的太太曼殊斐儿,他又娶了,你知道不?我说给你听麦雷的故事。曼殊斐儿死了,他悲伤得很,无聊极了,他办了他的报(我怕他的报维持不了),还是悲伤。好了,有一天有一个女的投稿几首诗,麦雷觉得有意思,写信叫她去看他,她去看他,一个年轻的女子,两人说投机了,就结了婚,现在大概他不悲伤了。"

他问我那晚到哪里去。我说到Exeter看教堂去,他说好的,他就讲建筑。他的本行。我问你小说里常有建筑师,有没有你自己的影子?他说没有。这时候梅雪出去了又回来,啾啾的爬在我的身上乱抓。哈代见我有些窘,就站起来呼开梅雪,同时说我们到园里去走走吧,我知道这是送客的意思。我们一起走出门绕到屋子的左侧去看花,梅雪摇着尾巴啾啾的跟着。我说哈代先生,我远道来你可否给我一点小纪念品。他回头见我手里有照相机,他赶紧他的步子急急的说,我不爱照相,有一次美国人来给了我很多的麻烦,我从此不叫来客,照相——我也不给我的笔迹(Autograph),你知道?他脚步更快了,微偻着背,腿微向外弯一摆一摆的走着,仿佛怕来客要强抢他什么东西似的!"到这儿来,这儿有花,我来采两朵花给你做纪念,好不好?"他俯身下去到花坛里去采了一朵红的一朵白的递给我:"你暂时插在衣襟上吧,你现在赶六点钟车刚好,恕我不陪你了,再会,再会——来,来,梅雪,梅雪……"老头扬了扬手,径自进门去了。

啬刻的老头,茶也不请客人喝一杯!但谁还不满足,得着了这样难得的机会?往古的达文謇,莎士比亚,葛德,拜伦,是不回来了的!——哈代!多远多高的一个名字!方才那头秃秃的背弯弯的腿屈屈的,是哈代吗?太奇怪了!那晚有月亮,离开哈代家五个钟头以后,我站在哀克刹脱教堂的门前玩弄自身的影子,心里充满着神奇。

# 伤双栝老人①

看来你的死是无可致［置］疑的了，宗孟先生，虽则你的家人们到今天还没法寻回你的残骸。最初消息来时，我只是不信，那其实是太兀突，太荒唐，太不近情。我曾经几回梦见你生还，叙述你历险的始末，多活现的梦境！但如今在栝树凋尽了青枝的庭院，再不闻"老人"的謦欬；真的没了，四壁的白联彷［仿］佛在微风中叹息。这三四十天来，哭你有你的内眷，姊妹，亲戚，悼你的私交；惜你有你的政友与国内无数爱君才调的士夫。志摩是你的一个忘年的小友。我不来敷陈你的事功，不来历叙你的言行；我也不来再加一份涕泪吊你最后的惨变。魂兮归来！此时在一个风满天的深夜握笔，就只两件事闪闪的在我心头：一是你的谐趣天成的风怀，一是鬐年失怙的诸弟妹，他们，你在时，那一息不是你的关切，便如今，料想你徬徨的阴魂也常在他们的身畔飘逗。平时相见，我倾倒你的

---

① 即林长民（字宗孟），福建闽侯人，清末民初的政治活动家。晚年门前栽双栝树，人称其为双栝庐主人，亦称双栝老人。

语妙，往往含笑静听，不叫我的笨涩羼杂你的莹彻，但此后，可恨这生死间无情的阻隔，我再没有那样的清福了！只当你是在我跟前，只当是消磨长夜的闲谈，我此时对你说些琐碎，想来你不至厌烦罢。

先说说你的弟妹。你知道我与小孩子们说得来，每回我到你家去，他们一群四五个，连着眼珠最黑的小五，浪一般的拥上我的身来，牵住我的手，攀住我的头，问这样，问那样；我要走时他们就着了忙，抢帽子的，锁门的，嗄着声音苦求的——你也曾见过我的狼狈。自从你的噩耗到后，可怜的孩子们，从不满四岁到十一岁，那懂得生死的意义，但看了大人们严肃的神情，他们也都发了呆，一个个木鸡似的在人前楞〔愣〕着。有一天听说他们私下在商量，想组织一队童子军，冲出山海关去替爸爸报仇！

"栝安"那虚报到的一个早上，我正在你家。忽然间一阵天翻似的闹声从外院陡起，一群孩子拥着一位手拿电纸的大声的欢呼着，冲锋似的陷进了上房。果然是大胜利，该得庆祝的："爹爹没有事！""爹爹好好的！"徽①那里平安电马上发了去，省她急。福州电也发了去，省他们跋涉。但这欢喜的风景运定活不到三天，又叫接着来的消息给完全煞尽！

当初送你同去的诸君回来，证实了你的死信。那晚，你的骨肉一个个走进你的卧房，各自默恻恻的坐下，阿，那一阵子

---

① 指林长民的女儿林徽音，现代作家，建筑学家。

最难堪的噤寂,千万种痛心的思潮在各个人的心头,在这沈[沉]默的暗惨中,激荡,凶[汹]涌,起伏。可怜的孩子们也都泪滢滢的攒聚在一处,相互的偎着,半懂得情景的严重。霎时间,冲破这沈[沉]默,发动了放声的号啕,骨肉间至性的悲哀——你听着吗,宗孟先生,那晚有半轮黄月斜觑着北海白塔的凄凉?

我知道你不能忘情这一群童稚的弟妹,前晚我去你家时见小四小五在灵帏前翻着跟斗,正如你在时他们常在你的跟前献技。"你爹呢?"我拉住他们问。"爹死了",他们嘻嘻的回答,小五搂住了小四,一和身又滚做一堆!他们将来的养育是你身后唯一的问题——说到这里,我不由的想起了你离京前最后几回的谈话。政治生活,你说你不但尝够而且厌烦了。这五十年算是一个结束,明年起你准备谢绝俗缘,亲自教课膝前的子女;这一清心你就可以用功你的书法,你自觉你腕下的精力,老来只是健进,你打算再化二十年工夫,打磨你艺术的天才;文章你本来不弱,但你想望的却不是什么等身的著述,你只求沥一生的心得,淘成三两篇不易衰朽的纯晶。这在你是一种觉悟;早年在国外初识面时,你每每自负你政治的异禀,即在年前避居津地时你还以为前途不少有为的希望,直至最近政态诡变,你才内省厌倦,认真想回复你书生逸士的生涯。我从最初惊讶你清奇的相貌,惊讶你更清奇的谈吐,我便不阿附你从政的热心,曾经有多少次我讽劝你趁早回航,领导这新时期的精神,共同发现文艺的新土。即如前年泰戈尔来时,你那兴会正不让我们年轻人；你这半百翁登台演戏，不辞劳倦的精神正不知给了我们多少的鼓舞！

不，你不是"老人"；你至少是我们后生中间的一个。在你的精神里，我们看不见苍苍的鬓发，看不见五十年光阴的痕迹；你的依旧是二三十年前《春痕》故事里的"逸"的风情——"万种风情无地着"，是你最得意的名句，谁料这下文竟命定是"辽原白雪葬华颠"！

谁说你不是君房的后身？可惜当时不曾记下你摇曳多姿的吐属，蓓蕾似的满缀着警句与谐趣，在此时回忆，只如天海远处的点点航影，再也认不分明。你常常自称厌世人。果然，这世界，这人情，那禁得起你锐利的理智的解剖与抉剔？你的锋铓，有人说，是你一生最吃亏的所在。但你厌恶的是虚伪，是矫情，是顽老，是乡愿的面目，那还不是该的？谁有你的豪爽，谁有你的倜傥，谁有你的幽默？你的锋铓，即使露，也决不是完全在他人身上应用，你何尝放过你自己来？对己一如对人，你丝毫不存姑息，不存隐讳。这就够难能，在这无往不是矫揉的日子。再没有第二人，除了你，能给我这样脆爽的清谈的愉快。再没有第二人在我的前辈中，除了你，能使我感受这样的无"执"无"我"精神。

最可怜是远在海外的徽徽，她，你曾经对我说，是你唯一的知己；你，她也曾对我说，是她唯一的知己。你们这父女不是寻常的父女。"做一个有天才的女儿的父亲"，你曾说，"不是容易享的福，你得放低你天伦的辈分先求做到友谊的了解"。徽,不用说,一生崇拜的就只你,她一生理想的计画中,哪件事离得了聪明不让她自己的老父?但如今,说也可怜,一切都成了梦幻,隔着这万里途程,她那弱小的心灵如何载得起这奇重的哀惨!这终天的缺陷,叫她问谁补去?佑着她吧,你不昧的阴灵,宗孟先生,给她健康,给她幸福,尤其给她艺术的灵术——同时提携她的弟妹,共同增荣雪池双梧的清名!

一九二六年二月二日在北平新月社作

# 诗刊弁言

我们几个朋友想借副刊的地位,每星期发行一次诗刊,专载创作的新诗与关于诗或诗学的批评及研究文章。

本来这一句话就够说明我们出诗刊的意思;但本期有的是篇幅,当编辑的得想法补满它;容我先说这诗刊的起因,再说我个人对于新诗的意见。

我在早三两天前才知道闻一多的家是一群新诗人的乐窝,他们常常会面,彼此互相批评作品,讨论学理。上星期六我也去了。一多那三间画室,布置的意味先就怪。他把墙壁涂成一体墨黑,狭狭的给镶上金边,像一个裸体的非洲女子手臂上脚踝上套着细金圈似的情调。有一间屋子朝外壁上挖出一个方形的神龛,供着的,不消说,当然是米鲁薇纳丝一类的雕像。他的那个也够尺外高,石色黄澄澄的像蒸熟的糯米,衬着一体黑的背景,别饶一种澹远的梦趣,看了叫人想起一片倦阳中的荒芜的草原,有几条牛尾几个羊头在草丛中掉动。这是他的客室。那边一间是他做工的屋子,基角上支着画架,壁上挂着几幅油色不曾干的画。屋子极小,但你在屋里觉不出你的身子大;带金圈上的黑公主有些杀伐气,但她不至于吓瘪你的灵性;裸体的女神(她屈着一支[只]腿挽着往下沉的亵衣),免不了几分引诱性,但她决不容许你逾分的妄想。白天有太阳进来,黑壁上也沾着光;晚快黑影进来,屋子里仿佛有梅斐士滔佛利士的踪迹;夜间黑影与灯光交斗,幻出种种不成形的怪象。

这是一多手造的阿房,确是一个别有气象的所在,不比我们单知道买花洋纸糊墙、买花席子铺地,买洋式木器填屋子的乡蠢。有意识的安排,不论是一间屋,一身衣服,一瓶花,就有一种激发想象的暗示,就有一种特具的引力。难怪一多家里见天有那些诗人去团聚——我羡慕他!

我写那几间屋子因为它们不仅是一多自己习艺的背景,它们也就是我们这诗刊的背景。这搭题居然被我做上了;我期望我们将来不至辜负这制背景人的匠心,不辜负那发糯米光的爱神,不辜负那戴金圈的黑姑娘,不辜负那梅斐士滔佛利士出没的空气!

我们的大话是:要把创格的新诗当一件认真事情做。这话转到了我个人对于新诗的浅见。我第一得声明我决没有厚颜,自诩有什么诗才。新近我见一则短文上写"没有人会以为徐志摩是一个诗人……"对极,至少我自己决不敢这样想,因为诗人总得有天才,天才的担负是一种压得死人的担负,我想着就害怕,我那敢?实际上我写成了诗式的东西借机会发表,完全是又一件事,这决不证明我是诗人,要不然诗人真的可以充汗牛之栋了!

一个时代见不着一个真诗人,是常例;有一两个露面已够例外;再盼望多简直是疯想。像我个人,归根说,能认识几个字,能懂得多少物理人情,做一个平常人还怕不够格,何况更高的?我又何尝懂得诗,兴致来时随笔写下的就能算诗吗,怕没有这样容易!我性灵里即使有些微创作的光亮,那光亮也就微细得可怜,像板缝里逸出的一线豆油灯光。痛苦就在这里;这一丝 Willo Wisp,若隐若现的晃着,我料定是我终身不得(性灵的)安宁的原因。

我如其胆敢尝试过文艺的作品,也无非是在黑弄里弄班斧,始终是其妙莫名,完全没有理智的批准,没有可以自信的目标。你们单看我第一部集子的杂乱,荒伦,就可以知道我这里的供状决不是矫情。我这生转上文学的路径是极兀突的一件事;我的出发是单独的,我的旅程是寂寞的,我的前途是蒙昧的。直到最近我才发见在这道上摸索的,不止我一个;旅伴实际上尽有,止〔只〕是彼此不曾有机会携手。这发见在我是一种不可言喻的快乐,欣慰。管得这道究竟是通是绝,单这在患难中找得同情,已够酬劳这颠沛的辛苦。管得前途有否天晓,单这在黑暗中叫应,彼此诉说曾经的磨折,已够暂时忘却肢体的疲倦。

再说具体一点,我们几个人都共同着一点信心:我们信诗是表现人类创造力的一个工具,与音乐与美术是同等同性质的;我们信我们这民族这时期的精神解放或精神革命没有一部像样的诗式的表现是不完全的；我们信我们自身灵性里以及周遭空气里多的是要求投胎的思想的灵魂，我们的责任是替它们搏造适当的躯壳，这就是诗文与各种美术的新格式与新音节的发见；我们信完美的形体是完美的精神唯一的表现；我们信文艺的生命是无形的灵感加上有意识的耐心与勤力的成绩；最后我们信我们的新文艺，正如我们的民族本体，是有一个伟大美丽的将来的。

上面写的似乎太近宣言式的铺张，那并不是上等的口味，但我这杆野马性的笔是没法驾驭的；我的期望是至少在我们几个人中间，我的话可以取得相当的认可。

同时我也感觉一种戒惧。我第一不敢担保这诗刊有多久的生命；第二不敢担保这诗刊的内容可以满足读者们最低限度的笃责。这当然全在我们自己；这年头多的是虎头蛇尾的现象，且看我们这群人终究能避免这时髦否？

此后诗刊准每星期四印出，我们欢迎外来的投稿。

这第一期是三月十八血案的专号，参看闻一多的下文。

一九二六年三月三十日夜深时作

## 《猛虎集》序文

在诗集子前面说话不是一件容易讨好的事。说得近于夸张了,自己面上说不过去,过分谦恭又似乎对不起读者。最干脆的办法是什么话也不提,好歹让诗篇它们自身去承当。但书店不肯同意;他们说如其作者不来几句序言,书店做广告就无从着笔。作者对于生意是完全外行,但他至少也知道书卖得好不仅是书店有利益,他自己的版税也跟着像样,所以书店的意思,他是不能不尊敬的。事实上我已经费了三个晚上,想写一篇可以帮助广告的序。可是不相干,一行行写下来只是仍旧给涂掉,稿纸糟蹋了不少张,诗集的序终究还是写不成。

况且写诗人一提起写诗他就不由得伤心。世界上再没有比写诗更惨的事;不但惨,而且寒伧。就说一件事,我是天生不长髭须的,但为了一些破烂的句子,就我也不知曾经拈断了多少根想象的长须!

这姑且不去说它。我记得我印第二集诗的时候曾经表示过此后不再写诗一类的话。现在如何又来了一集,虽则转眼间四个年头已经过去。就算这些诗全是这四年内写的(实在有几首要早到十三年份),每年平均也只得十首,一个月还派不到一首,况且又多是短短一橛的。诗固然不能论长短,如同Whistler说画幅是不能用田亩来丈量的。但事实是咱们这年头一口气总是透不长——诗永远是小诗,戏永远是独幕,小说永远是短篇。每回我望到莎士比亚的戏,丹丁的《神曲》,歌德的《浮士德》一类作品,比方说,我就不由的感到气馁,觉得我们即使有一些声音,那声音是微细得随时可以用一个小姆[拇]指给掐死的。天呀!那天我们才可以在创作里看到使人起敬的东西?那天我们这些细嗓子才可以豁免混充大花脸的急涨的苦恼?

说到我自己的写诗,那是再没有更意外的事了。我查过我的家谱,从永乐以来我们家里没有写过一行可供传诵的诗句。在二十四岁以前我对于诗的兴味远不如我对于"相对论"或"民约论"的兴味。我父亲送我出洋留学是要我将来进"金融界"的,我自己最高的野心是想做一个中国的Hamilton!在二十四岁以前,诗不论新旧,于我是完全没有相干。我这样一个人如果真会成功一个诗人——那还有什么话说?

但生命的把戏是不可思议的!我们都是受支配的善良的生灵,那件事我们做得了主?整十年前我吹着了一阵奇异的风,也许照着了什么奇异的月色,从此起,我的思想就倾向于分行的抒写。一份深刻的忧郁占定了我;这忧郁,我信,竟于渐渐的潜化了我的气质。

话虽如此,我的尘俗的成分并没有甘心退让过;诗灵的稀小的翅膀,尽他们在那里腾扑,还是没有力量带了这整份的累坠往天外飞的。且不说诗化生活一类的理想那是谈何容易实现,就说平常在实际生活的压迫中偶尔挣出八行十二行的诗句都是够艰难的。尤其是最近几年,有时候自己想着了都害怕,日子悠悠的过去,内心竟可以一无消息,不透一点亮,不见丝纹的动。我常常疑心这一次是真的干了完了的。如同契玦腊的一身美是问神道通融得来限定日子要交还的,我也时常疑虑到我这些写诗的日子也是什么神道因为怜悯我的愚蠢,暂时借给我享用的非分的奢侈。我希望他们可怜一个人可怜到底!

一眨眼十年已经过去。诗虽则连续的写,自信还是薄弱到极点。"写是这样写下了"。我常自己想,"但准知道这就能算是诗吗?"就经验说,从一点意思的晃动到一篇诗的完成,这中间几乎没有一次不经过唐僧取经似的苦难的。诗不仅是一种分娩,它并且往往是难产!这分甘苦是只有当事人自己知道。一个诗人,到了修养极高的境界,如同泰戈尔先生,比方说,也许可以一张口就有精圆的珠子吐出来,这事实上我亲眼见过来的不打谎,但像我这样既无天才又少修养的人如何说得上?

只有一个时期我的诗情真有些像是山洪暴发,不分方向的乱冲。那就是我最早写诗那半年,生命受了一种伟大力量的震撼,什么半成熟的未成熟的意念都在指顾间散作缤纷的花雨。我那时是绝无依傍,也不知顾虑。心头有什么郁积,就付托腕底胡乱给爬梳了去,救命似的迫切,那还顾得了什么美丑,我在短时期内写了很多,但几乎全部都是见不得人面的,这是一个教训。

我的第一集诗——《志摩的诗》——是我十一年回国后两年内写的；在这集子初期的汹涌性虽已消灭，但大部分还是情感的无关阑的泛滥，什么诗的艺术或技巧都谈不到。这问题一直要到民国十五年我和一多今甫一群朋友在《晨报副镌》刊行诗刊时方才开始讨论到。一多不仅是诗人，他也是最有兴味探讨诗的理论和艺术的一个人。我想这五六年来我们几个写诗的朋友多少都受到《死水》的作者的影响。我的笔本来是最不受羁勒的一匹野马，看到了一多的谨严的作品我方才憬悟到我自己的野性；但我素性的落拓始终不容我追随一多他们在诗的理论方面下过任何细密的工夫。

我的第二集诗——《翡冷翠的一夜》——可以说是我的生活上的又一个较大的波折的留痕。我把诗稿送给一多看，他回信说"这比《志摩的诗》确乎是进步了——一个绝大的进步"。他的好话我是最愿意听的，但我在诗的"技巧"方面还是那楞生生的丝毫没有把握。

最近这几年生活不仅是极平凡，简直是到了枯窘的深处。跟着诗的产量也尽"向瘦小里耗"。要不是去年在中大认识了梦家和玮德两个年青的诗人，他们对于诗的热情，在无形中又鼓动了我奄奄的诗心，第二次又印《诗刊》，我对于诗的兴味，我信，竟可以消沉到几于完全没有。今年在六个月内在上海与北京间来回奔波了八次，遭了母丧，又有别的不少烦心的事，人是疲乏极了的，但继续的行动与北京的风光却又在无意中摇活了我久蛰的性灵。抬起头居然又见到天了。眼睛睁开了心也跟着开始跳动了。嫩芽的青紫，劳苦社会的光与影，悲欢的图案，一切的动，一切的静，重复在我的眼前展开，有声色与有情感的世界重复为我存在；这仿佛是为了要挽救一个曾经有单纯信仰的流入怀疑的颓废，那在帷幕中隐藏着的神通又在那里栩栩的生动，显示它的博大与精微，要他认清方向，再别错走了路。

我希望这是我的一个真的复活的机会。说也奇怪，一方面虽则明知这些偶尔写下的诗句，尽是些"破破烂烂"的，万谈不到什么久长的生命，但在作者自己，总觉得写得成诗不是一件坏事，这至少证明一点性灵还在那里挣扎，还有它的一口气。我这次印行这第三集诗没有别的话说，我只要借此告慰我的朋友，让他们知道我还有一口气，还想在实际生活的重重压迫下透出一些声响来的。

你们不能更多的责备。我觉得我已是满头的血水，能不低头已算是好的。你们也不用提醒我这是什么日子；不用告诉我这遍地的灾荒，与现有的以及在隐伏中的更大的变乱；不用向我说正今天就有千万人在大水里和身子侵着，或是有千千万人在极度的饥饿中叫救命；也不用劝告我说几行有韵或无韵的诗句是救不活半条人命的；更不用指点我说我的思想是落伍或是我的韵脚是根据不合时宜的意识形态的……这些，还有别的很多，我知道，我全知道。你们一说到只是叫我难受又难受。我再没有别的话说，我只要你们记得有一种天教歌唱的鸟不到呕血不住口，它的歌里有它独自知道的别一个世界的愉快，也有它独自知道的悲哀与伤痛的鲜明；诗人也是一种痴鸟，他把他的柔软的心窝紧抵着蔷薇的花刺，口里不住的唱着星月的光辉与人类的希望，非到他的心血滴出来把白花染成大红他不住口。他的痛苦与快乐是浑成的一片。

# 关于女子

(苏州女中讲稿)

苏州！谁能想象第二个地名有同样清脆的声音，能唤起同样美丽的联想，除是南欧的威尼市或翡冷翠，那是远在异邦，要不然我们就得追想到六朝时代的金陵广陵或许可以仿佛？当然不是杭州，虽则苏杭是常常联着说到的；杭州即使有几分美秀，不幸都教山水给占了去，更不幸就那一点儿也成了问题：你们不听说雷峰塔已经教什么国术大力士给打个粉碎，西湖的一汪水也教大什么会的电灯给照干了吗？不，不是杭州，说到杭州我们不由的觉得舌尖上有些儿发锈。所以只剩了一个苏州准许我们放胆的说出口，放心的拿上手。比是乐器中的笙箫、有的是袅袅的余韵。比是青青的柏子，有的是沁人心脾的留香。在这里，不比别的地处，人与地是相对无愧的；是交相辉映的；寒山寺的钟声与吴侬的软语一般的令人神往；虎丘的衰草与玄妙观的香烟同样的勾人留恋。

但是苏州——说也惭愧，我这还是第二次到，初次来时只匆匆的过了一宵，带走的只有采芝斋的几罐糖果和一些模糊的影像。就这次来也不得容易。要不是陈淑先生相请的殷勤。——聪明的陈淑先生，她知道一个诗人的软弱，她来信只淡淡的说你再不来时天平山经霜的枫叶都要凋谢了——要不是她的相请的殷勤，我说，我真不知道几时才得偷闲到此地来，虽则我这半年来因为往返沪宁间每星期得经过两次，每星期都得感到可望而不可即的惆怅。为再到苏州来我得感谢她。但陈先生的来信却不单单提到天平山的霜枫，她的下文是我这半月来的忧愁：她要我来说话——到苏州来向女同学们说话！我如何能不忧愁？当然不是愁见诸位同学，我愁的是我现在这相儿，一个人孤伶伶的站在台上说话！我们这坐惯冷板凳日常说废话的所谓教授们最厌烦的，不瞒诸位说，就是我们自己这无可奈何的职务——说话（我再不敢说讲演，那样粗蠢的字样在苏州地方是说不出口的）。

就说谈话吧，再让一步，说随便谈话吧，我不能想象更使人窘的事情！要你说话，可不指定要你说什么，"随便说些什么都行"，那天陈先生在电话里说。你拿艳丽的朝阳给一只芙蓉或是一只百灵，它就对你说一番极美丽动听的话；即使它说过了你冒失的恭维它说你这"讲演"真不错，它也不会生气，也不会惭愧，但不幸我不是芙蓉更不是百灵。我们乡里有一句俗话说宁愿听苏州人吵架，不愿听杭州人谈话。我的家乡又不幸是在浙江，距着杭州近，离着苏州远的地处。随便说话，随你说什么，果然我依了陈先生扯上我的乡谈，恐怕要不到三分钟你们都得想念你们房间里备着的八卦丹或是别的止头痛的药片了!

但陈先生非得逼我到,逼我献丑,写了信不够,还亲自到上海来邀。我不能不答应来。"但是我去说些什么呢,苏州,又是女同学们?"那天我放下陈先生的电话心头就开始踌躇。不要忙,我自己安慰自己说,在上海不得空闲,到南京去有一个下午可以想一想。那天在车上倒是有福气看到镇江以西,尤其是栖霞山一带的雪叶。虽则那早上是雾茫茫的,但雪总是好东西,它盖住地面的不平和丑陋,它也拓开你心头更清凉的境界。山变了银山,树成了玉树,窗以外是彻骨的凉,彻骨的静,不见一个生物,鸟雀们不知藏躲在那里,雪花密团团的在半空里转。栖霞那一带的大石狮子,雄踞在草田里张着大口向着天的怪东西,在雪地里更显得白,更显得壮,更见得精神。在那边相近还有一座塔,建筑雕刻,都是第一流的美术,最使人想见六朝的风流,六朝的闲暇。在那时政治上没有统一的野心家,江以南,江以北,各自成家,汉也有,胡也有,各造各的文化。且不说龙门,且不说云冈,就这栖霞的一些遗迹,就这雄踞在草田里的大石狮,已够使我们想见当时生活的从容,气魄的伟大,情绪的俊秀。

我们在现代感到的只是局促与匆忙。我们真是忙,谁都是忙。忙到倦,忙到厌。但忙的是什么?为什么忙?我们的子孙在一千年后,如其我们的民族再活得到一千年,回看我们的时代,他们能不能了解我们的匆忙?我们有什么东西遗留给他们可以使他们骄傲,宝贵,值得他们保存,证见我们的存在,认识我们的价值,可以使他们永久停留他们爱慕的纪念——如同那一只雄踞在草田里的大石狮?我们的诗人文人贡献了些什么伟大的诗篇与文章?我们的建筑与雕刻,且不说别的,有那样可以留存到一百年乃至十年五年而还值得一看的?我们的画家怎样描写宇宙的神奇?我们那一个音乐家是在解释我们民族的性灵的奥妙?但这时候我眼望着的江边的雪地已经戏幕似的变形成为北方赤地几千里的灾区,黄沙天与黄土地的中间只有惨淡的风云,不见人烟的村庄以及这里那里枝条上不留一张枯叶的林木。我也望得见几千万已死的将死的未死的人民在不可名状的苦难中为造物主的地面上留下永久的羞耻。在他们迟钝的眼光中,他们分明说他们的心脏即使还在跳动他们已经失去感觉乃至知觉的能力,求生或将死的呼号早已逼死在他们枯竭的咽喉里;他们分明说生活,生命,乃至单纯的生存已经到了绝对的绝境,前途只是沙漠似的浩瀚的虚无与寂灭,期待着他们,引诱着他们,如同春光,如同微笑,如同美。我也望见钩结在连环战祸中的区域与民生;为了谁都不明白的高深的主义或什么的相互的屠杀,我也望见那少数的妖魔,踞坐在跸卫森严的魔窟中计较下一幕的布景与情节,为表现他们的贪,他们的毒,他们的野心,他们的威灵,他们手擎着全体民族的命运当作一掷的孤注。我也望见这时代的烦闷毒气似的在半空里没遮拦的往下盖,被牺牲的是无量数春花似的青年。这憧憬中的种种都指点着一个归宿,一个结局——沙漠似的浩瀚的虚无与寂灭,不分疆界永不见光明的死。

我方才不还在眷恋着文化的消沉吗？文化，文化，这呼声在这可怖的憧憬前，正如灾民苦痛的呼声，早已逼死在枯竭的咽喉里，再也透不出声响。但就这无声的叫喊已经在我的周围引起怪异的回响，像是哭，像是笑，像是鸱枭［鹗］，像是鬼……

但这声响来源是我坐位邻近一位肥胖的旅伴的雄伟的哈欠。在这哈欠声中消失了我重叠的幻梦似的憧憬，我又见到了窗外的雪，听到车轮的响动。下关的车站已经到了。

我能把我这一路的感想拉杂来充当我去苏州的谈话资料吗？我在从下关进城时心里计较。秀丽的苏州，天真的女同学们，能容受这类荒伧，即使不至怪诞的思想吗？她们许因为我是教文学的想从我听一些文学掌故或文学常识。但教书是无可奈何，我最厌烦的是说本行话。他们又许因为我曾经写过一些诗是在期望一个诗人的谈话，那就得满缀着明月和明星的光彩，透着鲜花与鲜草的馨香，要不然她们竟许期待着雪莱的玄雀或是济慈的夜莺。我的倒像是鸱枭［鹗］的夜啼，不是太煞尽了风景？这，我又转念，或许是我的过虑，他们等着我去谈话正如他们每月或每星期等着别人去谈话一样，无非想听几句可乐的插科与诙谐（如其有的话，那算是好的），一篇，长或是短，勉励或训诲的陈腐（那是你们打哈欠乃至磕［瞌］睡的机会），或是关于某项专门知识的讲解（那你们先生们示意你们应得掏出铅笔在小本子上记下的），写了几句自己谦让道歉不曾预备得好的话，在这末尾与他鞠躬下台时你们多少间酬报他一些鼓掌，就算完事一宗，但事实上他讲的话，正如讲的人,不能希望(他自己也不希望)在你们的脑筋里留有仅仅隔夜的印象,某人不是到你们这里来讲过的吗,隔几天许有人问。嗄,不错是有的,他讲些什么了?谁知道他讲什么来了,我一句也没有听进去,不是你提起,我忘都忘了我听过他讲哪!

这是一班到处应酬讲演人的下场头。他们事实上也只配得这样的下场头。穷,窘,枯,干,同学们,是现代人们的生活。干,枯,窘,穷,同学们,是现代人们的思想。不要把上年纪的人们,占有名气或地位的人们看太高了,他们的苦衷只有他们自家得知,这年头的荒歉是一般的。

也不知怎的我想起来说些关于女子的杂话。不是女子问题。我不懂得科学,没有方法来解剖"女子"这个不可思议的现象。我也不是一个社会学家,搬弄着一套现成的名词来清理恋爱,改良婚姻或家庭。我也没有一个道学家的权威,来督责女子们去做良妻贤母,或奖励她们去做不良的妻不贤的母。我没有任何解决或解答的能力。我自己所知道的只是我的意识的流动,就那个我也没有支配的力量。就比是隔着雨雾望远山的景物,你只能辨认一个大概。也不知是那里来的光照亮了我意识的一角,给我一个辨认的机会,我的困难是在想用粗笨的语言来传达原来极微纤的印象,像是想用粗笨的铁针来绣描细致的图案。我今天所要查考的,所以,不是女子,更不是什么女子问题,而是我自己的意识的一个片段。

我说也不知怎的我的思想转上了关于女子的一路。最显浅的原由，我想，当然是为我到一个女子学校里来说话。但此外也还有别的给我暗示的机会。有一天我在一家书店门首见着某某女士的一本新书的广告，书名是"蠹鱼生活"。这倒是新鲜，我想，这年头有甘心做书虫的女子。三百年来女子中多的是良妻贤母，多的是诗人词人，但出名的书虫不就是一位郝夫人王照圆女士吗？这是一件事，再有是我看到一篇文章英国一位名小说家做的，她说妇女们想从事著述至少得有两个条件，一是她得有她自己的一间屋子，这她随时有关上或锁上的自由。二是她得有五百一年（那合华银有六千元）的进益。她说的是外国情形。当然和我们的相差得远，但原则还不一样是相通的？你们或许要说外国女人当然比我们强，我们怎好跟她们比；她们的环境要比我们的好多少，她们的自己要比我们的大多少；好，外国女人，先让我们的男人比上了外国的男人再说女人吧！

可是你们先别气馁，你们来听听外国女人的苦处，在Quen Amus的时候，不说更早，那就是我们清朝乾隆的时候，有天才的贵族女子们（平民更不必说了）实在忍不住写下了些诗文就许往抽屉里堆着给蛀虫们享受，那敢拿著作公开给庄严伟大的男子们看，那不让他们笑掉了牙。男人是女人的"反对党""The Oppoig facfion"，Lady winchilsea说。趁早，女人，谁敢卖弄谁活该遭殃，才学那是你们的份！一个女人拿起笔就像是在做贼，谁受得了男人们的讥笑。别看英国人开通，他们中间多的是写"妇学篇"的章实斋。倒是章先生那板起道学面孔公然反对女人弄笔墨还好受些。他们的蒲伯,他们的 John Gtay,他们管爱文学有才情的女人叫做蓝袜子,说她们放着家务不管,"痒痒的就爱乱涂"。Mar garet of Newcartle另一位才学的女子,也愤愤的说"女人像蝙蝠或猫头鹰似的活着,牲口似的工作,虫子似的死……"且不说男人的态度,女性自己的谦卑也是可以的。Dorothy Osburna那位清丽的书翰家一写到那位有文才的爵夫人就生气,她说,"那可怜的女人准是有点儿偏心的,她什么傻事不做,到来写什么书,又况是诗,那不太可笑了,要是我就算我半个月不睡觉我也到不了那个。"奥斯朋自己可没有想到自己的书翰在千百年后还有人当作宝贵的文学作品念着,反比那"有点儿偏心胆敢写书的女人"风头出得更大,更久!

再说近一点,一百年前英国出一位女小说家,她的地位,有一个批评家说,是离着莎士比亚不远的Jane Austen——她的环境也不见得比你们的强。实际上她更不如我们现代的女子。再说她也没有一间她自己可以开关的屋子,也没有每年多少固定的收入。她从不出门,也见不到什么有学问的人;她是一位在家里养老的姑娘,看到有限几本书,每天就在一间永远不得清静的公共起坐间里装作写信似的起草她的不朽的作品。"女人从没有半个钟头"Florence Nightingale说,"女人从没有半个钟头可以说是她们自己的。"再说近一点,白龙德姊妹们,也何尝有什么安逸的生活。在乡间,在一个牧师家里,她们生,她们长,她们死。她们至多站在露台上望望野景,在雾茫茫的天边幻想大千世界的形形色色,幻想她们无颜色无波浪的生活中所不能的经验。要不是它们卓绝的天才,蓬勃的热情与超越的想象,逼着她们不得不写,她们也无非是三个平常的乡间女子,郁死在无欢的家里,有谁想得到她们——光明的十九世纪于她们有什么相干,她们得到了些什么好处?

说起来还是我们的情形比他们的见强哪。清朝的大文人王渔洋袁子才毕秋航陈碧城都是提倡妇女文学最大的功臣。要不是他们几位间接与直接的女弟子的贡献,清朝一代的妇女文学还有什么可述的?要不是他们那时对于女子做诗文做学问的铺张扬厉,我们那位文史通义先生也不至于破口大骂自失身份到这样可笑的地步。他在妇学里面说——

> 近有无耻文人以风流自命蛊惑士女,大率以优伶杂剧所演才子佳人惑人,大江以南名门大家闺阁多为所诱,征诗刻稿,标榜声名,无复男女之嫌,殆忘其身之雌矣。此等闺娃妇学不修,岂有真才可取?而为邪人播弄,浸成风俗,人心世道大可忧也。

章先生要是活到今天看见女子上学堂,甚至和男子同学,上衙门公司店铺工作和男子同事,讲这个那个的党和男子同志,还不把他老人家活活的给气瘪了!

所以你们得记得就在英国,女权最发达的一个民族,女子的解放,不论哪一方面,都还是近时的事情。女子教育算不上一百年的历史。女子的财产权是五十年来才有法律保障的。女子的政治权还不到十年。但这百年来女性方面的努力与成绩不能不说是惊人的。在百年以前的人类的文化可说完全是男性的成绩，女性即使有贡献是极有限的或至多是间接的，女子中当然也不少奇才异能，历史上不少出名的女子，尤其是文艺方面。希腊的沙浮至今还是个奇迹。中世纪的Hypatia, Heloise是无可比的。英国的衣里沙白，唐朝的武则天，她们的雄才大略，那一个男子敢不低头？十八世纪法国的沙龙夫人们是多少天才和名著的保姆。在中国，我们只要记起曹大家的汉书，苏若兰的回文，徐淑蔡文姬左九嫔的词藻，武曌的升仙太子碑，李若兰鱼玄机的诗，李清照朱淑真的词，明文氏的九骚——那一个不是照耀百世的奇才异禀。

这固然是，但就人类更宽更大的活动方面看，女性有什么可以自傲的？有女莎士比亚女司马迁吗？有女牛顿女倍根吗？有女柏拉图女但丁吗？就说到狭义的文艺，女性的成绩比到男性的还不是培塿比到泰山吗？你怪得男性傲慢，女性气馁吗？

在英国乃至在全欧洲，奥斯丁以前可以说女性没有一个成家的作者。从衣里沙白到法国革命查考得到的女子作品只是小诗与故事。就中国论，清朝一代相近三百年间的女作家，按新近钱单夫人的清闺秀艺文略看，可查考的有二千三百十二人之多，但这数目，按胡适之先生的统计，只有百分之一的作品是关于学问，例为考据历史算学医术，就那也说不上有什么重要的贡献，此外百分之九十九都是诗词一类的文学，而且妙的地方是这些诗集诗卷的题名,除了风花雪月一类的风雅,都是带着虚心道歉的意味,仿佛她们都不敢自信女子有公然著作成书的特权似的,都得声明这是她们正业以外的闲情本算不上什么似的,因之不是绣余,就是爨余,不是红余,就是针余,不是脂余梭余,就是织余绮余(陈圆圆的职业特别些,她的词集叫舞余词),要不然就是焚余烬余未焚未烧未定一类的通套,再不然就是断肠泪稿一流的悲苦字样(除了秋瑾的口气那是不同些)。情形是如此,你怪得男性的自美,女性的气短吗?

但这文化史上女性远不如男性的情形自有种种的解释。自然的趋势,男性当然不能借此来证明女子的能力根本不如男子,女性也不能完全推托到男性有意的压迫。谁要奇怪女性的迟缓,要问何以女权论要等到玛丽乌尔夫顿克辣天德方有具体的陈词,只须记得人权论本身也要到相差不远的日子才出世。人的思想的能力是奇怪的,有时他连窜带跳的在短时期内发见了很多,例如希腊黄金时代与近一百五十年来的欧洲,有时睡梦迷糊的在长时期一无新鲜,例如欧洲的中世纪或中国的明代。它不动的时候就像是冬天,一切都是静定的无生气的,就像是生命再不会回来,但它一动的时候那就比是春雷的一震,转眼间就是蓬勃绚烂的春时。在欧洲从阿里士多德直到卢梭乃至淑本华,没有一个思想家不承认男女的不平等是当然的,绝对不值得并且也无从研究的;即使偶有几个天才不容自掩的女子,在中国我们叫做才女,那还是客气的,如同叫长花毛的鸭做锦鸡,在欧洲百年前叫做蓝袜子,那就不免有嘲笑的意思。

但自从约翰弥勒纯正通达论妇女论的大文出世以来，在理论上所有女性不如男性，或是女性不能和男性享受平等机会以及共同负责文化社会的生存与进步的种种谬见偏见与迷信都一齐从此失去了根据，在事实上在这百年来女性自强的努力也已经显明的证明女性只要有同等的机会不论在那样事情上都不能比男性不如；人类的前途展开了一个伟大的新的希望，就是此后文化的发展是两性共同的企业，不再是以前似的单性的活动。在这百年来虽则在别的方面人类依然不免继续他们的谬误，愚蠢，固执，迷信，但这百余年是可纪念的，因为这至少是一个女性开始光荣的世纪。在政治上，在社会上，在法律与道德上，在理论方面，至少女性已经争得与男性完全平等的地位。在事实上，女子的职业一天增多一天，我们现在不易想象一种职业男性可以胜任而女性不能的——也许除了实际的上战场去打仗，但这项职业我们都希望将来有完全淘汰的一天，我们决不希望温柔的女性在任何情形下转变成善斗杀的凶恶。文学与艺术不用说，女子是早就占有地位的，但近百年来的扩大也是够惊人的。诗人就说白朗宁夫人罗刹蒂小姐梅耐儿夫人三个名字已经是够辉煌的。小说更不用说，英美的出版界已有女作家超过男作家的趋势，在品质方面一如数量。J. A. George Eliot, George Sand, Bronte Sisters，近时如曼殊斐儿，薇金娜吴尔夫等等都是卓然成家为文学史上增加光彩的作者。演剧方面如沙拉贝娜Duse, Eilen Terry都是人类永久不可磨灭的记忆。论跳舞，女子的贡献更分明的超过男子，我们不能想象一个男性的Isadara Duncan。音乐，画，雕刻，女子的出人头地的也在天天的加多。科学与哲学，向来是男性的专业，但跟着教育的发展，女子的贡献也在日渐的继长增高。你们只须记起Madame Curie就可以无愧。讲到学问，现在有那一门女子提不起来的。

但这情形，就按最先进几国说，至多也不过一百年来的事，然而成绩已有如此的可观。再过了两千年，我想，男子多半再不敢对女子表示性的傲慢。将来的女子自会有她们的沙士比亚，倍根，阿里士多德，罗素，正如她们在帝王中有过衣里沙白，武则天，在诗人中有过白朗宁，罗刹蒂，在小说家中有过奥斯丁与白龙德姊妹。我们虽则不敢预言女性竟可以有完全超越男性的一天。但我们很可以放心的相信此后女性对文化的贡献比现在总可以超过无量倍数，到男子要担心到他的权威有摇动的危险的一天。

但这当然是说得很远的话。按目前情形，尤其是中国的，我们一方面固然感到女子在学问事业日渐进步的兴奋与快慰，但同时我们也深刻的感觉到种种阻碍的势力还是很活动的在着。我们在东方几乎事事是落后的，尤其是女子，因为历史长，所以习惯深，习惯深所以解放更觉费力。不说别的，中国女子先就忍就了几千年身体方面绝无理性可说的束缚，所以人家的解放是从思想作起点，我们先得从身体解放起。我们的脚还是昨天放开的，我们的胸还是正在开放中。事实上固然这一代的青年已经不至感受身体方面的束缚，但不幸长时期的压迫或束缚是要影响到血液与神经的组织的本体的。即如说脚，你们现有的固然是极秀美的天足,但你们的血液与纤微中难免还留有几十代缠足的鬼影。又如你们的胸部虽已在解放中,但我知道有的年轻姑娘们还不免感到这解放是一种可羞的不便。所以单说身体,恐怕也得至少到你们的再下去三四代才能完全实现解放,恢复自然生长的愉快与美。身体方面已然如此,别的更不用说了。再说一个女子当然还不免做妻做母,单就生产一件事说,男性就可以无忌惮的对女性说"这你总逃不了,总不能叫我来替代你吧!"事实上的确有无数本来在学问或事业上已经走上路的女子为了做妻做母的不可避免临了只能自愿或不自愿的牺牲光荣的成就的希望。这层的阻碍说要能完全去除当然是不可能,但按现今种种的发明与社会组织与制度逐渐趋向合理的情形看,我们很可以设想这天然阻碍的不方便性消解到最低限度的一天。有了节育的方法,比如说,你就不必有生育,除了你自愿,如此一个女子很容易在她几十年的生活中匀出几个短期间来尽她对人类的责任。还有将来家庭的组织也一定与现在的不同,趋势是在去除种种不必要精力的消耗(如同美国就有新法的合作家庭,女子管家的担负不定比男子的重,彼此一样可以进行各人的事业)。所以问题倒不在这方面。成问题的是女子心理上母性的牢不可破,那与男子的父性是相差得太远了。我来举一个例。近代最有名的跳舞家Isadora Duncan在她的自传里说她初次生产时的心理,我觉得她说得非常的真。在初怀孕时她觉得处处的不方便,她本是把她的艺术——舞——看得比她的生命都更重要的,她觉得这生产的牺牲是太无谓了。

尤其是在生产时感到极度的痛苦时（她的是难产）她是恨极了上帝叫女人担负这惨毒的义务；她差一点死了。但等到她的孩子一下地，等到看护把一个稀小的喷香的小东西偎到她身旁去吃奶时，她的快乐，她的感激，她的兴奋，她的母爱的激发，她说，简直是不可名状。在那时间她觉得生命的神奇与意义——这无上的创造——是绝对盖倒一切的，这一相比她原来看作比生命更重要的艺术顿时显得又小又浅，几乎是无所谓的了。在那时间把性的意识完全盖没了后天的艺术家的意识。上帝得了胜了！这，我说，才真是成问题，倒不在事实上三两个月的身体的不便。这根蒂深而力道强的母性当然是人生的神秘与美的一个重要成份，但它多少总不免阻碍女子个人事业的进展。

所以按理论说男女的机会是实在不易说成完全平等的，天生不是一个样子，你有什么办法？但我们也只能说到此，因为在一个女子，母性的人格，母性的实现，按理是不应得与她个人的人格，个性的实现相冲突的。除了在不合理的或迷信打底的社会组织里，一个女子做了妻母再不能兼顾别的，她尽可以同时兼顾两种以上的资格，正如一个男子的父性并不妨害他的个性。就说D，她不能不说是一个母性特强（因为情感富强）的一个女子，但她事实上并不曾为恋爱与生育而至放弃她的艺术的追求。她一样完成了她的艺术。此外做女子的不方便当然比男子的多，但那些都是比较不重要的。

我们国内的新女子是在一天天可辨认的长成，从数千年来有形与无形的束缚与压迫中渐次透出性灵与身体的美与力，像一支在箨裹中透露着的新笋。有形的阻碍,虽则多,虽则强有力,还是比较容易克除的,无形的阻碍,心理上,意识与潜意识的阻碍,倒反须要更长时间与努力方有解脱的可能。分析的说,现社会的种种都还是不适宜于我们新女子的长成的。我再说一个例。比如演戏。你认识戏的重要,知道它的力量。你也知道你有舞台表演的天赋。那为你自己,为社会,你就得上舞台演戏去不是?这时候你就逢到了阻力。积极的或许你家庭的守旧与固执。消极的或许你觅不到相当的同志与机会。这些就算都让你过去,你现在到了另一个难关。有一个戏非你充不可,比如说,那碰巧是个坏人,那是说按人事上习惯的评判,在表现艺术上是没有这种区分的。艺术须要你做,但你开始踌躇了。说一个实例,新近南国社演的沙乐美,那不是一个贞女,也不是一个节妇。有一位俞女士,她是名门世家的一位小姐,去担任主角。她只知道她当前表现的责任。事实上她居然排除了不少的阻难而登台演那戏了。有一晚她正演到要热慕的叫着"约翰我要亲你的嘴",她瞥见她的母亲坐在池子里前排瞪着怒眼望着她,她顿时萎了,原来有热有力的声音与诗句几于嗫嚅的勉强说过了算完事。她觉得她再也鼓不住她为艺术的一往的勇气,在她母亲怒目的一视中,艺术家的她又萎成了名门世家事事依傍着爱母的小姐——艺术失败了!习惯胜利了!

所以我说这类无形的阻碍力量有时更比有形的大。方才说的无非是现成的一个例。在今日一个女子向前走一个步都得有极大的决心和用力,要不然你非但不上前,你难说还向后退——根性，习惯，环境的势力，种种都牵掣着你，阻搁着你。但你们各个人的成或败于未来完全性的新女子的实现都有关连。你多用一分力，多打破一个阻碍，你就多帮助一分，多便利一分新女子的产生。简单说，新女子与旧女子的不同是一个程度，不定是种类的不同。要做一个新女子，做一个艺术家或事业家，要充分发展你的天赋，实现你的个性，你并没有必要不做你父母的好女儿，你丈夫的好妻子，或是你儿女的好母亲——这并不一定相冲突的（我说不一定因为在这发轫时期难免有各种牺牲的必要，那全在你自己判清了利弊来下决断）。分别是在旧观念是要求你做一个扁人，纸剪似的没有厚度没有血脉流通的活性，新观念是要你做一个真的活人，有血有气有肌肉有生命有完全性的！这有完全性要紧——的一个个人。这分别是够大的，虽则话听来不出奇。旧观念叫你准备做妻做母，新观念并不不叫你准备做妻做母，但在此外先要你准备做人，做你自己。从这个观点出发，别的事情当然都换了透视。我看古代留传下来的女作家有一个有趣味的现象。她们多半会写诗，这是说拿她们的心思写成可诵的文句。按传说至少，一个女子的文才多半是有一种防身作用，比如现在上海有钱人穿的铁马甲，从周南的蔡人妻作的芣苢三章，召南申人女行露三章，卫共姜柏舟诗，陈风墓门陶婴黄鹄歌，宋韩凭妻南山有乌句，乃至罗敷女陌上桑都是全凭编了几句诗歌而得幸免男性的侵凌的。还有卓文君写了白头吟司马相如即不娶姨太太，苏若兰制了回文诗扶风窦滔也就送掉他的宠妾。唐朝有几个宫妃在红叶上题了诗从御沟里放流出外因而得到夫婿的（一入深宫里无由得见春题诗花叶上寄与接流人）。此外更有多少女子作品不是慕就是怨。如是看来文学之于古代妇女多少都是于她们婚姻问题发生密切关系的。这本来是，有人或许说，就现在女子念书的还不是都为写情书的准备，许多人家把女孩送进学校的意思还不无非是为了抬高她在婚姻市场上的卖价？这类情形当然应得书篇似的翻阅过去，如其我们盼望新女子及早可以出世。

这态度与目标的转变是重要的。旧女子的弄文墨多少是一种不必要的装饰；新女子的求学问应分是一种发见个性必要的过程。旧女子的写诗词多少是抒写她们私人遭际与偶尔的情感；新女子的志向应分是与男子共同继承并且继续生产人类全部的文化产业。旧女子的字业是承认女子无才便是德的大条件而后红着脸做的事情，因而绣余炊余一流的道歉；新女子的志愿是要为报复那一句促狭的造孽格言而努力给男性一个不容否认的反证。旧女子有才学的，理想是李易安的早年的生涯——当然不一定指她的"被翻红浪起来慵自梳头"一类的艳思——嫁一个风流跌宕一如赵明诚公子的夫婿（赖有闺房如学舍，一编横放两人看），过一些风流而兼风雅的日子；新女子——我们当然不能不许她私下期望一个风流的有情郎（易求无价宝难得有情郎），但我们却同时期望她虽则身体与心肠的温柔都给了她的郎，她的天才她的能力却得贡献给社会与人类。

十二月十五日

# 南行杂纪

## 一　丑西湖

"欲把西湖比西子，浓妆淡抹总相宜。"我们太把西湖看理想化了。夏天要算是西湖浓妆的时候，堤上的杨柳绿成一片浓青，里湖一带的荷叶荷花也正当满艳，朝上的烟雾，向晚的晴霞，那样不是现成的诗料，但这西姑娘你爱不爱？我是不成，这回一见面我回头就逃！什么西湖这简直是一锅腥臊的热汤！西湖的水本来就浅，又不流通，近来满湖又全养了大鱼，有四五十斤的，把湖里袅袅婷婷的水草全给咬烂了，水浑不用说，还有那鱼腥味儿顶叫人难受。说起西湖养鱼，我听得有种种的说法，也不知那样是内情：有说养鱼甘[干]脆是官家谋利，放着偌大一个鱼沼，养肥了鱼打了去卖不是顶现成的；有说养鱼是为预防水草长得太放肆了怕塞满了湖心；也有说这些大鱼都是大慈善家们为要延寿或是求子或是求财源茂健特为从别地方买了来放生在湖里的，而且现在打鱼当官是不准。不论怎么样，西湖确是变了鱼湖了。六月以来杭州据说一滴水都没有过，西湖当然水浅得像个干血痨的美女，再加那腥味儿！今年南方的热，说来我们住惯北方的也不易信，白天热不说，通宵到天亮也不见放松，天天大太阳，夜夜满天星，节节高的一天暖似一天。杭州更比上海不堪，西湖那一洼浅水用不到几个钟头的晒就离滚沸不远什么，四面又是山，这热是来得去不得，一天不发大风打阵，这锅热汤，就永远不会凉。我那天到了晚上才雇了条船游湖，心想比岸上总可以凉快些。好，风不来还熬得，风一来可真难受极了，又热又带腥味儿，真叫人发眩作呕，我同船一个朋友当时就病了，我记得红海里两边的沙漠风都似乎较为可耐些！夜间十二点我们回家的时候都还是热虎虎〔乎乎〕的。还有湖里的蚊虫！简直是一群群的大水鸭子！你一生定就活该。

这西湖是太难了，气味先就不堪。再说沿湖的去处，本来顶清澹宜人的一个地方是平湖秋月，那一方平台，几棵杨柳，几折回廊，在秋月清澈的凉夜去坐着看湖确是别有风味，更好在去的人绝少，你夜间去总可以独占，唤起看守的人来泡一碗清茶，冲一杯藕粉，和几个朋友闲谈着消磨他半夜，真是清福。我三年前一次去，有琴友有笛师，躺平在杨树底下看揉碎的月光，听水面上翻响的幽乐，那逸趣真不易。西湖的俗化真是一日千里，我每回去总添一度伤心：雷峰也羞跑了，断桥折成了汽车桥，哈得在湖心里造房子，某家大少爷的汽油船在三尺的柔波里兴风作浪，工厂的烟替代了出岫的霞，大世界以及什么舞台的锣鼓充当了湖上的啼莺，西湖，西湖，还有什么可留恋的！这回连平湖秋月也给糟蹋了，你信不信？

"船家,我们到平湖秋月去,那边总还清静。"

"平湖秋月?先生,清静是不清静的,格歇开了酒馆,酒馆着实闹忙哩,你看,望得见的,穿白衣服的人多煞勒瞎,扇子□得活血血的,还有唱唱的,十七八岁的姑娘,听听看——是无锡山歌哩,胡琴都蛮清爽的……"

那我们到楼外楼去吧。谁知楼外楼又是一个伤心!原来楼外楼那一楼一底的旧房子斜斜的对着湖心亭,几张揩抹得发白光的旧桌子,一两个上年纪的老堂倌,活络络的鱼虾,滑齐齐的莼菜,一壶远年,一碟盐水花生,我每回到西湖往往偷闲独自跑去领略这点子古色古香,靠在阑干上从堤边杨柳荫里望潋潋的湖光,晴有晴色,雨雪有雨雪的景致,要不然月上柳梢时意味更长,好在是不闹,晚上去也是独占的时候多,一边喝着热酒,一边与老堂倌随便讲讲湖上风光,鱼虾行市,也自有一种说不出的愉快。但这回连楼外楼都变了面目!地址不曾移动,但翻造了三层楼带屋顶的洋式门面,新漆亮光光的刺眼,在湖中就望见楼上电扇的疾转,客人闹盈盈的挤着,堂倌也换了,穿上西葱的长袍,原来那老朋友也看不见了,什么闲情逸趣都没有了!我们没办法移一个桌子在楼下马路边吃了一点东西,果然连小菜都变了,真是可伤。泰戈尔来看了中国,发了很大的感慨。他说,"世界上再没有第二个民族像你们这样蓄意的制造丑恶的精神"。怪不过老头牢骚,他来时对中国是怎样的期望(也许是诗人的期望),他看到的又是怎样一个现实!狄更生先生有一篇绝妙的文章,是他游泰山以后的感想,他对照西方人的俗与我们的雅,他们的唯利主义与我们的闲暇精神。他说只有中国人才真懂得爱护自然,他们在山水间的点缀是没有一点辜负自然的;实际上他们处处想法子增添自然的美,他们不容许煞风景的事业。他们在山上造路是依着山势回环曲折,铺上本山的石子,就这山道就饶有趣味,他们宁可牺牲一点便利。不愿斲丧自然的和谐。所以他们造的是妩媚的石径。欧美人来时不开马路就来穿山的电梯。他们在原来的石块上刻上美秀的诗文,漆成古色的青绿,在苔藓间掩映生趣。反之在欧美的山石上只见雪茄烟与各种生意的广告。他们在山林丛密处透出一角寺院的红墙,西方人起的是几层楼嘈杂的旅馆。听人说中国人得效法欧西,我不知道应得自觉虚心做学徒的究竟是谁?

这是十五年前狄更生先生来中国时感想的一节。我不知道他现在要是回来看看西湖的成绩,他又有什么妙文来颂扬我们的美德!

说来西湖真是个爱伦内。论山水的秀丽,西湖在世界上真有位置。那山光,那水色,别有一种醉人处,叫人不能不生爱。但不幸杭州的人种(我也算是杭州人),也不知怎的,特别的来得俗气来得陋相。不读书人无味,读书人更可厌,单听那一口杭白,甲隔甲隔的,就够人心烦!看来杭州人话会说(杭州人真会说话!),事也会做,近年来就"事业"方面看,杭州的建设的确不少,例如西湖堤上的六条桥就全给拉平了替汽车公司帮忙;但不幸经营山水的风景是另一种事业,决不是开铺子,做官一类的事业。平常布置一个小小的园林,我们尚且说总得主人胸中有些丘壑，如今整个的西湖放在一班大老的手里，他们的脑子里平常想些什么我不敢猜度，但就成绩看，他们的确是只图每年"我们杭州"商界收入的总数增加多少的一种头脑！开铺子的老板们也许沾了光，但是可怜的西湖呢？分明天生俊俏的一个少女，生生的叫一群粗汉去替她涂脂抹粉，就说没有别的难堪情形，也就够煞风景又煞风景！天啊，这苦恼的西子！

但是回过来说，这年头那还顾得了美不美！江南总算是天堂，到今天为止。别的地方人命只当得虫子，有路不敢走，有话不敢说，还来搭什么臭绅士的架子，挑什么够美不够美的鸟眼？

## 二 劳资问题

我不曾出国的时候只听人说振兴实业是救国的唯一路子，振兴实业的意思是多开工厂：开工厂一来可以解决贫民生计问题，二来可以塞住"漏卮"。那时我见着高矗的烟囱，心里就发生油然的敬意，如同翻开一本善书似的。

罗斯金与马克思最初修正我对于烟囱的见解（那时已在美国），等到我离开纽约那一年，我看了自由神的雕像都感着厌恶，因为它使我联想起烟囱。

我不喜欢烟囱另有一个理由。我那历史教师讲英国十九世纪初年的工业状况，以及工厂待遇工人的黑暗情形，内中有一条是叫年轻的小孩子钻进烟囱里去清理龌龊，不时有被薰焦了的。我不能不恨烟囱了。

我同情社会主义的起点是看了一部小说,内中讲芝加哥一个制肉糜厂,用极小的孩子看看机器的工作的;有一个小孩不小心把自己的小手臂也叫碾了进去,和着猪肉一起做了肉糜。那一厂的出货是行销东方各大城的,所以那一星期至少有几万人分尝到了那小孩的臂膀。肉厂是资本家开的,因此我不能不恨资本家。

我最初看到的社会主义是马克思前期的,劳勃脱欧温一派,人道主义,慈善主义,以及乌托帮主义混成一起的。正合我的脾胃。我最容易感情冲动,这题目够我的发泄了:我立定主意研究社会主义。

我在纽约那一年有一部分中国人叫我做鲍尔雪微克[①],因为——为什么?——因为我房间里书架上碰巧有几本讲苏俄一类的书。到了英国我对劳工的同情益发分明了。在报纸上看到劳工就比是看《三国志》看到诸葛亮赵云,《水浒》看到李逵鲁智深,总是"帮"的。那时有机会接近的也是工党一边的人物。贵族,资本家;这类字样一提着就毂挖苦!劳工,多响亮,多神圣的名词!直到我回国,我自问是个激烈派,一个社会主义者,即使不是个鲍尔雪微克,萧伯纳的话牢牢的记着,他说:一个在三十岁以下的人看了现代社会的状况而不是个革命家,他不是个痴子,定是个傻瓜。我年纪轻轻,不愿痴,也

---

① 即布尔什维克。

不愿意傻，所以当然是个革命家。

到了中国以后，也不知怎的，原来热烈的态度忽然变了温和；原来一任感情的浮动，现在似乎要暂时遏住了感情，让脑筋凉些了仔细的想一想。但不幸这部分工夫始终不会有机会做，虽则我知道我对这问题迟早得踌躇出一个究竟来：不经心的偶然的掼打不易把米粒从糠皮中分出。人是无远虑的多。我们在国外时劳资斗争是一个见天感受得到的实在：一个内阁的成功与失败全看它对失业问题有否相当的办法，罢工的危险性可以使你的房东太太整天在发愁与赌咒中过日子。这就不容你不取定一个态度，袒护资本还是同情劳工？中国究竟还差得远：资本和劳工同样说不到大规模的组织，日常生活与所谓近代工业主义间看不出什么迫切的关系，同时疯狂性的内战完全占住了我们的注意，因此虽则近来罢工一类的事实常有得听见，这劳资问题的实在在一般人的心目中总还是远着一步的。尤其是在北京一类地方，除了洋车夫与粪夫，见不到什么劳工社会，资本更说不上，所以仅凭"打倒资本主义"一类的呼声怎样激昂，我们的血温还是不会增高的。就我自己说，这三四年来简直因为常住北京的缘故，我竟于几乎完全忘却了这原来极想用力研究的问题。这北京生活是该咒诅的：它在无形中散布一种惰性的迷醉剂，使你早晚得受传染；使你不自觉的退入了"反革命"的死胡同里去。新近有一个朋友来京，他一边羡慕我们的闲暇，一边却十分惊讶他几个旧友的改变；从青年改成暮年，从思想的勇猛改成生活的萎靡［靡］——他发现了一群已成和将成的"圈子"！

这所谓"智识阶级"的确有觉悟的迫要。他们离国民的生活太远了，离社会问题的真际太远了，离激荡思想的势力太远了。本来单凭书本子的学问已够不完全，何况现在的智识阶级连翻书本子的工夫都捐给了女太太小孩子们的起居痛痒！

又一个朋友新近到了苏俄也发生了极肫挚的反省：他在那边不发见什么恐怖与危机，他发见的是一团伟大勇猛的精神在那里伟大的勇猛的为全社会做事；他发见的是不容否认的理想主义与各项在实施中的理想；他发见的是一个有生命有力量的民族，他们所试验的事业即使不免有可议的地方，也决不是完全在醉生梦死中的中国人有丝毫的权利来批评的。听着：决不是完全在醉生梦死中的中国人有丝毫的权利来批评的！

在篇首说到烟囱原为要讲此次在南方一点子关于工厂的阅历，不想笔头又掉远了。说也奇怪，我可以说从不曾看过一间工厂。在国外"参观"过的当然有，但每回进工厂看的是建筑与机器等类的设备，往往因为领导人讲解得太详尽了，结果你什么也没有听到，没有看到。我从不曾进工厂去看过工人们做工的情形。这次却有了机会，而且在我的本乡；不但是本乡，而且是我自家父亲一手经营起的。我回硖石那天，我父亲就领了我去参观。那是一个丝厂，今年夏间才办成，屋子什么全是新的。工人有一百多，全是工头从绍兴包雇来的女人，有好多是带了孩子来的。机器间我先后去了三回，都是工作时间，我先说说大概情形，再及我的感想。房子造得极宽厂［敞］，空气尽够流通,约略一百多架"丝车"分成两行,相对的排着,女工们坐在丝车与热汤盆的中间,在机轧声中几百双手不住的抽着汤盆里泡着的丝茧,在每个汤盆的跟前站着一个自八九岁到十二三岁的女孩子拿着勺子向汤水里捞出已经抽尽丝的茧壳。就女工们的姿态及手技看,她们都是熟练的老手,神情也都闲暇自若,在我们走过的时候,有很多抬起头带笑容的看着我们,这可见她们在工作时并不感受过分的难堪。那天是六月中旬,天气已经节节高向上加热,大约在荫凉处已够几十度光景,我们初进机器间因为两旁通风并不觉热,但走近中段就不同,走转身的时候我浑身汗透,我说不定温度有多高,但因为外来的太阳光(第一次去看芦苇不曾做得,随后就有了)与丝车的沸汤的夹攻,中间呆坐着做工人的滋味,你可以揣想。工人的汗流被面的固然多,但坦然的也仅有。据说这工作她们上八府人是一半身体坚实一半做惯了吃得起,要是本地人去,半天都办不了的。这话我信,因为我自谅我要是生[坐]下去的话怕不消三四个钟头竟会昏了去的。那些捞蚕的女孩子们,十个里有九个是头面上长有热疮热疖的,这就可见一斑。

这班工人,前面说过,是工头包雇来的,厂里有宿舍给她们住,饭食也是厂里包的,除了放假日外,女工们是一例不准出门的。夏天是五点半放头螺,六点上工,十二时停工半小时吃饭,十二时半再开工到下午六时放工,共计做十一时有半的工。放假是一个月两天,初一与月半。

工资是按钟点算的,仿佛每工人可得五角或是四角八大洋的工资，每月抛去饭资每人可得净工资十元光景，厂里替她们办储蓄，有利息，这一层待遇情形据说比较并不坏，一个女工到外府来做工每年年底可以捧一百多现洋钱回家，确是很可自傲的了。

我说过这是我第一次看厂工做工。看过了心里觉着一种难受。那么大热我的天在那么热的屋子里连着做将近十二小时的工！外面的账房计算给我们听，从买进生蚕到卖出熟丝的层层周折，抛去开销，每丝可以赚多少钱。呒，马克思的剩余价值论！这不是剥削工人们的劳力？我们是听惯八小时工作八小时睡眠八小时自由论的，这十一二小时的工作如何听得顺耳？"那末这大热天何妨让工人们少做一点时间呢？"我代工人们求恳似的问。"工人们那里肯？她们只要多做，不要少做；多做多赚钱，少做少赚钱。"我没得话说了。"那末为什么不按星期放工呢？""她们连那两天都不愿意闲空哪！"我又没得话说了。一群猪羊似的工人们关在牢狱似的厂房里拼了血汗替自己家里赚小钱，替出资本办厂的财主们赚大钱？这情形其实有点看不顺眼——难受。"这大热天工人们不发病吗？"我又替她们担忧似的问。"她们才叫牢靠哪，很少病的；厂里也备了各种痧药，以后还请镇上一个西医每天来一半个钟头；厂里也够卫生的。""那末有这许多孩子，何妨附近设一个学校，让她们有空认几个字也好不是？""这——我们不赞成；工人们认了字有了知识，就会什么罢工造反，那有什么好处！"我又没得话说了。

我真不知道怎样想才是。在一边看，这种的工作情形实在是太不人道，太近剥削；但换一边看，这多的工人，原来也许在乡间挨饿的，这来有生计，多少可以赚一点钱回去养家，又不能完全说是没有好处；并且厂内另选蚕一类轻易的工作，的确也替本乡无业的妇女们开一条糊口过活的路。你要是去问工人们自己满意不满意，我敢说她们是不会（因为知识不到）出怨言的。那你这是白着急？可是我总得心上难受，异常的难受，仿佛自身做了什么亏心事似的。自从看了厂以后，我至今还不忘记那机器间的情形，尤其在南方天气最热的那几天，我到那儿那儿都惦着那一群每天得做十一二小时工作的可怜的生灵们！也许是我的感情作用；我在国外时也何尝不曾剧烈的同情劳工，但我从不曾经验过这样深刻的感念。我这才亲眼看到劳工的劳，这才看到一般人受生计逼迫无可奈何的实在，这才看到资本主义（在现在中国）是怎样一个必要的作孽，这才重新觉悟到我们社会生活问题有立即通盘筹划趁早设施的迫切。就治本说，发展实业是否只能听其自然的委给有资产阶级，抑或国家和地方有集中经营的余地；就治标说，保护劳工法的种种条例有切实施行的必要，否则劳资问题的冲突逃不了一天乱似一天的。总之乌托邦既然是不可能，彻底的生计革命又一时不可期待，单就社会的安宁以及维持人道起见，我们自命有头脑的少数人，赶快得起来尽一分的责任；自觉的努力，不论走那一个方向，总是生命力还在活动的表现，否则这醉生梦死的难道真的死透了绝望了吗？

一九二六年八月作

# 巴黎的鳞爪

咳巴黎！到过巴黎的一定不会再希罕天堂；尝过巴黎的，老实说，连地狱都不想去了。整个的巴黎就像是一床野鸭绒的垫褥，衬得你通体舒泰，硬骨头都给熏酥了的——有时许太热一些。那也不碍事，只要你受得住。赞美是多余的，正如赞美天堂是多余的；咒诅也是多余的，正如咒诅地狱是多余的。巴黎，软绵绵的巴黎，只在你临别的时候轻轻的嘱咐一声"别忘了，再来！"其实连这都是多余的。谁不想再去？谁忘得了？

香草在你的脚下，春风在你的脸上，微笑在你的周遭。不拘束你，不责备你，不督饬你，不窘你，不恼你，不揉你。它搂着你，可不缚住你：是一条温存的臂膀，不是根绳子。它不是不让你跑，但它那招逗的指尖却永远在你的记忆里晃着。多轻盈的步履，罗袜的丝光随时可以沾上你记忆的颜色！

但巴黎却不是单调的喜剧。赛因河的柔波里掩映着罗浮宫的倩影，它也收藏着不少失意人最后的呼吸。流着，温驯的水波；流着，缠绵的恩怨。咖啡馆：和着交颈的软语，开怀的笑响，有踞坐在屋隅里蓬头少年计较自毁的哀思。跳舞场：和着翻飞的乐调,迷醇的酒香,有独自支颐的少妇思量着往迹的怆心。浮动在上一层的许是光明,是欢畅,是快乐,是甜蜜,是和谐;但沉淀在底里阳光照不到的才是人事经验的本质:说重一点是悲哀,说轻一点是惆怅;谁不愿意永远在轻快的流波里漾着,可得留神了你往深处去时的发见!

一天,一个从巴黎来的朋友找我闲谈,谈起了劲,茶也没喝,烟也没吸,一直从黄昏谈到天亮,才各自上床去躺了一歇,我一合眼就回到了巴黎,方才朋友讲的情境惝恍的把我自己也缠了进去;这巴黎的梦真醇人,醇你的心,醇你的意志,醇你的四肢百体,那味儿除是亲尝过的谁能想象!——我醒过来时还是迷糊的忘了我在那儿,刚巧一个小朋友进房来站在我的床前笑吟吟喊我"你做什么梦来了,朋友,为什么两眼潮潮的像哭似的?"我伸手一摸,果然眼里有水,不觉也失笑了——可是朝来的梦,一个诗人说的,同是这悲凉滋味,正不知这泪是为哪一个梦流的呢?

下面写下的不成文章,不是小说,不是写实,也不是写梦,——在我写的人只当是随口曲,南边人说的"出门不认货",随你们宽容的读者们怎样看罢。

出门人也不能太小心了。走道总得带些探险的意味。生活的趣味大半就在不预期的发见,要是所有的明天全是今天刻板的化身,那我们活什么来了?正如小孩子上山就得采花,到海边就得捡贝壳，书呆子进图书馆想捞新智慧——出门人到了巴黎就想……

你的批评也不能过分严正不是？少年老成——什么话！老成是老年人的特权，也是他们的本分；说来也不是他们甘愿，他们是到了年纪不得不。少年人如何能老成？老成了才是怪哪！

放宽一点说，人生只是个机缘巧合；别瞧日常生活河水似的流得平顺，它那里面多的是潜流，多的是旋涡——轮着的时候谁躲得了给卷了进去？那就是你发愁的时候，是你登仙的时候，是你辨着酸的时候，是你尝着甜的时候。

巴黎也不定比别的地方怎样不同：不同就在那边生活流波里的潜流更猛，旋涡更急，因此你叫给卷进去的机会也就更多。

我赶快得声明我是没有叫巴黎的旋涡给淹了去——虽则也就够险。多半的时候我只是站在赛因河岸边看热闹，下水去的时候也不能说没有，但至多也不过在靠岸清浅处溜着，从没敢往深处跑——这来旋涡的纹螺，势道，力量，可比远在岸上时认清楚多了。

一　九小时的萍水缘

我忘不了她，她是在人生的急流里转着的一张萍叶，我见着了它，掬在手里把玩了一晌，依旧交还给它的命运，任它飘流去——它以前的漂泊我不曾见来，它以后的漂泊，我也见不着,但就这曾经相识匆匆的恩缘——实际上我与她相处不过九小时——已在我的心泥上印下踪迹,我如何能忘,在忆起时如何能不感须臾的惆怅。

  那天我坐在那热闹的饭店里瞥眼看着她,她独坐在灯光最暗漆的屋角里,这屋内哪一个男子不带媚态,哪一个女子的胭脂口上不沾笑容,就只她:穿一身淡素衣裳,戴一顶宽边的黑帽,在鬈密的睫毛上隐隐闪亮着深思的目光——我几乎疑心她是修道院的女僧偶尔到红尘里随喜来了。我不能不接着注意她,她的别样的支颐的倦态,她的曼长的手指,她的落漠的神情,有意无意间的叹息,在在都激发我的好奇——虽则我那时左边已经坐下了一个瘦的,右边来了[个]肥的,四条光滑的手臂不住的在我面前晃着酒杯。但更使我奇异的是她不等跳舞开始就匆匆的出去了,好像害怕或是厌恶似的。第一晚这样,第二晚又是这样;独自默默的坐着,到时候又匆匆的离去。到了第三晚她再来的时候我再也忍不住不想法接近她。第一次得着的回音,虽则是"多谢好意,我再不愿交友"的一个拒绝,只是加深了我的同情的好奇。我再不能放过她。巴黎的好处就在处处近人情;爱慕的自由是永远容许的。你见谁爱慕谁想接近谁,决不是犯罪,除非你在经程中泄漏了你的尘气暴气,陋相或是贫相,那不是文明的巴黎人所能容忍的。只要你"识相",上海人说的,什么可能的机会你都可以利用。对方人理你不理你,当然又是一回事;但只要你的步骤对,文明的巴黎人决不让你难堪。

我不能放过她。第二次我大胆写了个字条付中间人——店主人——交去。我心里直怔怔的怕讨没趣。可是回话来了——她就走了,你跟着去吧。

她果然在饭店门口等着我。

你为什么一定要找我说话,先生,像我这再不愿意有朋友的人?

她张着大眼看我,口唇微微的颤着。

我的冒昧是不望恕的,但是我看了你忧郁的神情我足足难受了三天,也不知怎的我就想接近你,和你谈一次话,如其你许我,那就是我的想望,再没有别的意思。

真的她那眼内绽出了泪来,我话还没说完。

想不到我的心事又叫一个异邦人看透了……她声音都哑了。

我们在路灯的灯光下默默的互注了一晌,并着肩沿马路走去,走不到多远她说不能走,我就问了她的允许雇车坐上,直望波龙尼大林园清凉的暑夜里兜去。

原来如此,难怪你听了跳舞的音乐像是厌恶似的,但既然不愿意何以每晚还去?

那是我的感情作用:我有些舍不得不去,我在巴黎一天,那是我最初遇见——他的地方,但那时候的我……可是你真的同情我的际遇吗,先生?我快有两个月不开口了,不瞒你说,今晚见了你我再也不能制止,我爽性说给你我的生平的始末吧,只要你不嫌。我们还是回那饭庄去罢。

你不是厌烦跳舞的音乐吗?

她初次笑了。多齐整洁白的牙齿,在道上的幽光里亮着!有了你我的生气就回复了不少,我还怕什么音乐?

我们俩重进饭庄去选一个基角坐下,喝完了两瓶香槟,从十一时舞影最凌乱时谈起,直到早三时客人散尽侍役打扫屋子时才起身走,我在她的可怜身世的演述中遗忘了一切,当前的歌舞再不能分我丝毫的注意。

下面是她的自述。

我是在巴黎生长的。我从小就爱读天方夜谭的故事,以及当代描写东方的文学;啊东方,我的童真的梦魂哪一刻不在它的玫瑰园中留恋?十四岁那年我的姊姊带我上比[北]京去住,她在那边开一个时式的帽铺,有一天我看见一个小身材的中国人来买帽子,我就觉着奇怪,一来他长得异样的清秀,二来他为什么要来买那样时式的女帽;到了下午一个女太太拿了方才买去的帽子来换了,我姊姊就问她那中国人是谁,她说是她的丈夫,说开了头她就讲她当初怎样为爱他触怒了自己的父母,结果断绝了家庭和他结婚,但她一点也不追悔,因为她的中国丈夫待她怎样好法,她不信西方人会得像他那样体贴,那样温存。我再也忘不了她说话时满心怡悦的笑容。从此我仰慕东方的私衷又添深了一层颜色。

我再回巴黎的时候已经长成了,我父亲是最宠爱我的,我要什么他就给我什么。我那时就爱跳舞,啊,那些迷醉轻易的时光，巴黎哪一处舞场上不见我的舞影。我的妙龄，我的颜色，我的体态，我的聪慧，尤其是我那媚人的大眼——啊，如今你见的只是悲惨的余生再不留当时的丰韵——制定了我初期的堕落。我说堕落不是？是的，堕落，人生哪处不是堕落，这社会哪里容得一个有姿色的女人保全她的清洁？我正快走入险路的时候，我那慈爱的老父早已看出我的倾向，私下安排了一个机会，叫我与一个有爵位的英国人接近。一个十七岁的女子哪有什么主意，在两个月内我就做了新娘。

　　说起那四年结婚的生活，我也不应得过分的抱怨，但我们欧洲的势利的社会实在是树心里生了蠹，我怕再没有回复健康的希望。我到伦郭去做贵妇人时我还是个天真的孩子，哪有什么机心，哪懂得虚伪的卑鄙的人间的底里，我又是个外国人，到处遭受嫉忌与批评。还有我那叫名的丈夫。他娶我究竟为什么动机我始终不明白，许贪我年轻贪我貌美带回家去广告他自己的手段，因为真的我不曾感着他一息的真情；新婚不到几时他就对我冷淡了，其实他就没有热过，碰巧我是个傻孩子，一天不听著一半句软语，不受些温柔的怜惜，到晚上我就不自制的悲伤。他有的是钱，有的是趋奉谄媚，成天在外打猎作乐，我愁了不来慰我，我病了不来问我，连着三年抑郁的生涯完全消灭了我原来活泼快乐的天机，到第四年实在耽不住了，我与他吵一场回巴黎再见我父亲的时候，他几乎不认识我了。

我自此就永别了我的英国丈夫。因为虽则实际的离婚手续在他方面到前年方始办理，他从我走了后也就不再来顾问我——这算是欧洲人夫妻的情分！

我从伦敦回到巴黎，就比久困的雀儿重复飞回了林中，眼内又有了笑，脸上又添了春色，不但身体好多，就连童年时的种种想望又在我心头活了回来。三四年结婚的经验更叫我厌恶西欧，更叫我神往东方。东方，啊，浪漫的多情的东方！我心里常常的怀念着。有一晚，那一个运定的晚上，我就在这屋子内见着了他，与今晚一样的歌声，一样的舞影，想起还不就是昨天，多飞快的光阴，就可怜我一个单薄的女子，无端叫运神摆布，在情网里颠连，在经验的苦海里沉沦，朋友，我自分是已经埋葬了的活人，你何苦又来逼着我把往事掘起，我的话是简短的，但我身受的苦恼，朋友，你信我，是不可量的；你望我的眼里看，凭着你的同情你可以在刹那间领会我灵魂的真际！

他是菲利滨人，也不知怎的我初次见面就迷了他。他肤色是深黄的，但他的性情是不可信的温柔；他身材是短的，但他的私语有多叫人销魂的魔力？啊，我到如今还不能怨他；我爱他太深，我爱他太真，我如何能一刻忘他，虽则他到后来也是一样的薄情，一样的冷酷。你不倦么，朋友，等我讲给你听？

我自从认识了他我便倾注给他我满怀的柔情，我想他，那负心的他，也够他的享受，那三个月神仙似的生活！

我们差不多每晚在此聚会的。秘谈是他与我，欢舞是他与我，人间再有更甜美的经验吗？朋友你知道痴心人赤心爱恋的疯狂吗？因为不仅满足了我私心的想望，我十多年梦魂缭绕的东方理想的实现。有他我什么都有了，此外我更有什么沾恋？因此等到我家里为这事情与我开始交涉的时候，我更不踌躇的与我生身的父母根本决绝。我此时又想起了我垂髫时在比〔北〕京见着的那个嫁中国人的女子，她与我一样也为了痴情牺牲一切，我只希冀她这时还能保持着她那纯爱的生活，不比我这失运人成天在幻灭的辛辣中回味。

我爱定了他。他是在巴黎求学的，不是贵族，也不是富人，那更使我放心，因为我早年的经验使我迷信真爱情是穷人才能供给的。谁知他骗了我——他家里也是有钱的，那时我在热恋中抛弃了家，牺牲了名誉，跟了这黄脸人离却巴黎，辞别欧洲，经过一个月的海程，我就到了我理想的灿烂的东方。啊，我那时的希望与快乐！但才出了红海，他就上了心事，经我再三的逼，他才告诉他家里的实情，他父亲是菲利滨最有钱的土著，性情是极严厉的，他怕轻易不能收受我进他们的家庭。我真不愿意把此后可怜的身世烦你的听，朋友，但那才是我痴心人的结果，你耐心听着吧！

东方，东方才是我的烦恼！我这回投进了一个更陌生的社会，呼吸更沉闷的空气；他们自己中间也许有他们温软的人情，但轮着我的却一样还只是猜忌与讥刻，更不容情的刺袭我的孤独的性灵。果然他的家庭不容我进门，把我看作一个"巴黎淌来的可疑的妇人"。我为爱他也不知忍受了多少不可忍的侮辱，吞了多少悲泪，但我自慰的是他对我不变的恩情。因为在初到的一时他还是不时来慰我——我独自赁屋住着。但慢慢的也不知是人言浸润还是他原来爱我不深，他竟然表示割绝我的意思。朋友，试想我这孤身女子牺牲了一切为的还不是他的爱，如今连他都离了我，那我更有什么生机？我怎的始终不曾自毁，我至今还不信，因为我那时真的是没路走了。我又没有钱，他狠心丢了我，我如何能再去缠他，这也许是我们白种人的倔强，我不久便揩干了眼泪，出门去自寻活路。我在一个菲美合种人的家里寻得了一个保姆的职务；天幸我生性是耐烦领小孩的——我在伦敦的日子没孩子管，我就养猫弄狗——救活我的是那三五个活灵的孩子，黑头发短手指的乖乖。在那炎热的岛上我是过了两年没颜色的生活，得了一次凶险的热病，从此我面上再不存青年期的光彩。我的心境正稍稍回复平衡的时候两件不幸的事情又临着我：一件是我那他与另一女子的结婚，这消息使我昏绝了过去，一件是被我弃绝的慈父也不知怎的问得了我的踪迹，来电说他老病快死要我回去。啊，天罚我！等我赶回巴黎的时候正好赶着与老人诀别，忏悔我先前的造孽！

从此我在人间还有什么意趣？我只是个实体的鬼影，

活动的尸体；我的心也早就死了，再也不起波澜；在初次失望的时候我想象中还有个辽远的东方，但如今东方只在我的心上留下一个鲜明的新伤，我更有什么希冀，更有什么心情？但我每晚还是不自主的到这饭店里来小坐，正如死去的鬼魂忘不了他的老家！我这一生的经验本不想再向人前吐露的，谁知又碰着了你，苦苦的追着我，逼我再一度撩拨死尽的火灰，这来你够明白了，为什么我老是这落漠的神情，我猜你也是过路的客人，我深深自幸又接近一次人情的温慰，但我不敢希望什么，我的心是死定了的，时候也不早了，你看方才舞影凌乱的地板上现在只剩一片冷淡的灯光，侍役们已经收拾干净，我们也该走了，再会吧，多情的朋友！

二　"先生，你见过艳丽的肉没有？"

我在巴黎时常去看一个朋友，他是一个画家，住在一条老闻着鱼腥的小街底头一所老屋子的顶上一个A字式的尖阁里，光线暗惨得怕人，白天就靠两块日光胰子大小的玻璃窗给装装幌，反正住的人不嫌就得，他是照例不过正午不起身，不近天亮不上床的一位先生，下午他也不居家，起码总得上灯的时候他才脱下了他的开䙝露出两条破烂的臂膀埋身在他那艳丽的垃圾窝里开始他的工作。

艳丽的垃圾窝——它本身就是一幅妙画！我说给你听听。

贴墙有精窄的一条上面盖着黑毛毡的算是他的床,在这上面就准你规规矩矩的躺着,不说起坐一定扎脑袋,就连翻身也不免冒犯斜着下来永远不退让的屋顶先生的身份!承着顶尖全屋子顶宽舒的部分放着他的书桌——我捏着一把汗叫它书桌,其实还用提吗,上边什么法宝都有,画册子、稿本、黑炭、颜色盘子、烂袜子、领结、软领子、热水瓶子压瘪了的、烧干了的酒精灯、电筒、各色的药瓶、彩油瓶、脏手绢、断头的笔杆、没有盖的墨水瓶子。一柄手枪,那是瞒不过我花七法郎在密歇耳大街路旁旧货摊上换来的。照相镜子、小手镜、断齿的梳子、蜜膏、晚上喝不完的咖啡杯、详梦的小书,还有——还有可疑的小纸盒儿,凡士林一类的油膏……一只破木板箱一头漆着名字上面蒙着一块灰色布的是他的梳妆台兼书架,一个洋磁面盆半盆的胰子水似乎都叫一部旧版的卢梭集子给饕了去,一顶便帽套在洋瓷长提壶的耳柄上,从袋底里倒出来的小铜钱错落的散着像是土耳其人的符咒,几只稀小的烂苹果围着一条破香蕉像是一群大学教授们围着一个教育次长索薪……

壁上看得更斑斓了:这是我顶得意的一张庞那的底稿当废纸买来的,这是我临蒙内的裸体,不十分行,我来撩起灯罩你可以看清楚一点,草色太浓了,那漆部画坏了,这一小幅更名贵,你认是谁,罗丹的!那是我前年最大的运气,也算是借来的,老巴黎就是这点子便宜,挨了半年八个月的饿不要紧,只要有机会捞着真东西,这还不值得!那边一张挤在两幅油画缝里的,你见了没有,也是有来历的,那是我前年趁马克倒霉路过佛兰克福德时夹手抢来的,是真的孟察尔都难说,就差糊了一点,现在你给三千法郎我都不卖,加倍再加倍都值,你信不信?再看那一长条……在他那手指东点西的卖弄他的家珍的时候,你竟会忘了你站着的地方是不够六尺阔的一间阁楼,倒像跨在你头顶那两片斜着下来的屋顶也顺着他那艺术谈法术似的隐了去,露出一个爽恺〔垲〕的高天,壁上的疙瘩,壁蟢窠,霉块,钉疤,全化成了哥罗画帧中"飘飘欲化烟"的最美丽林树与轻快的流涧;桌上的破领带及手绢烂香蕉臭袜子等等也全变形成戴大阔边稻草帽的牧童们,偎着树打盹的,牵着牛在涧里喝水的,手反衬着脑袋放平在青草地上瞪眼看天的,斜眼溜着那边走进来的娘们手按着音腔吹横笛的——可不是那边来了一群娘们,全是年岁青青的,露着胸膛,散着头发,还有光着白腿的在青草地上跳着来了?……嗯!小心扎脑袋,这屋子真别扭,你出什么神来了?想着你的Bel Ami对不对?你到巴黎快半个月,该早有落儿了,这年头收成真容易——呒,太容易了!谁说巴黎不是理想的地狱?你吸烟斗吗?这儿有自来火。对不起,屋子里除了床,就是那张弹簧早经追悼过了的沙发,你坐坐吧,给你一个垫子,这是全屋子顶温柔的一样东西。

不错,那沙发,这阁楼上要没有那张沙发,主人的风格就落了一个极重要的原素。说它肚子里的弹簧完全没了劲,在主人说是太谦,在我说是简直污蔑了它。因为分明有一部分内簧是不曾死透的,那在正中间,看来倒像是一座分水岭,左右都是往下倾的,我初坐下时不提防它还有弹力,倒叫我骇了一下;靠手的套布可真是全霉了,露着黑黑黄黄不知是什么货色,活像主人衬衫的袖子。我正落了坐,他咬了咬嘴唇翻一翻眼珠微微的笑了。笑什么了你?我笑——你坐上沙发那样儿叫我想起爱菱。爱菱是谁?她呀——她是我第一个模特儿。模特儿?你的?你的破房子还有模特儿,你这穷鬼花得起……别急,究竟是中国初来的,听了模特儿就这样的起劲,看你那脖子都上了红印了!本来不算事,当然,可是我说像你这样的破鸡棚……破鸡棚便怎么样,耶稣生在马号里的,安琪儿们都在马矢里跪着礼拜哪!别忙,好朋友,我讲你听。如其巴黎人有一个好处,他就是不势利!中国人顶糟了,这一点;穷人有穷人的势利,阔人有阔人的势利,半不阑珊的有半不阑珊的势利——那才是半开化,才是野蛮!你看像我这样子,头发像刺猬,八九天不刮的破胡子,半年不收拾的脏衣服,鞋带扣不上的皮鞋——要在中国,谁不叫我外国叫化子,哪配进北京饭店一类的势利场;可是在巴黎,我就这样儿随便问那一个衣服顶漂亮脖子搽得顶香的娘们跳舞,十回就有九回成,你信不信?至于模特儿,那更不成话,哪有在巴黎学美术的,不论多穷,一年里不换十来个眼珠亮亮的来坐样儿?屋子破更算什么?波希民的生活就是这样,按你说模特儿就不该坐坏沙发,你得准备杏黄贡缎绣丹凤朝阳做[坐]垫的太师椅请她坐你才安心对不对?再说……

别再说了!算我少见世面,算我是乡下老戆,得了。可是说起模特儿,我倒有点好奇,你何妨讲些经验给我长长见识?

有真好的没有？我们在美术院里见著的什么维纳丝得米罗，维纳丝梅第妻，还有铁青的，鲁班师的，鲍第千里的，丁稻来笃的，箕奥其安内的裸体实在是太美，太理想，太不可能，太不可思议？反面说，新派的比如雪尼约克的，玛提斯的，塞尚的，高耿的，弗朗刺马克的，又是太丑，太损，太不像人，一样的太不可能，太不可思议。人体美，究竟怎么一回事？我们不幸生长在中国女人衣服一直穿到下巴底下腰身与后部看不出多大分别的世界里，实在是太蒙昧无知，太不开眼。可是再说呢，东方人也许根本就不该叫人开眼的，你看过约翰巴里士那本《沙扬娜拉》没有，他那一段形容一个日本裸体舞女——就是一张脸子粉搽得像棺材里爬起来的颜色，此外耳朵以后下巴以下就比如一节蒸不透的珍珠米！——看了真叫人恶心。你们学美术的才有第一手的经验，我倒是……

你倒是真有点羡慕，对不对？不怪你，人总是人。不瞒你说，我学画画原来的动机也就是这点子对人体秘密的好奇。你说我穷相，不错，我真是穷，饭都吃不出，衣都穿不全，可是模特儿——我怎么也省不了。这对人体美的欣赏在我已经成了一种生理的要求，必要的奢侈，不可摆脱的嗜好；我宁可少吃俭穿，省下几个法郎来多雇几个模特儿。你简直可以说我是着了迷，成了病，发了疯，爱说什么就什么，我都承认——我就不能一天没有一个精光的女人耽在我的面前供养，安慰，喂饱我的"眼淫"。当初罗丹我猜也一定与我一样的狼狈，据说他那房子里老是有剥光了的女人，也不为坐样儿，单看她们日常生活"实际的"多变化的姿态——他是一个牧羊人，成天看着一群剥了毛皮的驯羊！鲁班师那位穷凶极恶的大手笔，说是常难为他太太做模特儿，结果因为他成天不断的画他太太竟许连穿裤子的空儿都难得有！但如果这话是真的鲁班师还是太傻，难怪他那画里的女人都是这剥白猪似的单调，少变化；美的分配在人体上是极神秘的一个现象，我不信有理想的全材，不论男女我想几乎是不可能的；上帝拿着一把颜色望地面上撒，玫瑰、罗兰、石榴、玉簪、剪秋罗，各样都沾到了一种或几种的彩泽，但决没有一种花包涵所有可能的色调的，那如其有，按理论讲，岂不是又得回复了没颜色的本相？人体美也是这样的，有的美在胸部，有的腰部，有的下部，有的头发，有的手，有的脚踝，那不可理解的骨胳［骼］，筋肉，肌理的会合，形成各各不同的线条，色调的变化，皮面的涨度，毛管的分配，天然的姿态，不可制止的表情——也得你不怕麻烦细心体会发见去，上帝没有这样便宜你的事情，他决不给你一个具体的绝对美，如果有，我们所有艺术的努力就没了意义；巧妙就在你明知这山里有金子，可是在哪一点你得自己下工夫去找。啊！说起这艺术家审美的本能，我真要闭着眼感谢上帝——要不是它，岂不是所有人体的美，说窄一点，都变了古长安道上历代帝王的墓窟，全叫一层或几层薄薄的衣服给埋没了！回头我给你看我那张破床底下有一本宝贝，我这十年血汗辛苦的成绩——千把张的人体临摹，而且十分之九是在这间破鸡棚里勾下的，别看低我这张弹簧早经追悼了的沙发，这上面落坐过至少一二百个当得起美字的女人！别提专门做模特儿的，巴黎哪一个不知道俺家黄脸什么，那不算希奇，我自负的是我独到的发见：一半因为看多了［的］缘故，女人肉的引诱在我差不多完全消灭在美的欣赏里面，结果在我这双"淫眼"看来，一丝不挂的女人就同紫霞宫里翻出来的尸首穿得重重密密的摇不动我的性欲，反面说当真穿着得极整齐的女人，不论她在人堆里站着，在路上走着，只要我的眼到，她的衣服的障碍就无形的消灭，正如老练的矿师一瞥就认出矿苗，我这美术本能也是一瞥就认出"美苗"，一百次里错不了一次；每回发见了可能的时候，我就非想法找到她剥光了她叫我看个满意不成，上帝保佑这文明的巴黎，我失望的时候真难得有！我记得有一次在戏院子看着了一个贵妇人，实在没法想（我当然试来）我那难受就不用提了，比发疟疾还难受——她那特长分明是在小腹与……

够了够了！我倒叫你说得心痒痒的。人体美！这门学问，这门福气，我们不幸生长在东方谁有机会研究享受过来？可是我既然到了巴黎，不幸气碰着你，我倒真想叨你的光开开我的眼，你得替我想法，要找在你这宏富的经验中比较最贴近理想的一个看看……

你又错了，什么，你意思花就许巴黎的花香，人体就许巴黎的美吗？太灭自己的威风了！别信那巴里士什么《沙扬娜拉》的胡说：听我说，正如东方的玫瑰不比西方的玫瑰差什么香味，东方的人体在得到相当的栽培以后，也同样不能比西方的人体差什么美——除了天然的限度，比如骨胳［骼］的大小，皮肤的色彩。同时顶要紧的当然要你自己性灵里有审美的活动,你得有眼睛,要不然这宇宙不论它本身多美多神奇在你还是白来的,我在巴黎苦过这十年,就为前途有一个宏愿:我要张大了我这经过训练的"淫眼"到东方去发见人体美——谁说我没有大文章做出来?至于你要借我的光开开眼,那是最容易不过的事情,可是我想想——可惜了!有个马达姆朗洒,原先在巴黎大学当物理讲师的,你看了准忘不了,现在可不在了,到伦敦去了;还有一个马达姆薛托漾,她是远在南边乡下开面包铺子的,她就够打倒你所有的丁稻来笃,所有的铁青,所有的箕奥其安内——尤其是给你这未入流看,长得太美了,她通体就看不出一根骨头的影子,全叫匀匀的肉给隐住的,圆的,润的,有一致节奏的,那妙是一百个哥蒂蔼也形容不全的,尤其是她那腰以下的结构,真是奇迹!你从意大利来该见过西龙尼维纳丝的残像,就那也只能仿佛,你不知道那活的气息的神奇,什么大艺术天才都没法移植到画布上或是石塑上去的,因此我常常自己心里辩论究竟是艺术高出自然还是自然高出艺术,我怕上帝僭先的机会毕竟比凡人多些;不提别的单就她站在那里你看,从小腹接桎上股那两条交荟的弧线起直往下贯到脚着地处止,那肉的浪纹就比是——实在是无可比——你梦里听着的音乐:不可信的轻柔,不可信的匀净,不可信的韵味——说粗一点,那两股相并处的一条线直贯到底,不漏一屑的破绽,你想通过一根发丝或是吹度一丝风息都是绝对不可能的——但同时又决不是肥肉的粘着,那就呆了。真是梦!唉,就可惜多美一个天才偏叫一个身高六尺三寸长红胡子的面包师给糟蹋了；真的这世上的姻缘说来真怪，我很少看见美妇人不嫁给猴子类牛类水马类的丑男人！但这是支话。眼前我招得到的，够资格的也就不少——有了，方才你坐上这沙发的时候叫我想起了爱菱，也许你与她有缘分，我就为你招她去吧，我想应该可以容易招到的。可是上哪儿呢？这屋子终究不是欣赏美妇人的理想背景，第一不够开展，第二光线不够——至少为外行人像你一类着想……我有了一个顶好的主意，你远来客我也该独出心裁招待你一次，好在爱菱与我特别的熟，我要她怎么她就怎么；暂且约定后天吧，你上午十二点到我这里来，我们一同到芳丹薄罗的大森林里去，那是我常游的地方，尤其是阿房奇石相近一带，那边有的是天然的地毯，这一时是自然最妖艳的日子，草青得滴得出翠来，树绿得涨得出油来，松鼠满地满树都是，也不很怕人，顶好玩的，我们决计到那一带去秘密野餐吧——至于"开眼"的话，我包你一个百二十分的满足，将来一定是你从欧洲带回家最不易磨灭的一个印象！一切有我布置去，你要是愿意贡献的话，也不用别的，就要你多买大杨梅，再带一瓶桔子酒，一瓶绿酒、我们享半天闲福去。现在我讲得也累了，我得躺一会儿，我拿我床底下那本秘本给你先揣摹［摩］揣摹［摩］……

隔一天我们从芳丹薄罗林子里回巴黎的时候，我仿佛刚做了一个最荒唐，最艳丽，最秘密的梦。

一九二五年十二月二十一日

# 附录

# 北 风

## ——纪念诗人徐志摩

苏雪林

天是这样低,云是这样黯淡,耳畔只听得北风呼呼吹着,似潮,似海啸,似整个大地在簸摇动荡。隔着玻璃向窗外一望,哦,奇景,无数枯叶在风里涡旋着,飞散着,带着颠[癫]狂的醉态在天空里跳舞着,一霎时又纷纷下坠。瓦上,路旁,沟底,狼藉满眼,好像天公高兴,忽然下了一阵黄雨!

树林在风里战栗,发出凄厉的悲号,但是在不可抵抗的命运中,它们已失去了最后的美丽,最后的菁华,最后的生意。完了,一切都完了!什么青葱茂盛,只留下灰黯的枯枝一片。鸟的歌,花的香,虹的彩,夕阳的金色,空翠的疏爽……都消灭于鸿濛之境。这有什么法想?你知道,现在是"毁坏"统治着世界。

对于这北风的猖狂,我蓦然神游于数千里外的东北,那里,有十几座繁荣的城市,有几千万生灵,有快乐逍遥的世外仙源岁月,一夜来了一阵狂暴的风—— 一阵像今日卷着黄叶的风——这些，便立刻化为一堆破残的梦影了！那还不过是一个起点，那风，不久就由北而南，由东而西，向我们蓬蓬卷地而来，如大块噫气，如万窍怒号，眼见得我们的光荣，独立，希望，幸福，也都要像这些残叶一般，随着五千年历史，在恶魔巨翅鼓荡下归于消灭！

有人说，有盛必有衰，有兴必有废，这是自然的定律。世无不死之人，也无不亡之国，不灭之种族。你试到尼罗河畔蒙菲司的故地去旅行一趟。啊！你看，那文明古国，现在怎样？当时Cheops, Hephren, Mycerinus各大帝糜费海水似的金钱，鞭挞数百万人民，建筑他们永久寝宫的金字塔时是何等荣华，何等富贵，何等煊赫的威势。现在除了那斜日中，闪着玫瑰色光的三角形外，他们都不知哪里去了！高四四米突广一一五米突的Ammon大庙，只遗下几根莲花柱头，几座残破石刻，更不见旧日的庄严突兀，金碧辉煌！那响彻沙漠的驼铃，嚅嗫在棕榈叶底的晚风，单调的阿拉伯人牧笛，虽偶尔告诉你过去光荣的故事，带着无限凄凉悲咽，而那伴着最大的金字塔的Giseh，有名的司芬克斯，从前最喜把谜给人猜，于今静坐冷月光中，永远不开口，脸上永远浮着神秘的微笑，好像在说这个"宇宙的谜"连我也猜不透。

你再试到幼发拉底斯、底格里斯两河流域间参观一次，你将什么都看不见，只见无边无际的荒原展开在强烈眩人的热带阳光下。世界文化摇篮——美索达波尼亚——再不肯供给人们以丰富的天产；巴比伦、尼尼微再不生英雄美人，贤才奇士；

死海再不起波澜；汉漠拉比的法典已埋入地中；亚述的铁马金戈，也只成了古史上英豪的插话。那世界七大工程之一的悬空花园，那高耸云汉的七星庙，也只剩了一片颓垣断瓦，蔓草荒烟！

试问你希腊罗马，秦皇汉武，谁都不是这样收场呢？你要知道，自从这世界开幕以来，已不知换了多少角色，表现无数场的戏。我们上台后或悲剧，或喜剧，或不悲不喜剧，粉墨登场，离合欢悲的闹一阵，照例到后台休息，让别人上来表演。我们中华民族已经有了那么久长的生命，已经向世界供献过那样伟大的文化，菁华已竭，照例骞裳去之，现在便宣告下台，也不算什么奇事，难道我们是上帝赋以特权的民族，应当永久占据这个世界的吗？

这话未常〔尝〕不对，但是……

我正在悠悠渺渺胡思乱想的时候，忽听有叩门的声音，原来是校役送上袁兰子写来的一封信。信中附有一篇新著，题曰：《毁灭》，纪念新近在济南飞机遇难的诗人徐志摩。他教我也做一篇纪念文字。

自数日前听见诗人的噩耗以来，兰子非常悲痛，和诗人相厚的人也个个伤心。但看着别人嗟叹溅泪，我却一味怀疑，疑心诗人并未死——死者是别人，不是他。他也许厌倦这个世界，借此归隐去了。你们在这里流泪，他许在那里冷笑，因为我不相信那样的人也会死，那样伟大的精神也是物质所能毁灭的。不过感情使我不相信他死，理性却使我相信他已不复生存了。于是我为这件事也有几个晚上睡不安稳，一心惋惜中国文学界的损失！

我和诗人虽无何等友谊，对于他却十分钦佩。我爱读他的作品，尤其是他的散文。我常学着朱熹批评陆放翁的口气说他道："近代惟此人有诗人风致。"现在听了他遭了不幸，确想说几句话，表示我此刻内心的情绪。但是，既不能就怀旧之点来发挥，又不能过于离开追悼的范围说话，这篇文章应当如何下笔呢？再三思索，才想起了对于诗人的一个回忆。好，就在这个回忆里来追捉诗人的声音笑貌吧……

距今二年前，我住在上海，和兰子日夕过从，有时也偶尔参与她朋友的集会。第一次我会见诗人是在张家花园。胡适之，梁实秋，潘光旦，张君劢都在座。聚会的时间很匆促，何况座客又多，我的目力又不济，过后，诗人的脸长脸短，我都记不清楚。第二次，我会见诗人是在苏州。一天，二女中校长陈淑先生打电话来说请了徐志摩先生今日上午九点钟莅校演讲，叫我务必早些到场。那时虽是二月天气，却刮着风，下着疏疏的雨，气候之冷和今天差不了许多。我到二女中后，便在校长室中，和陈校长曹养吾先生三人，等到诗人的来到。可是时间先生似乎同人开玩笑：一秒，一分，一刻过去了，一点过去了，两点也过去了，诗人尚姗姗其来迟。大家都有些不耐烦，怕那照例误点的火车又在途中磕［瞌］睡，我们预期的耳福终不能补偿。何况风阵阵加紧，寒暑表的水银刻刻往下降，我出门时，衣服穿得太少，支不住那冷气的侵袭，冻得发抖，只想回家去。幸而陈校长再三留我，说火车也许在十一点钟到站，不如再等待一下。我们只好忍耐的坐着，想出些闲谈来消磨那可厌的时光。忽然门房报进来说，徐志摩先生到了。我们顿觉精神一振，竟不觉手舞足蹈，好像上了岸干巴巴喘着气的鱼，又被掷下了水，舒鳍摆尾，恨不得打几个旋，激起几个水花，来写出它那时的快乐！

我记得诗人那天穿着一件青灰色湖绉面的皮袍，外罩一件中国式的大袖子外套。三四小时旅程的疲乏，使他那双炯炯发亮，专一追逐幻想的眼睛，长长的安着高高鼻子的脸，带着一点惺忪睡意。他向陈校长道迟到的歉，但他又说那不是他的罪过，是火车的罪过。

学生鱼贯的进了大礼堂，我们伴着诗人随后进去。校长致了介绍词后，诗人在热烈掌声中上了讲坛了。那天他所讲的是关于女子与文学的问题。这是特别为二女中学生预备的。

他从大衣袋里掏出一大卷稿子，庄严的开始诵读。到一个中等学校演讲，又不是莅临国会，也值得这么的预备。一个讽嘲的思想钻进我的脑筋，我有点想笑。但再用心一听便听出他演讲的好处来了。他诵读时开头声调很低，很平，要你极力侧着耳朵才能听见。以后，他那音乐一般的调子，便渐渐的升起了，生出无限抑扬顿挫了，他那博大的人格，真率的性情，诗人的天分，都在那一声一韵中流露出来了。这好似一股清泉起初在石缝中艰难的，幽咽的流着，一得地势，便滔滔汨汨，一泻千里。又如他译的济慈《夜莺歌》，夜莺引吭试腔时，有些涩，有些不大自然，随即一声高似一声，无限变化的音调；把你引到大海上，把你引到深山中，把你引到意大利蔚蓝天宇下，把你引到南国苍翠的葡萄园里，使你看见琥珀杯中的美酒，艳艳泛着红光，酡颜的青年男女在春风中捉对跳舞……

他的辞藻真繁富，真复杂，真多变化，好像青春大泽，万卉初葩，好像海市蜃楼，瞬息起灭，但难得他把它们安排得那样和谐，柔和中有力，浓厚中有淡泊，鲜明中有素雅。你夏夜仰看天空，无数星斗撩得你眼花历乱，其实每颗的距离都有数万万里，都有一定不错的行躔。

若说诗人的言语就是他的诗文，不如说他的诗文就是他的言语。我曾说韩退之以文为诗，苏东坡以诗为词，徐志摩以言语为文字，今天证明自己的话了。但言语是活的，写到纸上便滞了，死了。志摩的文字虽佳，却还不如他的言语——特别是诵读自己作品时的言语。朋友，假如你读尽了诗人的作品，却不曾听过诗人的言语，你不算知道徐志摩！

一个半钟头坐在空洞洞的大礼堂里，衣服过单的我，手脚都发僵了，全身更在嗦嗦的打颤了，但是，当那银钟般的声音在我耳边响着时，我的灵魂便像躺上一张梦的网，摇摆在野花香气里，和筛着金阳光的绿叶影中，轻柔，飘忽，恬静，我简直像喝了醇酒般醉了。这才理会得"温如挟纩"的一句古话。

风定了，寒鸦的叫声带着晚来的雪意，天色更暗下来了。

茶已无温，炉中兽炭已成了星星残烬，我的心绪也更显得无聊寂寞。我拿起兰子的《毁灭》再读一遍。一篇绝妙的散文，不，一首绝妙的诗，竟有些像诗人平日的笔意，这样文字真配纪念志摩了。我的应当怎样写呢？

当我两眼痴痴的望着窗前乱舞的黄叶时，不由得又想：国难临头，四万万人都将死无葬身之所，我们哪能还为诗人悲悼？况我已想到国家有亡时，种族有灭日，那么，个人寿数的修短，更何必置之念中？

况早死也未尝不幸。王勃，李贺，拜伦，雪莱还有许多天才都在英年殂谢，而且我们在这样的时代，便活到齿豁头童有何意味。兰子说诗人像一颗彗星，不错，他在世三十六年的短短的岁月，已经表现文学上惊人的成功，最后在天空中一闪，便收了他永久的光芒，他这生命是何等的神妙！何等的有意义！

"生时如虹，死时如雷"，诗人的灵魂，你带着这样光荣上天去了。我们这个拥有五千年历史的伟大民族，灭亡时，竟不洒一滴血，不流一颗泪，更不作一丝挣扎，只像猪羊似的成群走进屠场么？不，太阳在苍穹里奔走一整天，西坠时还闪射半天血光似的霞采，我们也应当有这么一个悲壮的收局！

一九三五年冬　诗人逝世一周内

# 志摩在回忆里

郁达夫

新诗传宇宙,竟尔乘风归去,同学同庚,老友如君先宿草。

华表托精灵,何当化鹤重来,一生一死,深闺有妇赋招魂。

这是我托杭州陈紫荷先生代作代写的一副挽志摩的挽联。陈先生当时问我和志摩的关系,我只说他是我自小的同学,又是同年,此外便是他这一回的很适合他身份的死。

做挽联我是不会做的,尤其是文言的对句。而陈先生也想了许多成句,如"高处不胜寒"、"犹是深闺梦里人"之类,但似乎都寻不出适当的上下对,所以只成了上举的一联。这挽联的好坏如何,我也不晓得,不过我觉得文句做得太好,对仗对得太工,是不大适合于哀挽的本意的。悲哀的最大表示,是自然的目瞪口呆,僵若木鸡的那一种样子,这我在小曼夫人当初次接到志摩的凶耗的时候曾经亲眼见到过。其次是抚棺的一哭,这我在万国殡仪馆中,当日来吊的许多志摩的亲友之间曾经看到过。至于哀挽诗词的工与不工,那却是次而又次的问题了。我不想说志摩是如何如何的伟大,我不想说他是如何如何的可爱,我也不想说我因他之死而感到怎么怎么的悲哀,我只想把在记忆里的志摩来重描一遍,因而再可以想见一次他那副凡见过他一面的人谁都不容易忘去的面貌与音容。

大约是在宣统二年(1910)的春季,我离开故乡的小市,去转入当时的杭府中学读书,——上一期似乎是在嘉兴府中读的,终因路远之故而转入了杭府——那时候府中的监督,记得是邵伯炯先生,寄宿舍是大方伯的图书馆对面。

当时的我,是初出茅庐的一个十四岁未满的乡下少年,突然间闯入了省府的中心,周围万事看起来都觉得新异怕人。所以在宿舍里,在课堂上,我只是诚惶诚恐,战战兢兢,同蜗牛似的蜷伏着,连头都不敢伸一伸出壳来。但是同我的这一种畏缩态度正相反的,在同一级同一宿舍里,却有两位奇人在跳跃活动。

一个是身体生得很小,而脸面却是很长,头也生得特别大的小孩子。我当时自己当然总也还是一个孩子,然而看见了他,心里却老是在想,"这顽皮小孩,样子真生得奇怪",仿佛我自己已经是一个大孩似的。还有一个日夜和他在一块,最爱做种种淘气的把戏,为同学中间的爱戴集中点的,是一个身材长得相当的高大,面上也已经满示着成年的男子的表情,由我那时候的心里猜来,仿佛是年纪总该在三十岁以上的大人，——其实呢，他也不过和我们上下年纪而已。

他们俩，无论在课堂上或在宿舍里，总在交头接耳的密谈着，高笑着，跳来跳去，和这个那个闹闹，结果却终于会出其不意的做出一件很轻快很可笑很奇特的事情来吸引大家的注意的。

而尤其使我惊异的，是那个头大尾巴小，戴着金边近视眼镜的顽皮小孩，平时那样的不用功，那样的爱看小说——他平时拿在手里的总是一卷有光纸上印着石印细字的小本子——而考起来或作起文来却总是分数得的最多的一个。

像这样的和他们同住了半年宿舍，除了有一次两次也上了他们一点小当之外，我和他们终究没有发生什么密切一点的关系；后来似乎我的宿舍也换了，除了在课堂上相聚在一块之外，见面的机会更加少了。年假之后第二年的春天，我不晓为了什么，突然离去了府中，改入了一个现在似乎也还没有关门的教会学校。从此之后，一别十余年，我和这两位奇人——一个小孩，一个大人——终于没有遇到的机会。虽则在异乡飘泊的途中，也时常想起当日的旧事，但是终因为周围环境的迁移激变，对这微风似的少年时候的回忆，也没有多大的留恋。

民国十三四年——一九二三、四年——之交，我混迹在北京的软红尘里，有一天风定日斜的午后，我忽而在石虎胡同的松坡图书馆里遇见了志摩。仔细一看，他的头，他的脸，还是同中学时候一样发育得分外的大，而那矮小的身材却不同了,非常之长大了,和他并立起来,简直要比我高一二寸的样子。

他的那种轻快磊落的态度,还是和孩时一样,不过因为历尽了欧美的游程之故,无形中已经锻炼成了一个长于社交的人了。笑起来的时候,可还是同十几年前的那个顽皮小孩一色无二。

从这年后,和他就时时往来,差不多每礼拜要见好几次面。他的善于座谈,敏于交际,长于吟诗的种种美德,自然而然的使他成了一个社交的中心。当时的文人学者、达官丽姝,以及中学时候的倒霉同学,不论长幼,不分贵贱,都在他的客座上可以看得到。不管你是如何心神不快的时候,只教经他用了他那种浊中带清的洪亮的声音,"喂,老×,今天怎么样?什么什么怎么样了?"的一问,你就自然会把一切的心事丢开,被他的那种快乐的光耀同化了过去。

正在这前后,和他一次谈起了中学时候的事情,他却突然的呆了一呆,张大了眼睛惊问我说:

"老李你还记得起记不起?他是死了哩!"

这所谓老李者,就是我在头上写过的那位顽皮大人,和他一道进中学的他的表哥哥。

其后他又去欧洲,去印度,交游之广,从中国的社交中心扩大而成为国际的。于是美丽宏博的诗句和清新绝俗的散文,也一年年的积多了起来。一九二七年的革命之后,北京变了北平,当时的许多中间阶级者就四散成了秋后的落叶。有些飞上了天去,成了要人,再也没有见到的机会了;有些也竟安然的在牖下到了黄泉;更有些,不死不生,仍复在歧路上徘徊着,苦闷着,而终于寻不到出路。是在这一种状态之下,有一天在上海的街头,我又忽而遇见了志摩。

"喂,这几年来你躲在什么地方?"

兜头的一喝,听起来仍旧是他那一种洪亮快活的声气,在路上略谈了片刻,一同到了他的寓里坐了一会,他就拉我一道到了大贲公司的轮船码头。因为午前他刚接到了无线电报,诗人泰戈尔回印度的船系定在午后五时左右靠岸,他是要上船去看看这老诗人的病状的。

当船还没有靠岸,岸上的人和船上的人还不能够交谈的时候,他在码头上的寒风里立着——这时候似乎已经是秋季了——静静地呆呆的对我说:

"诗人老去,又遭了新时代的摈斥,他老人家的悲哀,正是孔子的悲哀。"

因为泰戈尔这一回是新从美国日本去讲演回来,在日本在美国都受了一部分新人的排斥,所以心里是不十分快活的,并且又因年老之故,在路上更染了一场重病。志摩对我说这几句话的时候,双眼呆看着远处,脸色变得青灰,声音也特别的低。我和志摩来往了这许多年,在他脸上看出悲哀的表情来的事情,这实在是最初也便是最后的一次。

从这一回之后,两人又同在北京的时候一样,时时来往了。可是一则因为我的疏懒无聊,二则因为他跑来跑去的教书忙,这一两年间,和他聚谈时候也并不多。今年的暑假后,他于去北平之先曾大宴了三日客。头一天喝酒的时候,我和董任坚先生都在那里。董先生也是当时杭府中学的旧同学之一,席间我们也曾谈到了当日的杭州。在他遇难之前,从北平飞回来的第二天晚上,我也偶然的,真真是偶然的,闯到了他的寓里。

那一天晚上,因为有许多朋友会聚在那里的缘故,谈谈说说,竟说到了十二点过。临走的时候,还约好了第二天晚上的后会才兹分散。但第二天我没有去,于是就永久失去了见他的机会了,因为他的灵柩到上海的时候是已经殓好了来的。

文人之中,有两种人最可以羡慕。一种是像高尔基一样,活到了六七十岁,而能写许多有声有色的回忆文的老寿星,其他的一种是如叶赛宁一样的光芒还没有吐尽的天才夭折者。前者可以写许多文学史上所不载的文坛起伏的经历,他个人就是一部纵的文学史。后者则可以要求每个同时代的文人都写一篇吊他哀他或评他骂他的文字,而成一部横的放大的文苑传。

现在志摩是死了,但是他的诗文是不死的,他的音容状貌可也是不死的,除非要等到认识他的人老老少少一个个都死完的时候为止。

一九三一年十二月十一日

# 附 记

上面的一篇回忆写完之后,我想想,想想,又在陈先生代做的挽联里加入了一点事实,缀成了下面的四十二字:

三卷新诗,廿年旧友,与君同是天涯,只为佳人难再得。

一声河满,九点齐烟,化鹤重归华表,应愁高处不胜寒。

一九三一年十二月十九日